观天下·新世纪散文精品文存

辛亥年的枪声

李舫 / 主编

人民日报出版社

图书在版编目（CIP）数据

辛亥年的枪声 / 李舫主编. —北京：人民日报出版社, 2019.1
（观天下. 新世纪散文精品文存）
ISBN 978-7-5115-5641-7

Ⅰ.①辛… Ⅱ.①李… Ⅲ.①散文集－中国－当代
Ⅳ.①I267

中国版本图书馆CIP数据核字（2018）第200629号

书　　　名：	辛亥年的枪声
主　　编：	李　舫
出 版 人：	董　伟
责任编辑：	宋　娜
作家画像：	郭红松
装帧设计：	秦志超
出版发行：	人民日报出版社
社　　址：	北京金台西路2号
邮政编码：	100733
发行热线：	(010) 65369527　65369846　65369509　65369510
邮购热线：	(010) 65369530　65363527
编辑热线：	(010) 65369521
网　　址：	www.peopledailypress.com
经　　销：	新华书店
印　　刷：	北京盛通印刷股份有限公司
开　　本：	880mm×1230mm　1/32
字　　数：	232千字
印　　张：	10.75
版　　次：	2019年1月第1版　2019年1月第1次印刷
书　　号：	ISBN 978-7-5115-5641-7
定　　价：	45.00元

以文为鉴,可观天下

(代序)

李 舫

盖文章者,经国之大业,不朽之盛事。

中国是文章大国,有文字记载并从完整作品开始计算的文学史,已达3000年之久。作为与诗词并列为文学正宗的重要文体,中国散文更是源远流长,浩浩汤汤,在殷商时代已初具特质,发展到今天已经成为中国文学的重要门类。自由,开放,包容,博大,这是中国散文的独特气质,更是从正值盛年的中国土壤里生长出来的文化情怀和文化自信,元气蓬勃,淋漓酣畅。

特别是新世纪以来,中国散文呈现着喷薄的生产态势、磅礴的创作力量、多元的文化禀赋、厚重的文学积淀,是中国文学中不可忽视的中流砥柱。新世纪,不仅是一段时间的度量,更是中国当代文学的一座丰碑。由此我们想到,编纂一套新世纪以来的优秀散文选集,以"观"与"天下"之间的动静、起承、转合,命其名为《观天下·新世纪散文精品文存》,旨在借助这一方平台,延揽天下有识之士,佳构美文,赓续传统,接续文脉,传承星火。

观天下,其实亦是一种天下观。

江山盛文藻,风流亦吾师。这些,在历史上屡见不鲜。昔者,老子观道,孔子观水,张衡观天地,陆羽观茶茗,鬼谷子观兵势进退,司马迁观史海沉浮,徐霞客观山川纵横,曹雪芹观人情厚薄……但有如兰之心,如炬之眼,世间万物,莫不可观,每观一物,莫不有所得。因于此,中华文化时有天光迸射,奇绝突进——在漫长历史的某个节点,在广袤大地的某个角落,忽然就会有某个人,源于一生默默积累,也源于一时灵感驾临,观天下事,察世间理,洞幽烛微,豁然开悟,由此写下了流传后世的灿烂篇章。

于世道有补益,于人心有润泽,于时代有启悟——这是"观天下"的宗旨,也是"天下观"的初心。

《观天下·新世纪散文精品文存》共收录文章85篇,分为4卷,分别为《何不就叫杨绛姐姐》《鹤梦不离云》《辛亥年的枪声》《在土地上睡着和醒来》,每一卷文章均按照作者姓氏拼音排序。这些文章,每一篇都可圈可点,无论是观人文、观世事、观历史、观山水,或者观其他,均厚积薄发,皆有所创见。

在这套文存中亮相的作家,有已过杖国之年的文坛宿将,如王蒙、贺捷生、蒋子龙、梁衡、王充闾、郑欣淼、陈建功、王巨才、冯骥才、高洪波、丹增、毛时安、叶廷芳、杜书瀛;有正值人生盛年的中流砥柱,如铁凝、陈晋、莫言、贾平凹、吉狄马加、单霁翔、张抗抗、李敬泽、阎晶明、阿莹、阿来、麦家、陈世旭、叶兆言、宗仁发、南帆、龙一、韩毓海、梁平、彭程、徐坤、刘亮程、陆春祥、鲍尔吉·原野、古耜、孙甘露、邱华栋、黄宾堂、陈启文、何向阳、武歆、朱伟;有清典可味的青年才俊,如贾梦玮、蒋蓝、宁肯、熊育群、周晓枫、李修文、祝勇、饶翔、李菁、郭文斌、成都凹凸、齐欣、穆涛、徐可、叶舟、萧歌,等等。他们风格迥异,各有妙趣,却纵横浩荡地连接起中国新世纪以来色彩缤纷的散文长廊。

贺捷生是开国元勋贺龙元帅的女儿,是中国文学界深受敬重的老大姐。每每读到贺捷生的文章,我们都更加怀念在民族危难之际高举义旗、为新中国诞生而浴血奋战的先辈们。往昔岁月沧桑,犹忆血火峥嵘。在贺捷生的文章中,那些柔韧而刚强的叙事,那些凝聚生死、牵连命运的革命历史细节,令人震颤,更令人振奋。长歌可以当哭,远望可以当归。贺捷生的文章如夜半啼血、呼唤东风的子规,有着挥之不去的悲壮。与此同时,她也在用淋漓热血般的文字警示后人——我们走向未来,绝不能忘记昨天,不能忘记我们的初心。

从对现代文明充满憧憬的少女香雪,到具有象征意味的红衬衫;从撕开了生活丑陋和血污的玫瑰门,到尹小跳饱受尝艰辛的情感历程;从被汪曾祺称赞"俊得少有"的孕妇和牛,到浓缩了旧中国数十年历史的冀中平原小村庄……铁凝的每一次亮相,都带来当代中国文坛的一次惊喜。作为中国文学的女掌门,铁凝细腻地关注生活中普通的人与事,关注生命本质和苦难的思考。清爽而机敏,明朗而干练,熨帖而泼辣,沉着而睿智,这是铁凝的风格,她的每一个字、每一篇文章、每一本著作,都期冀用文学的薪火温暖世界,致敬理想,遥望未来。

古人说,君子坦荡荡。我以为说的就是蒋子龙。他澄净、真挚、率性,冷酷的外表下埋藏的是一颗火热的心,犀利的笔锋中挺立的是一个大丈夫的伟岸。他的每一次出现,似乎都意味着正义和真理的一次隆重宣誓,恰如当年,他的每一部新作的诞生,都会以雷霆之势引发一场轩然大波——不管我们曾经遭遇哪些坎坷、波折、苦难，正义和真理从未曾缺席。

40年前，他携改革文学横空出世，真实、立体、多元地记录了中国改革开放的历史方位和社会路向，他笔墨沉着，舍我其谁，赞美中蕴含忧患意识，讴歌里不失批判精神。40年后，我们发现，他不仅是改革的记录者、见证者，更是改革的参与者、实践者、推动者。

陈晋是文献研究专家、党史研究专家，他的研究重点在毛泽东文献和思想。近年来他青灯黄卷，稽古钩沉，相继出版了一系列关于毛泽东研究的著作，每一部都引发了学界的极大反响。在《文章千古事》中，陈晋以扎实的研究功力，通过毛泽东在新中国成立后对自己著述的评价，科学地、客观地陈述了毛泽东思想从萌芽到成熟的脉络，写出了毛泽东的理论能力、认识水平、政治智慧、担当意识、创造精神、个人魅力，表达了他对于历史问题和和历史人物的理性的态度

1925年10月10日，紫禁城第一次向公众敞开大门，北京城万人空巷。把皇权定格为记忆，迎普通百姓进门，故宫博物院的诞生是历史的慷慨馈赠。此后的93年，是故宫的公共生涯，每一任故宫博物院院长，都会被浓墨重彩地书写在中国历史上。在这套书中亮相的郑欣淼、单霁翔是历任故宫掌门中不可被忽视的两位。

郑欣淼国学根底深厚，深谙旧体诗词格律。他对故宫保护功莫大焉——首开"故宫学"，主持故宫大修，纪念故宫南迁80周年，提出故宫是重要的世界文化遗产，有着丰富的历史文化内涵，必须将故宫作为一个历史文化整体进行完整保护，唯有如此才有利于其在现代社会中凸显见证历史和展示历史的价值，

这也是我们的前辈——民主革命时期先行者的遗愿。郑欣淼与故宫是心心相印的。在《短简小诗忆旧游》中所记叙的北京故宫同台北故宫隔绝半个世纪之后的文化交往，以及他与台北故宫博物院院长秦孝仪的诗书唱和，拳拳之情溢于言表。

文章须得江山助，这句话放在单霁翔身上是不错的。早年在日本学习时，单霁翔便开始从事关于历史性城市与历史文化街区保护规划研究，此后主持故宫筒子河、圆明园遗址、明北京城墙遗址的保护整治，北京旧城、北京皇城、北京奥林匹克公园的保护和规划。辽阔而悠远的中华文明在支撑着单霁翔，他的文章有着非凡的底气和视野，纵横捭阖，浑然天成。近年来，单霁翔执掌国家文物局，入主故宫博物院，着手乡土建筑、文化景观、文化线路、工业遗产的研究和实践，这是中华文明的诞生之地，是中国历史的幽静渊薮，是中华民族以迈往之气、行正大之言的豪气底气所在，这让他的文章充满了非同寻常的凝重、深邃。

丹增的文字具有自然般的神力，复苏了一个古老大陆的命运和梦想。丹增，翻译成汉语的意思，就是继承佛法、弘扬佛法、扶持佛法。丹增出生在怒江上游的森林中，明净的怒江及其同样美好的森林一直珍藏在他心里。从青藏高原到彩云之南，丹增不断地以明察而热切的力量，加持自我，照亮周遭，为日渐消弭的世界筑起了一道永恒的记忆堤坝。不论是藏文还是汉语，黑黢黢、密麻麻的文字背后，我们仿佛看到那些不甘心的光芒挤压出来，它们飘浮着，陌生，别致，灵动，晦涩难懂，曲折复杂，像雾像雨又像不羁的风，像预言像隐喻又像莫名的谶语。他笔端的生死，不是两极，而是一体；他胸中的万物，各有其灵，尽善尽美。在湿润温暖的土地里，生死万物都平等地沐浴阳光，开枝散叶，春种秋藏，它们是神祇的宣示、真理的昭告，大音希声，却震慑寰宇。丹增的散文，具有的是史诗般的气势，它们如同漫漫长夜中的启明星，用即将到来的晨曦征兆光明。他用天真隽永、朴素热烈的书写，深情抒发他对自我的呼唤、对生命的勘悟、对永恒的追寻，深情讴歌他对人类命运黄金时代的怀恋和追忆。

从苍茫寂寥的大凉山走到历史纵横的古都北京，又从历史纵横的古都北京走到灵魂直接天际的青藏高原，吉狄马加始终坚持自己是一个彝族文化的守望者。他的眼睛里盈溢着圣洁的太阳，他的血管里回荡着马蹄的声音，他的灵魂在字词诗行间舞蹈，他的心在高山和原野间歌唱。数十年来，吉狄马加痴痴地用他的寂寞的吟唱、他的粗犷的文字，编织着一个属于自己，更属于同样痛苦、倔强、高贵的伟大民族的颂歌与梦想。他的散文与他的诗歌一样，视域宏阔，洞察敏锐，警譬精妙，蕴含着超凡脱俗的慈爱与悲悯，从而具有了超越种族局限的人类情感，具有了穿越时空暌隔的深邃伦理，具有了史诗的气质和力量。真正优秀的作家，他的创作是寂寞而伟大的，吉狄马加尤其如此。

李敬泽首先是优秀的评论家，他以笔为犁，掘采爬梳，为中国当代文学培养了庞大的队伍、奠定了雄厚的基础。贾平凹曾经列举坊间流传去北京不可或缺的三大盛事——登长城、吃烤鸭、见李敬泽，并不是笑言。李敬泽还是一个出色的作家，他的散文、随笔、杂记、小品文无不妙趣横生。从理论到体系，从解构到建构，从纪实到虚构，从理解到意义……这些在批评家的文章中反复出现变得硬邦邦的概念，在李敬泽的文章中却显得异常深沉、宽厚、柔软。值得一提的是，他用他的散文，构筑了一个神奇的世界。在这个世界里，春秋时代宽阔敞亮，荷马歌吟血气方刚，万历皇帝清敏讷言，时光之晷凝重忧伤，他的历史叙事让人拍案惊奇，让人魂飞魄散。

中国有个成语"绵里藏针"，李敬泽的文章则从来都是"绵里藏刀"。古代的兵书里有三十六计，李敬泽的文章之道却常常在三十六计之外，连环相扣、环环相生数不清的三十六计，在他倒转的笔锋里。时间如流水，更如刻刀，他的满腹的才华变成了行云流水的任性，满腔的热忱变成了睿智老辣的和颜悦色，满纸的锋芒变成了四两拨千斤的恬淡从容。这是多年阅读与思考练出的慧眼，是生命与智慧成就的通达。

从《尘埃落定》开始，"阿来"这两个字便注定有了特殊的含义。带着敦厚的憨笑，拖着沉重的脚步，阿来从他身后敦厚沉重的高原走来，如同晨曦浮动在大地之上。他的声音，有些沙哑，但是坚定；他的神情，有些落寞，但是沉着；他的笔锋，有些滞涩，但是凝重。阿来出生于马尔康大渡河上游的嘉绒藏族，而他生命的道道履痕都始终围绕嘉绒。

在这里，他见证了世世代代半牧半农耕的藏民族的寥廓幽静，见证了土司部落从富裕、繁华、精致到贫穷、衰落、土崩瓦解的整个过程，见证了具有魔幻色彩的高原缓缓降临的浩大宿命；也是在这里，他见证了那些暗香浮动、自然流淌的生机勃勃，见证了随着寒风而枯萎的花朵、随着年轮而老去的巨柏、随着时间而荒凉的古老文明。阿来的目光，掠过高原，掠过天空，掠过河流，掠过冰封的大地，掠过凋谢的荣耀，然后——抵达不朽。这就是阿来,他用温暖包裹起彻骨的寒凉,用锋芒挑落被华丽尘封的沧桑,他是这个时代寂寞而执着的书记官。当然,我们不曾忘记马尔克斯的那句谶语,生命中所有的灿烂,终究都要用寂寞来偿还。

从小便顶着祖父叶圣陶、父亲叶至诚光环的"听话的老实孩子"叶兆言,从来没想到过要做一名作家。祖父和父亲作为知识分子的戏剧化命运,让他对文字爱恨交加。然而,缪斯却因此更加偏爱他。他出生时,父亲听从拆字先生的点拨,将自己姓名中的"诚"字拆出"言",将母亲姓氏中的"姚"拆出"兆",组合为他的名字,这便有了"叶兆言"。

20世纪80年代末期,凭着一鸣惊人的中篇小说《枣树的故事》和"夜泊秦淮"系列,叶兆言以一个"世故而矜持"的叙事者形象登上中国文坛,以后一发而不可收。不管是饱蘸笔墨,追忆秦淮遗事,还是淋漓抒怀,编织市井传奇,叶兆言的内心里都有着一股"摄身凌青霄,松风拂我足"的傲岸。然而,喜欢叶兆言的人却懂得,无论写什么说什么做什么——谈历史,谈生命,谈神佛,谈祖先,谈未来,谈灵魂——他傲岸的内心却有着一种不同寻常的葡匐,对普通人平凡生活的尊严总有着忍不住的关怀。

黑格尔曾经说过一句妙趣横生的话:"只有在天黑以后,密涅瓦的猫头鹰才会起飞。"其实,不妨用这句话来讲述宗仁发的故事。20世纪80年代,在中国改革开放的大潮下,宗仁发主持被誉为"中国的《纽约客》"的《作家》杂志。35年来,虽然偏居东北一隅,但是,这个杂志却成为中国当代文学的一块热土,中国当代文学创作的"第一现场",刊发了一大批不胜枚举的有

以文为鉴,可观天下(代序)

影响的作品。作为主编的宗仁发,还有着很多身份:诗人、作家、评论家。他用诚恳真挚的作品,将内心世界的瑰丽想象与现实生活的朴素存在融会贯通,在高速行进的现代化、全球化的喧嚣中,用文学给整个世界保留足够的温暖和静谧。

何向阳出身于书香世家,自幼浸润于诗书礼法文章之道。正如韩愈所言,"目濡耳染,不学以能。"何向阳永远是恬淡冲净的,如同寒冬里的暖阳,优雅柔和,方雅清劲,起居行坐,虽水一般柔弱,却无时无刻不见其士君子之风。若以酒来比喻何向阳,她该是日本的清酒,没有肆虐的香醇,却令人头晕目眩;若以饮茶来品味何向阳,她该是安吉的白茶,没有泼墨般的颜色,却有着回甘不已的芳甜;若以季节来形容何向阳,她该是早春的那一抹惊诧和喜悦,抑或是晚秋的那一抹流连忘返,短暂,如梦,如烟,如闪电。何向阳是曹雪芹笔下不染一丝尘埃的雪原,白茫茫的大地真干净。何向阳不是一无所有的干净,那是一种"挫其锐,解其纷,和其光,同其沉"的清澈和从容,是一种"知其雄,守其雌""知其白,守其黑""知其荣,守其辱"的丰盈与饱满。

作为玩家、小说家、历史学家的龙一,其实是散文高手。他的每一部小说和每一部小说中的人物都呈现着特别的精致——精致的设计、精致的描摹、精致的工艺、精致的结构。他像一个耐心的银匠,专心致志地"潜伏"在自己的写作中,在方寸之地里挥舞笔墨,搅动山河。与他惊心动魄的小说不同,他的散文精致、闲散、舒缓、优雅,是他的人生观、世界观。他安静于自己安静的生活,我思故我在,我在故我思。所以,他的每一篇小说都像一颗炸弹,在依然不再有惊奇的世界炸出频频的惊奇；他的每一篇散文都像一株他精心侍弄的花草，安详，茁壮，清香拂面，唇齿留芳。

周晓枫的文字精灵古怪，无所不及，无所不能，无所不嬉笑怒骂，然而皆成就她的文章。如同一个老得连自己年龄都记不住的巫师，她数十、数百，不！数千年、数万年如一日，不厌其烦地熬着她的私密魔法神汤。她将一个又一个简简单单的方块字投进去，将一篇又一篇诡谲莫测的文章捞出来，让周遭的朋友一次又一次瞠目结舌。时光倥偬，她像大树一样隐藏着自己的年轮，魔法在年轮之间沉淀、积蓄、储藏，爆发为磅礴的力量。巫师的心里，有着比她的年龄更庞杂和繁密的丰富。巫师的汤里，是纤毫毕现、色泽斑斓的细腻，还是秉烛探幽、独辟蹊径的勤勉？是心机缜密、水泼不进的沉潜，还是生龙活虎、底气充盈的洞察？那些神奇的配料，只有周晓枫自己知道。

如果说文章是有感觉的，那么李修文的文章对应的感觉一定是"疼痛"。不论在小说还是散文中，他都以鲜活的灵感、难得的赤子之心追逐并享受着这种疼痛——爱的疼痛，恨的疼痛；执的疼痛，舍的疼痛；喜悦的疼痛，哀伤的疼痛；欢聚的疼痛，离散的疼痛；生的疼痛，死的疼痛；山风呼啸的疼痛，水波不兴的疼痛；枝繁叶茂的疼痛，粉身碎骨的疼痛。

李修文的语言是疼痛中的精灵，既跳荡又幽静、既沉郁又生动、既疏朗又密致，深邃从容，超然物外。语言的力量，看似平静，却如冰山下的潜流，它推动着那种埋藏在大地深处的疼痛，顺着树干、顺着枝叶向天空伸出手臂，大声呼号，这是李修文扎根在生命深处的超感，超拔远览，渊然深识，无远弗届。

想到古人诗书里"玉树临风"几个古里古气的字，便想到饶翔。这四个字，不仅是一种仪容和风貌，更是一种生的姿态、活的姿态——吟咏四时，吐纳天地，神与物游，澡雪精神，形在江海之上，心存魏阙之下。饶翔喜爱侍弄花草，喜爱烹饪美食，喜爱聚友浅酌，喜爱淡泊功名，喜欢于现代化的社会里全然业已消逝的一切，他将"异化"这个颇令现代人尴尬的词断然隔绝在生命之外，像武林侠客仗剑江湖，每每手起剑落，干净，利索，不留后患，不滞牵绊。饶翔是一个好作家，更是一个好编辑，他像侍弄他心爱的花草一样侍弄文章，像烹饪美食一样烹饪美文，我敢说，中国当代文学行将存世的大半文章，将出自他的园地。"玉树临风"，说到底，这里面是透露了一个人生活的秘密。活在俗世，难避红尘万丈，他到底能走多远，到底能飞多高？我以为，在饶翔这里，我们能够找到样本，可以没有终点，可以没有止境。

作为名杂志主笔的李菁，文章看似不动声色，却有着一股充满野心的狠辣。这个世界似乎没有她的脚步抵达不了的地方，也没有她的心灵解读不了的苦难。她的作品，几乎都是一个人的行走，却都是与整个人类的命运息息相关的大题材。这篇《切尔诺贝利，苦难之后》记录的是切尔诺贝利核爆炸30周年之后她的一次回访。1986年4月，一声巨响，切尔诺贝利核电站在火光中爆炸并发生核泄漏，其辐射量相当于400颗美国投在日本的原子弹，这片无人区至今仍令人闻声色变，访问者寥寥。然而，李菁狠狠地将自己扔在这里，她用她泼辣野蛮的行走，写出了这片土地经历的磨难，写出了文明世界的道德和尊严。这是她对人类苦难的哀悼，是对人类面对苦难的勇气的敬礼。

必须说明的是，书稿付梓之时，我发现，因阅读有限，目力所及，这套文存所选文章难免挂一漏万，有所局限。我会在下一部书中吸取经验，尽力完善。更加遗憾的是，在我着手整理这套文存的时候，高莽、陈忠实、雷达、张胜友四位先生还在为这套书出谋划策，遗憾的是，待到这套文集问世，他们先后驾鹤西去，这真令人唏嘘不已，不禁有今夕何夕之问。让他们的心血永存，精神不朽，我以为，恰是对他们最好的纪念。

"观天下"是一套书，是一种人生观、世界观，更是一种实践论、方法论。这些作者、这些文章，代表着中国新世纪散文的一组群像，更折射着中国新世纪政治经济、社会生活、文化历史的方方面面。在每一篇文章之中，我们不难体悟作者的苦心与雄心；在每一篇文章之外，我们更需要思考宇宙的奥妙和人生的真谛。

时光如流水，一去不复返。在未来的某一天，当风吹皱了我们的容颜，吹皱了我们的心事，也许能让我们在喧嚣中专注倾听的，是这些永远无法被时光抹去的奥妙和真谛吧？观天下方能平天下，平天下方能安天下；所谓观天下之道，实乃安天下之道。

以文为鉴，可观天下；以文为剑，可安天下。

目 录

陈燮君
琴道古今
/ 006

丹 增
海上丝路与郑和
/ 016

贺捷生
父亲的雪山，母亲的草地
/ 040

何向阳
如汝须眉巾帼
/ 084

韩毓海
江山走笔
/ 100

林那北
郑氏与施氏
/ 118

刘裕国
烽火中的文化坚守
/ 142

莫 言
马的眼镜
/ 152

穆 涛
汉代的政治丰碑和国家隐痛
/ 160

南 帆
辛亥年的枪声
/ 174

单霁翔

我的四合院情结

/ 202

王充闾

遗编一读想风标

/ 210

熊育群

路上的祖先

/ 224

徐可

司马迁的选择

/ 244

叶兆言

清新庾开府，暮年诗赋动江关

/ 256

阎晶明

一次"闪访"引发的舆论风暴

/ 264

张胜友

百转岁月　万里江山

/ 288

宗仁发

靖康耻与宋高宗的心思

/ 298

祝勇

再见，马关

/ 306

■ 陈燮君

作 者 简 介

  1952年生,宁波市人。现任上海市文物管理委员会副主任,研究员,二级教授,博士生导师,兼亚欧基金会博物馆协会执委,美国亚洲协会国际理事会理事,国际博协中国国家委员会副主席,中国博物馆协会副理事长。中国2010年上海世博会主题演绎顾问、总策划师。曾任上海博物馆馆长,上海市人大常委会委员,教科文卫委员会副主任委员,上海市文化广播影视管理局党委书记。曾在故宫博物院举办"一个博物馆人眼中的故宫——陈燮君油画展",在上海美术馆举办"视觉意象——陈燮君油画展"等。著有《金茂印象》《豫园诗画》等。

作家印象

陈燮君是一个爱玩的人、一个有趣的人。

琴棋书画诗酒花,柴米油盐酱醋茶,他似乎无所不爱,无所不能,无所不精。他练字练成了书法家,涂鸦涂成了画家,学琴学成了古琴理论家、古琴演奏家,策展策成了博物馆馆长。

不少朋友感慨他天马行空,不拘一格。他像天上的云朵一样飘忽不定、洁净悠长,像地上的影子一样时有时无、或短或长。陈燮君精力充沛,行踪不定,超越常人。也许他真的是孙悟空的今世变身,明明上一秒钟他还在身边,懒懒地跟你谈古论今,下一秒钟他可能已经在万里之外。然而,必须说明的是,与他的约会不需要提前,只要你打一个电话,他永远会出现在你的身边,绝对是一秒钟之内——前提是,你必须是他的朋友,是他把你当作朋友的那种朋友。

——李 舫

琴道古今

——七弦琴的智慧

■陈燮君

七弦琴，俗称古琴，它的智慧在历史的深处缓缓流淌。

神农氏作琴，《淮南子》所言。伏羲造琴，宣情理性，返其天真，《琴操》所道。削桐为琴，练丝为弦，五音为五行之德，早已传为佳话。舜弹五弦之琴，《琴清英》述之。《神人畅》，尧帝所作，《琴论》论及。搏拊琴瑟，六律五声，八音齐备，《尚书》之言。

琴之文曲婉约，烟波浩渺，文人郭楚望移居湖南宁远，泛舟于潇水、湘水汇聚之处，吟咏潇湘水云。琴之武曲豪放，荡气回肠，嵇康刑前弹奏《广陵散》，令此曲名扬天下。

琴人、琴曲、琴境、琴心连接古贤之德、古圣之治、历史沧桑，能让流逝的时光凝聚琴韵春秋，让零星的琴曲汇入琴谱集成，让悠久的历史连成琴道古今。

一

古琴的琴制文化实在博大精深。琴体最早是依凤之身形而制成，其全身与凤身相对应，有头、颈、肩、腰、尾、足。在琴的正面，琴的最高部位有如山形，故称"岳山"；琴尾部刻有浅槽的硬木为"龙龈"，"岳山"与"龙龈"遥遥相对。琴首边际弧圆，形如覆舟，中间有偃月形之穴，穴中凸起处为"舌"。龙龈两侧的边饰为"焦尾"，亦称"冠角"。琴的底部有大小两个音槽，中部较大者为"龙池"，尾部较小者为"凤沼"，"龙池"与"凤沼"两个音孔相辅相成。琴腹中有"天柱"与"地柱"两个音柱；琴腹头部有"舌穴""声池"两个暗槽，尾部有暗槽"韵沼"；与"龙池""凤沼"相对应处，往往各有一个"纳音"。纳音位于面板底部，是一个特制的突出部分，其形与暗槽对应。这些益声致韵的琴制智慧最终导致"声欲出而隘，徘徊不去，乃有余韵"。

琴制文化的睿智令人称奇。琴的身长以天文历数为比拟，琴体长三尺六寸半象征一年365天，琴面上13个徽位表示一年12个月另加一个闰月，琴头部宽八寸比喻一年中有8个主要节气，琴尾部宽四寸则寓意一年有四季，琴弦定音为五声音节是暗合五行"水、土、木、金、火"。琴体上圆下方以法天圆地方。古琴扁平、狭长的共鸣体为音箱，它与世界上绝大多数弦乐器共同具有的"梨形"共鸣音箱截然不同，象征中国古琴属于中华文明的独立源流体系。当然，关于琴制文化的表述见仁见智，五代崔谕德作《琴笺》，探索琴徽形成规律，就否定了把它附会为十二月之说。

阴阳二仪是古琴的哲学智慧。琴体二寸直奔阴阳之法度。中国古代哲人认为宇宙天地之万事万物，皆有阴阳之别。古琴之音乃天地之心，与宇宙之心和人心相通互联。古琴维系十二律。一般来说，十二律就是十二个标准音高。十二律从低到高依次为黄钟、大吕、太簇、夹钟、姑洗、仲吕、蕤宾、林钟、夷则、南吕、无射、应钟。十二律可分为阴阳两类。奇数为阳律，称为"律"；偶数为阴律，称为"吕"。故十二律又可称为"律吕"。在古琴的选材上，古人往往推崇阳桐阴梓，所谓桐木属阳，宜为琴面；梓木属阴，斫为琴底。宋朝以来出现了"纯阳琴"，即琴的面和底皆为桐木所斫，在哲学智慧上，则是放在更大的时空中去进行"阴阳平衡"。

散音、泛音、按音三种音色是古琴的"地声、天声、人声"三声合一的智慧。散音，为地声，是左手不按而仅右手弹空弦的元音。泛音，为天声，即右手弹弦而左手同时轻点琴弦所发之声。如蜻蜓点水、飞鸟掠波、粉蝶浮花，实为"天籁之声"。按音为人声，则为右手弹弦左手同时按弦之音。散音、泛音、按音又有"虚实"之妙、清浊之分和"点线面"的智慧。散音和不加变化的按音为实音，泛音轻触琴弦而成音，其声轻清，相对为虚。在按音中，除了实按为实，往往以上下、进退等走手音和滑音来连贯乐句，以吟猱等震音来收音，此时便收虚实相间之效。

琴体集智慧于一身，广涉宇宙天地、天文历数、清浊虚实、阴阳万物、五宫四调、音韵律吕，令人叹为观止。

二

古琴重在演奏，古琴演奏中的智慧贵在动静相宜、神清气和。双手指法协调、音韵畅远秀润，节奏抑扬、缓急自如。所谓"众音谐也，喈喈嗈嗈，若鸾凤之清歌焉""其象法天地，其音谐律吕,导人神之和,感情性之正""急若繁星不乱,缓如流水不绝"。或如王昌龄《琴》诗所吟:"孤桐秘虚鸣,朴素传幽真。仿佛弦指外,遂见初古人。意远风雪苦,时来江山春。高宴未终曲,谁能辨经纶。"

讲到古琴演奏中的智慧,冯水抄本《琴苑要录》的《序》说得言简意赅:"琴者,禁也。禁其邪淫,则其声正也。凡欲弹琴,先端正,定心息虑,横琴面前,令五徽与心相对。缓缓调弦,迤逦调令,声韵清雅。或若调子,或若琴曲。先缓次急,后却缓少息。候人静,方弹调子一两弄。又少息,且弹小操弄。候神清气和,手法顺溜,方弹大操,自然得意。凡古人弹琴,不在多,但一操得意而已,能听之者,令再三弹此一曲,方识古人用意处。……"

弹奏古琴,需多指配合,两手协调,或作或止,声韵相依,"拍前取气,拍后相接"。节奏的掌握在演奏中至关重要。唐人陈拙有专论节奏的文字留世:"夫节奏者,句意节次也,有一字成,二字三字四字五字,各分一节。声暂少息,奏者,声再发也。或二三节合成一句,用节奏而成其句意。"古人讲究"徐者不至于怠,疾者不至于乱,连者不至于急",故"每节旋起意而抚,存上意而取下意。昔伊师中谕曰'知起伏,明节奏,最为枢要也'。载经云'谓或作或止,作用奏之,止则节之'。节奏合而成文,声成其文,方谓之音。如五色相杂,成文而不乱,分布得成文章也"。

三

一部琴史,同样生长着智慧。

在三千年琴史的初端，就充盈着智慧和文明。《诗经》中已有古琴的一席之地。《诗经》首篇《关雎》中诉说"窈窕淑女，琴瑟友之"；《鹿鸣》中讲述"我有嘉宾，鼓瑟鼓琴"；《常棣》中形容"妻子好合，如鼓瑟琴"，都是琴史的重要史料。古琴在这一时期已进入实际生活图景，并初步演绎了传统音乐思想中的"和"与"同""乐"与"礼"，以及"新声""德音"等。

春秋末年至战国末年，古琴乐曲与儒家礼乐思想、道家"道法自然"的乐论思想和阴阳家以五音十二律配五行十二月的宇宙图式自觉与不自觉地相联系，提出了"美"与"善"、"雅乐"与"郑卫之声"、"古乐"与"今乐"，以及"大音""天籁""礼乐""中和""亡国之音""尽善尽美""思无邪""大音希声""五音令人耳聋""以道制欲""美善相乐""凡音乐通乎政"等重要音乐美学思想命题。

先秦时期涌现出一批著名琴家，师旷、师涓、师文、师襄等宫廷琴师的故事千古流传，以伯牙、雍门周为代表的民间琴家共筑琴史。师旷弹琴，白燕衔丹书而至。伯牙对海鼓琴，努力捕捉大自然的每一个声音。《史记·孔子世家》说，孔子在向师襄学琴时总结了"由表及里，由浅入深"的学琴方法。《高山》《流水》《阳春》《白雪》曲名和旋律一样美丽，随着琴史托起的时光漂流而下。

时至两汉，古琴的弦数、徽数基本定型，音色趋于丰富，琴学理论归于儒家传统乐教的主流之中。扬雄的《琴清英》，刘向的《琴颂》，桓谭的《新论》，马融、傅毅的两篇《琴赋》，蔡邕的《琴操》《弹琴赋》，《汉书·艺文志》中记载的《雅琴赵氏》七篇，《雅琴师氏》八篇等，证实琴学理论颇丰。蔡邕听音辨材而制焦尾，司马相如弹绿绮倾吐对卓文君爱慕之情，让古琴又获"焦尾""绿绮"等别称。

魏晋南北朝，被称为中国历史上"最为苦痛的时代"，也是充满"悖论"的时代。这一时期，"魏晋名士"掩饰内心痛苦和惆怅，"竹林酣畅""采菊南山"，援琴作歌，超然自适。"建安七子"中的阮瑀，"竹林七贤"中的嵇康、阮籍、阮咸，以及南北朝时期的宗炳、戴颙、柳恽、柳谐等，都留下善琴的史话。戴颙之父是戴逵，为著名琴家，传说父殁，所传之曲不忍复奏，他和兄各造新弄，其兄五部，他创作十五部。他又制长弄一部，称为《戴氏琴谱》，留传于世。

隋唐文人雅士对古琴产生广泛共鸣。隋文帝的儿子杨秀封为蜀王，曾"造琴千面，散在人间"。在唐代当过20年宰相的李勉，斫琴数百张，其中"音泉""韵磬"尤为知名。雷氏斫琴为世人所重，在四川延续数代。著录于宋元笔记文论中的有雷绍、雷震、雷霄、雷威、雷文、雷严、雷珏、雷会、雷迅九人，纵贯盛唐、中唐与晚唐，延续一百二十多年。

两宋帝王均十分好琴，在宫廷中特设有琴待诏。宋徽宗赵佶，曾设"万琴堂"以储藏收集来的天下名琴，其中以唐人雷威所斫的一张"春雷"最为名贵。范仲淹、韩琦、欧阳修、苏轼、朱熹、真德秀等名公巨卿、文人墨客也都擅长弹琴。宋代的琴诗、琴文、琴词及各种琴论记载颇多。"平和"是宋代琴乐审美的主流倾向，宋人尚意，崇尚"淡和之意"和"以心感悟"的道禅之意。

明末清初琴家徐上瀛所著《溪山琴况》详论古琴演奏的格调风格、取音运指、乐句处理，有力地促进了古琴音乐审美研究的深化。清代制琴工艺可谓集大成,古琴文化大振。乾隆皇帝热衷于收藏历代名琴,曾请侍臣梁诗正、唐侃对其藏琴断代品评,分等编号,绘为画册。在清代书房客厅的墙上挂上一张古琴,可谓清风雅致,这种延续文脉的"时尚"经民国而延续至今……

弦上悟无弦,和谐容万音。管平湖先生弹奏的古琴曲《流水》作为中国古乐的代表,同世界其他国家的古老音乐形式一起,1977年8月20日随"航行者"号宇宙飞船飞往太空。2003年,古琴艺术被联合国教科文组织宣布为"人类口头和非物质遗产代表作"。2008年8月8日,在北京奥运会开幕式上,巨幅画卷的舒展迎来了古琴旋律的飘逸,那美妙的琴乐出自唐初贞观年间斫制的古琴"太古遗音"……

我们听《高山》《流水》,听得出"巍巍乎志在高山""洋洋乎志在流水";我们听《天风环佩》,仿佛仙子乘风无形来去,佩玉有声闻而不忘;我们沉醉于《渔歌》的平和之象:"烟消日出不见人,欸乃一声山水绿。回看天际下中流,岩上无心云相逐。"

七弦琴的智慧长河中,有生命的节律、文化的呼吸、文人的气象……

■ 丹 增

作者简介

藏族,1947年生于西藏比如,毕业于西藏民族学院、中央民族学院和复旦大学新闻系。曾任中共西藏自治区党委副书记、中共云南省委副书记;现任中国文联副主席、中国作协名誉副主席、中国笔会中心会长、中国少数民族文学委员会主任。小说《神的恩惠》获中国优秀短篇小说奖,《江贡》获《百家》小说奖、《小说选刊》双年奖;报告文学《太平洋风涛》获亚洲华人文学奖;散文《生日与哈达》获中国优秀散文奖,《丙中洛》《雪域路之梦》《阿妈拉巴的酥油灯》分别获《人民日报》年度征文优秀作品奖,《牦牛颂》获中国散文年会一等奖,《百年梨树记》获民族文学奖;《小活佛》获上海好童书奖。

作家印象

丹增的文字具有自然般的神力,复苏了一个古老大陆的命运和梦想。丹增,翻译成汉语的意思,就是继承佛法、弘扬佛法、扶持佛法。丹增出生在怒江上游的森林中,明净的怒江及其同样美好的森林一直珍藏在他心里。从青藏高原到彩云之南,丹增不断地以明察而热切的力量,加持自我,照亮周遭,为日渐消弭的世界筑起了一道永恒的记忆堤坝。不论是藏文还是汉语,黑黢黢、密麻麻的文字背后,我们仿佛看到那些不甘心的光芒挤压出来,它们飘浮着,陌生,别致,灵动,晦涩难懂,曲折复杂,像雾像雨又像不羁的风,像预言像隐喻又像莫名的谶语。他笔端的生死,不是两极,而是一体;他胸中的万物,各有其灵,尽善尽美。在湿润温暖的土地里,生死万物都平等地沐浴阳光,开枝散叶,春种秋藏,它们是神祇的宣示、真理的昭告,大音希声,却震慑寰宇。

丹增的散文,具有的是史诗般的气势,它们如同漫漫长夜中的启明星,用即将到来的晨曦征兆光明。他用天真隽永、朴素热烈的书写,深情抒发他对自我的呼唤、对生命的勘悟、对永恒的追寻,深情讴歌他对人类命运黄金时代的怀恋和追忆。

——李 舫

海上丝路与郑和

——来自郑和家乡的报告

■ 丹 增

现在"一带一路"是最热的词。两千多年来,我们的祖先先后探索出多条连接亚欧非大陆之间经贸交易、人文交流的通道,后人将其统称为"丝绸之路"。千百年来,这些最古老、最壮观、最伟大的"丝绸之路",不仅是东西方经济交流的大动脉,也是文化交流的大运河。回望历史,浩浩荡荡,郑和七下西洋堪称中国海上"丝绸之路"最壮丽的诗篇,也是人类航海史上第一个高峰。

一　中华航海

中国是世界上第一个从大陆走向海洋,从本国走向世界的国家。春秋战国时期,我国居住在东南沿海的闽越人,以船为车,以楫为马,制造出容量庞大、体型坚固的木船,进行航海活动。帆船所及日本、南亚、东南亚,把中国的锻铸铁器、制造技术流传出去，把南亚、东南亚的香料输入中国。秦统一中国后，秦始皇派徐福率童男童女数千人，从山东半岛下海，往东寻找长生不老之药，最终到达日本，他们带去了中国的丝织品、五谷籽种，今天前去日本的游客仍能看到当地古迹"秦徐福之墓"。

汉代由于船舵的发明，船舶技术采用密封隔舱，以巨枋捝迭而成，上平如衡，下侧如刀，破浪前行，造船业的进步，为航海业的发展提供了基础条件。中国是世界上最早饲养家蚕、发明缫丝、纺织丝绸的国家。汉代大宗出口商品丝绸的纺织中心是山东淄博，生产规模最大，织工技巧最佳，已有"冠带衣履天下"的称号。同时齐名的还有河南的睢县、四川的成都，它们并称汉代三大丝绸中心。那时的中国丝绸，已经达到质地轻柔、技术精湛、花纹绚丽、品种繁多的精美水平。汉武帝派遣使者，带着大批花样繁多的丝织品和金光灿灿的黄金从雷州半岛出发，途经今天的越南、泰国、马来西亚、缅甸，远航到印度半岛的黄支国，换取名贵珠宝和珍奇异物，然后返回，正式开辟了海上丝绸之路。

自安史之乱，藩镇割据，战争迭起，北方城市发展受限，经济中心由西北向东南转移，江苏、浙江占尽天时地利且时不我待地大力发展丝绸业，最好的丝织品薄如蝉翼，飘似云雾，誉满天下，南方临近海面，与海丝之路一拍即合。中国早在唐初完成了陶到瓷的转变，瓷器逐渐成了外销的大宗产品，瓷器易碎，海运比陆运安全，船舶载重量大、比较平稳，伴随丝绸比翼齐飞，成了重要的外销产品，古人有时称海上丝绸之路为"丝瓷之路"或"陶瓷之路"。海上丝绸之路，顾名思义，最初是由海路向外传播丝绸。

中国向来是个大国，但不是一直的强国。只有开放时，不仅是个大国而且是个强国，只要一封闭，就变成弱国。盛唐中国是一个强国，又是一个开放的大国，海上丝绸之路也进入了新的发展阶段。714年唐开元二年，在广州设立舶司，大大促进了市舶贸易。唐代经济发展，上层社会高位厚禄，富贵荣华，对香料的需求很大，高档香料是不可多得的奢侈品，而香料产地大都集中在阿拉伯和南海地区，这时海上丝绸之路运出去的是丝绸陶瓷，换回来的大都是各类香料。当然，中外交流中还有西天取经的高僧大德，例如，唐代高僧义净于671年，自广州航行至今印尼苏门答腊再到印度，又返回苏门答腊休整，于695年回到洛阳，前后历时25年，历经30多个国家。义净著作《南海寄归内法传》，记录的是沿途许多岛屿国家的历史现状、民情风俗。隋唐海上丝绸之路的兴盛发达，中国东南沿海凸现出一批港口城市，如广州、泉州、交州、登州、福州、明州，星罗棋布。

人类最早的交通方式是步行，后来陆路以畜代步，水上刳木为舟。西汉中国帆船驶出马六甲海峡，涉入印度洋水域；唐代中国海船抵达波斯湾、红海，进入北印度洋；宋代开辟了横渡大洋的直达航线。宋朝采取了开放政策，鼓励民间海外贸易。南宋朝廷规定，对凡能够招诱舶货的纲首或常做舶货贸易的商人嘉奖补偿，居住在中国的外国人，受到各种优待，如果外商在中国死亡，朝廷保护其财产。北宋先后在广州、明州、泉州、密州设立市舶机构，统一管理海外贸易，不断派遣使节到海外国家协商贸易关系。指南针是我国的四大发明之一，宋代发明罗盘，并且使用在航海上。大海弥漫无边，不知东西，昼则观日，夜则观星，阴晦观指南针。指南针的应用使中国成了世界航海史上第一个航行主要靠沿海陆标转向靠天文导航的国家。元朝中国造船技术和航海技能进一步发展，突飞猛进，罗盘导航，直海远行，顺风扬送，指南正法，绘制海图，使我国成为世界最早掌握天文航海技术的国家。汉、唐、宋、元，中国不仅是大国，而且是强国，经济总量占世界的三分之二；不仅是个开放之国，而且是个和平之国，航海事业发展始终处于世界之先，这是郑和七下西洋的前提条件。

二 郑和航海

明永乐年间是太平盛世，一支郑和率队的皇家舰队出海了。1405年7月世称"海洋之襟喉，江湖之门户"的太仓刘家港，人山人海，热闹非凡。208艘大小船只云帆高挂，浩浩荡荡，涉彼狂澜，两万七千八百多名将士舟师以钢铁般的坚强意志，敢为天下先的雄才胆略，开通从中国横渡印度洋直达东非的新航道，登上人类远航探险的巅峰。

刘家港是中国历史上名扬四海的古港，早在三国两晋时，因其自然形成的喇叭形长江入海处，水面宽广，潮汐汹涌，容纳万斛之舟。唐宋时，这里已是海舶交错入口，商旅驻足，异货盈衢，一派繁荣；元朝时港口内漕运万艘，集如林木，口岸沿边高楼大宅，琳宫梵宇，列如鳞次，市民商户，船工士兵，人声鼎沸，被称为"东方大都会""天下第一码头"，堪称当时世界第一大港。

郑和组建了人类历史上前所未有的世界最大的混合远洋舰

队。这208艘船,分为宝船、战船、粮船、水船、马船,都是按不同用途,分类建造。这富丽堂皇的宝船60艘,不仅体型巨大,尺寸最长,而且容量最多。每艘船身长158米、体宽16米,是当时世界上最大的航海巨舶,载重量达1500吨至2500吨,宝船桅杆长10余丈,铁锚高近1丈,每只重达3000多斤。宝船体势巍然,巨大无敌,篷帆锚舵,300余人,翻江倒海,气势夺人。宝船中郑和的座船称旗舰,布局复杂,结构精巧,外表豪华壮观,里边金碧辉煌,从船头至船尾,排列官厅、穿堂、库司、头门、仪门。上层有书房、聚堂,中层有宫室、餐室,雕梁画栋,象鼻挑檐,整座船就像一座一应俱全的宫殿。郑和在这里会见沿途各国的王室成员、政府要员、华侨头领,传递中华文化,洽谈商贸往来,广结和平友谊,目的是重振海上丝绸之路。

攻坚不摧的战船运载着将士。郑和七下西洋,每次使团规模两万七千多名,这其中百分之九十是海军将士。郑和下西洋不是殖民者的扩张与掠夺,不是军事上的侵略与争霸,是因为明初中国海军乃是最强大、最庞大的世界一流海军,士兵需要艰苦训练,向外炫耀军事威慑显示它的存在。郑和每下西洋都带着一支威武雄壮的仪仗队,每到一国登陆时,前呼后拥,彩旗飘扬,服饰灿烂,刀光剑影,使人望而生畏,展示中国的富强。如果勇敢是将士的第一要求,那么试战是勇敢的准备与成功的关键。明代,东西沿海、印度洋,海盗横行,商旅受到极大威胁,海上丝绸之路几乎完全阻断。郑和为了防止海盗偷袭,消灭称霸海上的海盗头目,出海的将士船队配备了当时世界上最先进的火器、火炮、火球等热兵器,配备了标枪、刀剑、弓弩等冷兵器。当年，郑和到达旧港，听闻盘踞在这里的海盗头目陈祖义，剽掠商旅，肆行无忌，立即派人招抚，这有眼不识泰山的盗匪不但不听，还谋划袭击郑和船队。郑和布兵海面，以引蛇出洞之计一网打尽，17艘海盗船，烧毁10艘，缴获7艘，杀死海盗五千余人，陈祖义等3名头目被擒。

粮船运口粮，水船载淡水。粮船和水船是整个船队的后勤保障，是全体人员的生命之船。郑和使团每次奉命出海往返需要两年半至三年时间，海上续航，有时数月至半年不泊岸，即便登陆一些岛国，多为国贫民穷的缺粮国。郑和第一次下西洋，两万七千多人，每人每天消耗口粮一斤半，一天耗粮41000斤，合417石，储备一年的口粮需要153205石。第五次远洋访问亚非10国，历时两年零三个月，粮船载粮30万石之多。海水卤咸，不可入口，16世纪之前中外航海都备有水船，用大桶小桶装上淡水运载。郑和在着手组建船队时，鉴于船队人数之多，海上航行之长，所需淡水量之大，专门研究制造了大型水船，最大水船可装一千多个大桶，足够一千多人一年之用，创造了世界航海史上的奇迹。在庞大的远洋船队中，郑和最重视的是水船，他明确要求水船制造要经得起四海台风，耐得住风吹日晒，板缝不能渗漏，船体不能变形。郑和每次出海一般备足全体人员一年的用水量，若以每人每天餐饮、卫生需要消耗2000克淡水计算，整个船队一年需要用水大约20000余吨，如果粮船与水船容量相似，每船积贮淡水100吨，起码要有20多艘大型水船。

马船具有多种功能，适合各种物品的运载。盐、酱、茶、酒、烛等船员的生活必需物资，对外贸易陶瓷、丝绸、铁器、铜钱、金银等深受海外人民喜爱的物品，与各国广泛交流、增进友谊，为首脑、王室、达官贵人带去价值不菲、富有特色、门类齐全的国礼，都装载在马船上。据统计，郑和五次远洋带回传入中国的货物达164种，包括17种五金类，22种药品类，23种珍宝类，29种香料类，还有食品类、木材类、布匹类等，不计其数。这些物资也由马船运载。郑和使团访问亚非诸国，各国首领竞相进贡，其中的珍禽异兽，今肯尼亚马林迪送的麒麟（实际是长颈鹿），斯里兰卡赠送的狮子，印度赠送的大象，还有一些亚非国家朝贡的千里骆驼、金钱豹、花福鹿的运载，马船派上了不可替代的用途。

郑和七下西洋，拓展海上丝绸之路，关键在于我国造船业的发展。中国是个内陆国家，但在整个中世纪，造船技术领先于世界先进水平，中华民族曾经在海上称雄于世界。郑和下西洋所使用的船只，大船大部分在南京制造，中船多数在福建制造，小船在广东、江苏等地生产。位于南京市西北、三叉河附近的中保村，西接长江，东邻淮河，利用这里有利的地形，明代初创建了规模巨大、占地50余万平方米的造船厂，取名南京宝船厂。船厂分前厂和后厂，两厂各有通往龙江的溪口，设有可以启闭的石闸，自主控制水量。造船时将水排除，关上闸门，在船坞里施工，船造好了，便开闸进水，将船体浮起，放船入江。一排排高大的厂房，设有风篷作坊、油漆作坊、细木作坊、铁品作坊、绳索作坊，制造船舶的能工巧匠、工程技术人员来自福建、江西、浙江等四面八方。60多艘大型宝船大部分建造在这里，既显示了明初我国发达的造船技术和劳动者的高超智慧。福建长乐太平港是郑和宝船和马船的重要制造基地。永乐三年，郑和第一次下西洋这个厂建造了5艘有"巨无敌"之称的宝船。

浙江、湖广、江西等全国近 40 多个造船厂为郑和提供了几百艘中小船只。公元 7 世纪以后，由于战乱的影响和西域诸国关系复杂，曾经是连接东西方文明的大动脉——陆上"丝绸之路"，不再是那样畅通无阻，取而代之的是海上"丝绸之路"。在人类社会发展的历史长河中，宝船产生的年代离今天并不遥远，然而它毕竟已经是几个世纪以前的事了，而大型钢船的出现和兴起也不足百年，可它决定了大型木帆船一蹶不振的命运。

浩瀚的海洋是人类生命的起源和人类文明的摇篮，郑和远涉大洋的能力也来自他亲手组建的经过专门训练的两万七千余名船员，在平凡中见真实，在闪光中见绚烂的团队。在这所向披靡、战无不胜的队伍中，既有富有航海经验的水手、具有较强战斗力的海军、懂得几国语言的翻译，也有医术精湛的医生、熟悉对外交流的官员、及时维修船舶的技工和观测天文气象的能人，还有动物饲养员、炊事员、唱戏的演员。在所有人员中郑和左膀右臂是王景弘。王景弘与郑和共同率领船队七下西洋。每次王景弘在南京、福建拟订出海方案和修造船只，在江南选拔船员和采购食品，在全国征集贸易货物。在航海的过程中，他负责航海线路的确认、航行技术的把握、舟师人员的调度。王景弘是福建漳平市赤水镇人，早年入宫为官，因为参加了明成祖"靖难"有功，委以重用，专门安排与郑和同为下西洋正使。

三　欧洲航海

郑和是世界航海史上的一座丰碑，是举世公认的海上巨人，是为人类和平友谊贡献一生的伟人。比较是历史研究的方法，"不比不知道，一比吓一跳"。时间上：郑和1405年第一次下西洋到达非洲，比意大利哥伦布横渡大西洋发现美洲大陆早87年，比葡萄牙人达·伽马绕航好望角到达印度早92年，比葡萄牙人麦哲伦绕航全球早116年。规模上：郑和每次下西洋船队规模260艘左右，人员两万七千余名，哥伦布首航的船队船只有3艘、人员90人，达·伽马首航船只有4艘、人员170人，麦哲伦的环球之行船只只有5艘、人员265名。线路上：郑和经东南亚、西亚至东非，哥伦布渡大西洋至中美洲，达·伽马经非洲至印度，麦哲伦只有一次环球航行，到达菲律宾时，由于参与当地争夺，被岛上居民杀死。郑和在28年的时间里7次下西洋，平均每四年远航一次，航程近10万公里，绕地球3圈还多。郑和航海不仅到了南洋群岛的主要国家，而且一直到了非洲东岸，登陆30多个国家。郑和时代既没有哥白尼的日心学说，也没有地球仪，更没有测量经纬度的办法。郑和的船队，把地文航海、天文航海、罗盘指向、测量航程等技术结合起来，将人类航海技术推到一个新的水平，并且绘制了世界上最早的航海图——《郑和航海图》。

1451年出生于意大利港口城市热那亚的哥伦布14岁开始航海生涯，当他服役的热那亚军舰在葡萄牙附近被法国人击沉逃脱，便去了里斯本，成了商人兼船长，继而移居西班牙，获得西班牙女王伊莎贝拉一世的支持，1492年8月3日从帕洛斯港出发，10月到达巴哈马群岛的华特林岛，将其命名为圣萨尔瓦多，后继续向西南方向航行，在古巴登陆，获得了极高的荣誉，1498年和1502年进行了第三次远航，希望找到直接通往中国或日本的航线，希望破灭。

1460年出生在葡萄牙西南海岸锡尼什的达·伽马，1497年7月8日从里斯本扬帆，沿非洲西海岸南下，首先到达福得群岛，随后几乎是直线向南，再朝东转去，中途93天见不到陆地，11月22日到达南非的好望角。再从好望角沿非洲东海岸北上到达肯尼亚境内的马林迪，请了一位阿拉伯的领航员，最终于1498年5月20日抵达印度半岛西南海岸的卡利卡特港。

1480年出生于葡萄牙骑士之家的费迪南德·麦哲伦，曾在在宫廷当过侍从，在印度军队服过役，在摩洛哥作过战，1517年移居西班牙，梦想成为一名航海家。1518年与西班牙国王签约，1519年8月10日他率领由5艘船组成的船队，从塞维利亚河港起航，9月20日扬帆进入大西洋。1519年12月13日抵达里约热内卢，在圣胡利安港过冬，这期间发生哗变。直到8月24日继续从圣胡利安港起航进入太平洋，先后到达马利亚那群岛，菲律宾萨马岛，1521年11月驶抵马鲁古群岛，1522年5月18日绕过南非好望角，抵达佛得解群岛，1522年9月8日历时3年重新回到了塞维利亚河港。

这三位航海家的这些活动，被统称为"地理的大发现"，三位航海家被欧洲人誉为"伟大的航海家"，大书特书，不可否认这三位航海家的功绩，值得赞颂和纪念。

恩格斯说："黄金这两个字变成驱使西班牙人远渡大西洋的符咒，黄金也是白种人刚踏上新发现的海岸所追求的头一项重要东西。"哥伦布、达·伽马、麦哲伦共同的成就并不是在航海事业本身，而是对黄金白银的掠夺、对人口奴隶的贩卖、对他人土地的霸占，在全世界建立欧洲人的殖民地。美洲的发现，好望角航路的开通,为西葡两国在海外建立殖民地开辟了道路,带来了前所未有的巨大财富。西班牙女王与哥伦布签订的航行协定中明确规定,如果他发现了新土地,就任命他为当地的副王或总督,其后代可以世袭爵位。哥伦布第一次航行,于1492年10月12日登陆巴哈马群岛的圣萨尔瓦多岛,立即宣布该岛归西班牙所有,12月7日到达海地岛,疯狂地抢劫居民种的粮食,并在岛上建造了西欧殖民者的第一座堡垒——圣诞堡垒。麦哲伦在寻找马鲁古群岛的过程中,发现的是菲律宾群岛,从而又为查理皇帝增加了一个新的省份,根据他与西班牙国王的契约规定,如果他发现6个以上的岛屿,其中两个归麦哲伦和鲁伊·法利罗,所以麦哲伦了得到了一个王国,头上戴起了金光四射的皇冠。

地理的大发现,西欧国家在海外获得了巨大的财富和暴利。西班牙殖民统治拉丁美洲3个世纪中,残酷地屠杀和奴役土著居民,使2500万印第安人丧失了生命,掠走了250万公斤的黄金和1亿吨白银。葡萄牙殖民者也从巴西运走了价值约6亿美元的黄金和3亿美元的金刚石。15世纪中叶,葡萄牙人就把从非洲西海岸劫掠或购买的奴隶运回国内售卖,少部分供富裕家庭服役,大部分派遣到被占领的大西洋岛屿从事开矿、种植等劳役。在非洲、拉丁美洲,西欧人拿出不值钱的玻璃球、镜子、别针、纽扣之类商品,换取贵重的犀牛角、象牙、黄金、白银、奴隶,在不等价交换中获取暴利,按今天的说法完全是丧尽天良的商业欺诈。

四 文明之旅

在世界史上,航海总是与探险、发现、征服、掠夺联系在一起的，然而郑和的航海既没有野蛮的征服与掠夺，也没有血腥的摧残和杀戮。从没有掠夺他人一分财富，从没有占领别国一寸土地，从没有伤害一个无辜百姓。15世纪的中国，疆域辽阔，人口众多，国力强盛，不仅在亚洲，乃至全世界都是首屈一指的大国。它不需要在海外谋求新土地，扩充新版图，更不需要远涉重洋去寻找黄金白银。明朝派遣郑和下西洋的真实目的是与世界各国和平友好增进友谊，互通有无发展贸易，传播借鉴交流文化，观天测地绘制海图，造船航海振兴科技。

明初六十多年历经三位皇帝，朱元璋亲手制定的和平外交政策，在永乐和宣德年间得到了继承和发展。1396年洪武二年，朱元璋在《皇明祖训》中把同各国人民和平友好相处的政策作为对外关系的基本国策，"吾恐后世子孙，倚中国富强，贪一时战功，无故兴兵，致伤人民，切记不可"。同时列出中国与周边15国为友好邻邦，定为不征之国。朱棣经过"靖难之役"，于1402年建文四年即皇帝位，第二年改为永乐元年，提出了"四夷顺，则中国宁""内安诸夏，外抚四夷，一视同仁，咸期生遂"的对外和平友好政策。郑和下西洋遵行"君主天下，施恩布德""不可欺寡，不可凌弱，共享太平之福"的圣训，这一圣训像一根红线贯穿于整个航海过程，因此船队所到之处受到当地发自内心的最高礼遇。

1409年12月，郑和七下西洋必到的越南归仁港，又迎来郑和船队的到来，酋长头戴三山金花冠，骑着披红戴绿的大象，前呼后拥，出郊前来勾肩搭背，五百余名番兵手执锋刃短铳，脚跳皮沓舞，手捶木鼓，嘴吹椰笛，欢喜若狂。见了郑和、王景弘，酋长下象膝行，匍匐感沐天恩。

1412年永乐十年，郑和船队访问了印度洋西海岸美丽富饶的礼仪之邦榜葛剌国，当国王得知宝船很快到达，便派遣部领，穿上盛装，骑马列队前往海岸，迎接中国贵客。在都城王宫，国王恭敬礼拜迎诏，叩谢加额。郑和开读赏赐，受毕，按当地习俗，铺绒毯于殿地，待我天使，宴我官兵，礼之甚厚。

在郑和航海的感召下，中国在海外的威望不断提高，在国际形成了"中国热"的浪潮，凡船队所到的国家和地区几乎都派遣使节到中国朝贡。据不完全统计，在永乐、宣德年间，亚洲、非洲共有60多国前来中国朝贡、访问，其中有近20位国王。1411年，满剌加国王拜里迷苏剌率领540余人的庞大使团前来中国访问；1417年，苏禄国东王、西王、峒王率领340余人的大型使团跋涉海道来访；1423年9月，郑和最后一次下西洋归来之际，东南亚、南亚、东非沿岸16个国家，同时派遣多达1200余人的使团来华朝贡，将"四方万国，九夷八蛮"之人毕来朝见的和平外交热潮推向高潮，这局面当时世界绝无仅有，连整个世界古代史上也属罕见。

郑和先后七下西洋，遍历亚非30余国，主要航线40余条，海上丝路畅通无阻，海外贸易空前活跃，郑和布局了纵横交错的交通港口、贸易中心，促进了海外贸易。明朝建立初期实行海禁政策，规定"寸板不准下海""敢有私下诸蕃互市者，必绳之重法"，撤销了沿海城市的市舶机构，关闭了贸易市场。海上丝路名存实亡。郑和舰队，携带当时世界科技含量最高最先进的农产品和手工制品，丝绸是主要的出口商品，锦绮、纱罗、绫绢、绸缎五彩缤纷；瓷器是中国人的伟大发明，官窑、民窑、青花瓷、杯盘、碗碟光彩夺目，还有金银制品、铁器、铜器、甚至农具耕畜。贸易形式,既有物物交换的货物交易,我赠你送的官方贸易,还有厚往薄来的朝贡贸易,其中大都是重振海上丝绸之路上的民间贸易。郑和远航,不全是输入一批统治阶层使用的奢侈品,还通过具有市场性质的贸易,进口大批普通大众日常生活用品,同时为海上各国提供了大批中国产品。明代,中国成为东南亚最大的贸易伙伴,贸易较高的年份达到白银100万两,这个数额相当于东南亚地区当时对外贸易总额。

郑和七下西洋,中国与世界70多个国家建立起一座文明传播与文化交流的桥梁,把博大精深的中国文化传播到东南亚、南亚乃至非洲那些遥远的地区。同样又把异国他乡的民俗风情、文化文明带回中国,使中国人开阔了视野,增进了对世界的了解。当时郑和所到的国家与中国相比都处于贫穷原始的社会发展阶段,上至达官贵人,下至平民百姓,他们对中国文化、中国文明,怀着一种崇敬的可望而不可即的仰慕与渴求。

瓷器是综合体现中华文化风采的物质载体,中国瓷器具有耐酸、耐碱,且便于洗涤的特点。瓷器在东南亚、南亚地区的外销、传播的是文化的表现力,艺术的想象力。青瓷盘碗在民间成为互赠的礼物,象征友谊;青瓷瓶杯在富人家当作艺术摆设,象征财富;青瓷大罐大碟在王宫豪宅当作装饰,象征声望与尊严。瓷器的艺术风格,使得中国瓷器成为佛教国家寺庙的供奉、皇亲国戚入土的陪葬、平民百姓日用的惜物。丝绸象征中国文明,销往国外改变了人们的服饰文化,鲜艳的色彩、斑斓的花纹,最适合东南亚、南亚炎热的气候。郑和船队还通过赏赐、馈赠、贸易等方式,把大量中国铜钱源源不断输出到东南亚各国,逐步把这一地区与邻国贸易往来从使用贝币过渡到使用中国铜钱。促进了这些地区各国之间农业、手工业和商业的发展,中国输出的金融制度在东南亚通行了几个世纪,时至今日。

郑和船队奉"王者无外,中天下而立,定四海之民,一视同仁"的精神,所到之处大规模赠送中国图书。1404年永乐二年,朝廷命礼部装印1万本《列女传》向海外诸国赠送,明成祖亲自作序。随图书赠送的还有纸、笔、墨。中国古代所谓"颁正朔,易服色"是政治制度中最有文化特色的历法和冠服。郑和在多国集中社会文化名家学习历法,帮助他们以精确的历法,进行农事耕作,指导日常生活,了解中国。"给赐冠服"是明成祖下达给郑和下西洋的使命之一。郑和先后向18位国王、酋长、头人赠送冠服,把中国"衣冠分贵贱,定上下"习俗介绍出去。郑和船队中的文人墨客,通过出使海外所见,回国后撰写了不少书籍,比较著名的三部是费信著的《星槎胜览》、马欢著的《瀛涯胜览》、巩珍著的《西洋蕃国志》。这些书以简明扼要的文字,生动形象的故事,把所到国家、地区的民情风俗、历史文化、地理地貌、物产资源做了描述,这对中国人来说开阔了视野,增长了见识,丰富了知识。

中国开辟海上丝绸之路比陆上丝绸之路早81年,早在2200年前,我们的祖先懂得海洋是沟通世界最为便捷的通道。今天由于陆地不可再生资源的过度开发,人类自身繁衍的严重失控,世界进入了"海洋时代"。无论是大国的政治家,还是小国的战略家,都把探索人类新的生存和发展空间聚向海洋。郑和七下西洋的伟业与威慑,中国变为海洋大国,获得了从日本到非洲东海岸的制海权,中国航海事业推向顶峰。就在郑和第六次下西洋前后,明朝海防政策发生了变化,由于1421年永乐十九年,京都北迁，1412年永乐十年，大运河重新开通，沿海防卫力量被削弱，造船的规模被减少，海军的数量被裁减。就在这一时刻，极具海权观念的郑和向明仁宗朱高炽极力陈述海权观，要求保留海军舰队。根据法国学者朗索瓦·德勃雷所著的《海外华人》记载，郑和对朱高炽说："欲国家富强，不可置海权于不顾。财富取之海，危险亦来自海上……一旦他国之君夺得南洋，华夏危矣。"郑和这一海权观的陈述，要比近代海权观倡导者马汉的"海上权力论"要早48年。郑和那时就认识到海洋是个硕大无朋的天然宝库，是人类文明的摇篮，控制了海洋便可安民定国。战无不胜的海军舰队是控制海洋的基础，如果郑和的海权观被当时的统治者接受，世界文明史将会是另一种记载。可惜那时的统治者深受千年来，以农立国、耕织为生、自给自足、世袭陆土的封闭大陆观影响，失去了难得的机遇。中国把刚刚迈进海洋的双脚缩回大陆，背向海洋，闭门不出，实行禁海，沿海50公里变为无人区，中国的航海事业由顶峰跌入低谷，重蹈覆辙。郑和舰队就此偃旗息鼓，连郑和七下西洋积累的最宝贵的航行资料也当作废纸一焚了之。结果等来的是，西方帝国主义用中国人发明的指南针和火药装备的坚船利炮炸开闭关锁国的国门，使中国沦为半殖民地的境地。

航海是一门综合学科，造船技术、航海科技、社会科学，乃至天文地理、海上救护无所不及。伟大的郑和在近三十年的航海实践中，留下了许多人类创造史上的伟大功绩。根据航海经验，结合天文、气象、地理知识，创造了具有极高价值的系统、完整的《郑和航海图》，这既是我国最早的海图，也是从世界范围来说，比所谓的世界第一部航海图集——荷兰瓦格涅尔《航海明镜》还早很多年,在世界地图发展史中占有辉煌地位。

像郑和这样一位世界伟大的航海家,在中国长达 5 个世纪被湮没,除了些零敲碎打的文学作品外,其光辉业绩几乎销声匿迹。直到 20 世纪,又被世人逐渐认识,1904 年,杰出的政治家梁启超写了一篇著名的《祖国大航海家郑和传》。海洋是人类生存发展的第二空间,海洋是一个尚未被完全认识的领域,人类已经调查的海洋面积还不到世界海洋面积的百分之十。现在世界商业及军事运输总量的百分之九十五都通过海洋来完成,海洋运输是世界经济运输的主动脉,高瞻远瞩的中国领导人,今天把视野从 960 万平方公里的国土拓展到整个世界海洋,重振海上丝绸之路,向海洋进发,造福于中华民族,这是一个中华民族伟大复兴的中国梦。

五　历史回音

伟大的郑和,何许人也,郑和是云南人。1371 年郑和出生于云南昆明市晋宁县昆阳镇一个回族家庭。晋宁物华天宝,地灵人杰。昆阳镇坐落在"五百里滇池"岸边。滇池碧波万顷,远山如黛,有内陆湖泊秀丽多姿、波光潋滟、清风习习的湖光山色,又有海洋帆影天鸥、水天一色、空阔无边的雄浑气度。昆明山清水秀,历史悠久,四季如春,市旁有海,市内有湖,四周有山,被誉为"东方日内瓦"。郑和从小在滇池里戏水,西山上望日,养成登高望远、系念苍生的胸襟。他的祖父和父亲都是虔诚的伊斯兰教徒,曾经由海路到过麦加朝圣,人们称其父为马哈只,马是祖姓,"哈只"阿拉伯语意为"朝觐者",凡到过天方朝圣过的人,都称为"哈只"。郑和的父母育有二子四女,郑和排行第二,取名马和,小名三保。郑和父亲马哈只,身材高大,仪表奇伟,为人正直,不畏强暴,体恤贫弱,受到邻里乡亲的尊重和爱戴。郑和自小受到良好家风熏陶,父慈母爱,养成了他立身正直、待人宽厚、学习刻苦、做事勤奋的品格。

1381年洪武十四年,明太宗朱元璋进攻云南,打败了云南的元梁王,11岁的三保被明军掳去,带到南京,入宫当了太监。他不但聪明好学,精明能干,而且在1399至1403年,朱元璋去世,皇太子继位,燕王朱棣起兵夺权的斗争中,跟随燕王多次参加战斗,机智应变,勇于冒险,累立战功,显示出非同一般的才能,深得皇帝赏识,于1404年永乐二年正月初一赐他姓郑,提升为内宦太监,成为内宦的首领。这年郑和33岁,正值血气方刚、忠君报国以酬壮志之时,朱棣坐稳江山,打开门户,重开海上丝绸之路,这主帅总监的重任自然落在他的肩上。郑和七下西洋,每次都经历了无数次惊涛骇浪、狂风暴雨的袭击,常常是九死一生。1433年宣德八年,他第七次下西洋返航途中病逝于印度西南边的卡利卡特,终年63岁。郑和之墓坐落在南京风景优美的牛首山南麓,用优质青石砌成的墓园墓盖,保持着穆斯林的葬仪习惯。墓前有28个台阶,象征他有28年的航海经历;台阶分四组,寓意他生前访问过40个国家和地区;每组七级,象征他七下西洋。郑和的爱国之心、报国之志、效国之力,是中华民族、炎黄子孙一座宏伟的精神丰碑。辛亥革命的元老李鸿祥曾写下这样一首《怀古》绝句:"西洋七下半环球,航海先声振五洲。郑氏如无家乖在,几疑三保出昆州。"

伟大的爱国者往往是超生命地热爱家乡。郑和首次下西洋前夕，怀着对家乡祖辈的思念，特请礼部尚书兼左春坊大学士李志为家父撰写了墓志铭，委派专人捎回家乡，嘱托哥哥马文铭将其刻碑立于昆阳月山父亲墓前。1411年永乐十年，郑和脱开繁忙的公务，利用远航归国休整的时间，选择了穆斯林斋月这个圣洁的日子，专程回到阔别多年的家乡昆阳，欢度斋月，为祖先扫墓。

云南人民没有忘记郑和的丰功伟绩，以及对人类航海事业的伟大贡献，在晋宁县城中央竖立起一座高大英武的郑和全身雕像。恰似郑和站立在宝船的前头，8米高的雕像雄姿英发，左手按着宝剑，右手拿着远洋航图。我看到这个雕像，想起袁忠彻在《古今识鉴》中对郑和的描述："内侍郑和即三保也，云南人，身长九尺，腰大十围，四岳峻而鼻小，眉目分明，耳山过面，齿如编贝，行如虎步，声如洪钟，才负经纬，文通孔孟，博辩机敏，长于智略，知兵善战。"耳旁回荡着南京《天妃灵应之记》碑记载的描述郑和第一次下西洋抵达印度海岸的情景："飓风黑雨，海冥黯淡，雷电交加，洪涛巨浪，摧山倒岳，鱼龙变怪，诡形异状，纷杂出没，惊心骇月，莫不错愕。"昆阳镇颇具规模的郑和公园内，有一栋三层小楼，汉白玉围栏，飞檐凌空，巍峨壮丽，这是郑和纪念馆，陈列着记载郑和光辉业绩的文物、资料、图片。晋宁月山上有一块碑林区域，一行行长廊，一块块碑文，省内外的当代书法名家，用不同的书法手笔，抄录着从古至今伟人名人对郑和的赞誉。有永乐、宣德两位皇帝的御制诗，也有民主革命先行者孙中山，还有新中国党和国家领导人周恩来、朱德、邓小平对郑和伟烈丰功的赞誉和评价，64块碑文汇成一句话：郑和是举世瞩目的伟人。

郑和是云南的，是中国的，更是世界的。在东南亚，许多国家以"三宝"命名为荣耀成为一种习俗，傣国有三宝庙、三宝城，马来西亚有三宝山、三宝井，印度尼西亚有三宝垄、三宝港。有神庙的地方，把郑和当作神明供奉、崇拜，常年香火不断；在民间传说中，郑和能呼风唤雨、填海造山，无所不能；在文学作品中，把郑和描述成超自然的神，能镇妖、避邪、医治百病。在非洲工作8年之久的人民日报首席记者李新烽调查过郑和在非洲的影响。600年前，郑和船队到达肯尼亚的拉穆群岛，一艘海船不幸在这里沉没，劫后余生的船员在这里登岛安身立命，后在这里繁衍生息。今天有个三千多居民的上加村，被称为中国村，传说其先民来自中国郑和船队中的上海人。非洲大陆最东部的索马里半岛是郑和第五次下西洋后每次必到的地方，郑和船员上岸驻泊，因干旱缺水，先打井取水，不仅解决营地人员的饮用，还供应当地居民。三口已经废弃的深井，今天成了当地旅游的景点。也门共和国所属的亚丁是郑和船队当初停留时间较长的地方，至今在民间流传着郑和船队补充给养、等待信风的故事。马尔代夫自古是跨国贸易的中转站，早在公元前500年，斯里兰卡和南印度人纷纷来到这里定居。长两千米、宽一千米的小岛马累今天是马尔代夫的首都，1433年郑和船队登岛休整，向住在岛上的国王赠送了青花龙纹执壶和画有凤凰图案的青花瓷盘。一些生病的船员水手留在岛上休养等待，船队从非洲海岸返航时接回。船员们乘坐木舟游览数岛，吃鱼虾恢复体力。

一个国家最生动的记忆是在博物馆。在斯里兰卡国国家博物馆里，静静地伫立着一座高1.7米的石碑，碑首雕刻着二龙戏珠图案，两侧简朴的纹饰，碑文"朕君临天下，抚治华夷，一视同仁，无间彼此"的字样清晰可见，这是郑和当年在这里立的石碑。菲律宾共和国苏禄省的省府，霍洛城的郊外，有郑和军师白本头的祠庙。从汉字楹栏说明，白本头所带领的船舰遇飓风飘滞苏禄，与当地头人结下友谊，落根此地，死后葬于苏禄，当地百姓世代供奉。文莱首都有一条路叫"王总兵路"，是为了纪念郑和下西洋的主要领导人王景弘而命名的，在这里发现了比较完整的中国产的各种瓷器5万多件，有的陈列在博物馆，有的珍藏在民间。北欧丹麦、挪威、瑞典等国把郑和下西洋作为一门造船学、地理学、制图学和航海学进行研究，在一些科研院所、学术机构、大专院校都有郑和学的研究机构、专门人才，还常常举办郑和航模展览、学术研讨。

郑和是世界上最早的洲际航海家，过去受全球范围内"西欧中心论"的影响被忽视，现在随着亚太经济时代的到来，"一带一路"中国驱动新型区域合作机制的拓展，郑和精神唤起中国民众的爱国主义热忱，爱国主义是民族进步的灵魂、国家富强的源泉，郑和鞠躬尽瘁，不惜牺牲自己的一切，乃至生命的伟大精神，振兴中华，走向世界。

■ 贺捷生

作者简介

1935年出生,湖南省桑植县人,贺龙之女。中国人民解放军少将,军事科学院军事百科研究部部长,军旅作家。先后调入军事科学院、总政治部、武警部队等单位从事研究和宣传工作。20世纪80年代,在从事军史研究的同时,又开始文学创作。

1984年在《昆仑》《人民文学》分别发表了《共青畅想曲》《击毙二王的报告》《祝你一路平安》3部报告文学作品,在读者中引起很大反响。2013年凭《父亲的雪山,母亲的草地》获人民文学奖优秀散文奖;2014年凭《父亲的雪山,母亲的草地》全票获得第六届鲁迅文学奖散文杂文奖。

作家印象

往昔岁月沧桑，犹忆血火峥嵘。每每读到贺捷生的文章，我们都更加怀念在民族危难之际高举义旗、为新中国诞生而浴血奋战的先辈们。在贺捷生的文章中，那些柔韧而刚强的叙事，那些凝聚生死、牵连命运的革命历史细节，令人震颤，更令人振奋。

贺捷生是开国元勋贺龙元帅的女儿，她在中国文学界深受敬重，即使年长者也都尊称她"贺大姐"。多年来，贺捷生以一系列优美凝重的"红色大散文"探访革命历史，传承精神力量。《长征，我的生命之歌》《归去来兮》《母亲的追忆》《丽江行》《岁月悠悠，山路长长》《桑植故里帅魂归》……正是凭借这些作品，贺捷生成为军旅文学的一面旗帜。戎马倥偬、枪林弹雨，战争的残酷、生活的艰难，父辈的忠诚、亲人的离散，血与火的考验、失与得的交织……面对这些数不清的过往，贺捷生在文中写道："我重提这些历史，绝不是要重温家庭的光荣，而是要说明信仰的力量和精神的旗帜……先辈们如若没有信仰，我们的国家和人民就没有今天。"

长歌可以当哭，远望可以当归。贺捷生的文章如夜半啼血、呼唤东风的子规，有着挥之不去的悲壮。与此同时，她也在用淋漓热血般的文字警示后人——我们走向未来，绝不能忘记昨天，不能忘记我们的信仰。

——李 舫

父亲的雪山，母亲的草地

■ 贺捷生

1935 年 10 月，霜风扑面，湘西万山红遍。接到北上长征命令的红二、六军团且战且退，正在苦苦寻找一道缝隙，准备杀出重围，去追赶遵义会议之后大踏步前进的红一方面军。然而缝隙是没有的，天上没有，地上也没有，因为国民党派出八十多个团蜂拥而来，把每条缝隙都给堵死了。

但就在这时，偏偏就在这时，经过十月怀胎的我却赖在母亲蹇先任的肚子里，迟迟不见动静。挺着个大肚子，被父亲贺龙安排在故乡桑植县南岔村冯家湾待产的母亲火急火燎，连拉开肚子逼我出生的心都有了。她每天早晨醒来，都要拍着圆滚滚的肚子，对我呼喊，儿啊，你怎么还不出来啊？你爸爸就要带着大部队远远地走了，你那么不听话，让我走不能走，留不能留，最终扔下我们娘儿俩那可怎么办啊？！

好像是听见了母亲说这些话，1935 年 11 月 1 日，那天卫生员外出了，母亲去上厕所，我竟懵懵懂懂地从她的身体里探出头来，似乎想看看她到底急成了什么样子。血泊中的母亲忘记了疼痛,欣喜若狂,当即脱下一件衣服把我小心翼翼地裹了起来,让警卫员火速给父亲报信。父亲正在前线阻击敌军,最先得到消息的红六军团政委王震口述电文,命令电台给前线发报:"祝贺军团长生了一门迫击炮!"

因为是明码电报,冲进战壕的通信员边跑边复核电报内容,满身血污的红军战士们齐声欢呼:噢,噢,我们又添了一门迫击炮!我们又生了一门迫击炮!……

父亲大喜,命令部队乘势出击,把潮水般涌来的白军坚决打回去。这一出击不要紧,红军势如破竹,摧枯拉朽,连续取得了龙家寨、十万坪和忠堡战役大捷,斩杀了以著书立说闻名于国民党军的师长谢彬,俘虏了敌另一师长张忠汉。

到这时,父亲才长出一口气,抽出大烟斗装上一袋烟,坐在指挥部美美地吸起来。然后,他对围绕在他身边的任弼时、关向应、萧克、贺炳炎和卢冬生等战友和爱将说:"嘿嘿,我当父亲了,你们说给这个丫头片子起个什么名字呢?"那时副总指挥萧克刚娶了我的幺姨蹇先佛,和父亲在搭档的基础上又成了连襟,他说:"恭喜,恭喜,总指挥带领我们打了胜仗,又喜得千金,我看孩子的名字就叫'捷生'吧,小丫头在捷报中出生嘛。"父亲尊重文化人,萧克又是红军领袖中的大秀才,背包里还背着在井冈山战斗间隙写的长篇小说《浴血罗霄》。听他说得头头是道,父亲像批准战斗方案那样一锤定音:"要得,孩子就叫捷生,这名字响亮!"

那天,父亲骑一匹快马,"嘀嗒嘀嗒"地向他的老家桑植洪家关驰去。离家门口还有十几丈远,他把缰绳往警卫员手里一扔,便向母亲和我住着的那间屋子里扑过来。当时我正在熟睡,母亲给浑身冒着热气的父亲打着手势说，轻一点，轻一点。父亲却顾不了那么多，他把我从小床上抱起来，一下举上半空转起圈来，吓得我从梦中惊醒，哇哇大哭。父亲说，哭吧！哭吧！我就盼着听你这小猴子哭几声呢！母亲说，她明明是个人，还是你的亲生女儿，怎么就成了小猴子？父亲嘿嘿笑着说，你看她小鼻子小眼睛的，就是一只小猴子嘛。又说，小猴子灵活、可爱、漂亮，孙大圣不是也叫美猴王吗？今后我不仅要叫她小猴子，还要叫她的妈妈猴娘。母亲扑哧一声笑了，她喜欢父亲这股粗鲁中的豪爽，幸福地埋怨说，你叫女儿小猴子就小猴子吧，怎么还要搭上我呢？

从战场上回来，父亲水没喝，饭没吃，看我一眼就走了。母亲后来说，那天他远去的马蹄声，嘀嗒，嘀嗒，要多好听有多好听。

这是我第一次听见马蹄声，父亲的马蹄声，胜利的马蹄声。虽然我混沌未开什么也不知道，但那一串"嘀嗒嘀嗒"的马蹄声，却真真切切地飘落在我涓涓细流般的血脉里，并让我此生注定与它命运相连。

18天后，我坐在由一匹小骡马驮着的摇篮里，成了红二、六军团从桑植刘家坪开始长征的一员。队伍上路时，喊喊嚓嚓的脚步声和嘀嗒嘀嗒的马蹄声，让我乖得不敢发出哭声。我不知道为什么要躺在这样的一个摇篮里，不知道队伍朝哪里走，也不知道驮着我的那匹黑色小骡马，是父亲在万般无奈中动用他的柔情，特地调来供我母亲和我使用的。

我不敢不乖啊！父亲原本是不准备带我走的，他连寄养我的人家都找好了。是他的一个亲戚，说好他在离开前把我送过去。但当父亲和母亲轮番抱着我赶到这个亲戚家时，一家人已吓得不知去向。还在月子里的母亲虚弱得像片随时可能飘落的树叶，但在这时却像母狼般地紧紧地抱住了我。到底是从她身上掉下来的血肉，连我发际间的血污都还没有洗干净呢。父亲也不是铁石心肠，看到母亲生怕失去我，想起几年前出生的姐姐红红就死在他打游击途中的冰凉怀抱里，他咬咬牙，说："那就把小丫头带上吧，不过路上艰险，是死是活就看她的命了。"

父亲不愿带我走的原因，除去路途艰险，行军不便外，还在于我年幼无知，哭笑无常，说不上什么时候会暴露部队的行踪。因为红军要一次次穿越敌人的封锁线，这种时候如果我失声大哭，后果不堪设想。所以，在部队出发的时候，虽然我父亲是总指挥，但当政委的任弼时伯伯依然板着脸对母亲说，关键时刻，不能让孩子哭，否则，将全军覆灭。

但是，我还是跟着父亲和母亲走了，跟着那串时而敲打在岩石上、时而深陷在泥沼里的马蹄声走了。从此山高水长，风餐露宿，嘀嗒嘀嗒的马蹄声始终陪伴着我，就如同母亲始终对我不离不弃。不过，每当过封锁线时，母亲都要把奶头塞进我的嘴里，不让我发出一丁点声音。有几次，因为母亲把我搂得太紧，奶头堵得我透不过气来，都快把我活活憋死了。

捷生那不是哭，她是在吓唬飞机呢

风萧马鸣，养育三湘儿女的澧水在轰然而至的爆炸声中咆哮。

母亲还在产期，我也没有足月，我们母女俩最早跟随红二、六军团卫生部行军。卫生部长贺彪又把我们编入伤病员队，并给母亲和我准备了一副担架。伤病员行动缓慢,母亲和我,加上牵骡马的老刘、老尹两个老兵,再加上抬担架的两个红军和那匹小骡马,我们成了一个特殊群体。走到澧水河边,敌机飞来了,像拉屎一般扔下无数颗炸弹。河面上水柱冲天,乘坐伤病员的小船在波涛中颠连起伏,许多人落进了水里。小骡马吓得前蹄腾空,差一点把摇篮掀翻了。新中国成立后出任国家卫生部副部长、解放军总后勤部副部长兼总后勤部卫生部长的贺彪叔叔急了,吓得扔下部队,连忙把我从摇篮里抱出来,塞在母亲手上,自己撑一只船把我们送向河对岸。

　　船到河中心,我被巨大的爆炸声和敌机飞行的尖叫声吓得号啕大哭,贺彪叔叔冲着母亲怀里的我喝道:"你哭,你哭,看你把敌机都招来了,再哭把你扔进河里!"我真就不哭了,不知是不敢哭,还是哭不出来了。到了对岸,警报解除了,母亲对贺彪叔叔说,贺部长,捷生那不是哭,她是在吓唬飞机呢,你看敌机不是飞走了吗?贺彪叔叔想到刚才对我太粗暴了,连忙伸出手来刮我的鼻子,逗我一笑。

　　马蹄又响起来了,疲倦的我躺在摇篮里呼呼地睡了过去。这时耳边蹄声嘀嗒,我光光的头一摇一晃,像个光溜溜的浮在水里的葫芦。母亲不时会伸进一只手来,摸摸我的鼻息,看我是否还活着。

　　这次风雨兼程,整整走了两天一夜。

　　到了宿营地,母亲什么都不顾,只顾得把我从摇篮里抱出来,手脚并用地给我喂奶、换尿布。经过那么长时间的颠簸和惊吓,我不仅饿了,而且变得臭不可闻。你想啊,两天一夜马不停蹄地奔走,在层层叠叠裹着我的褓褓里,积攒了多少屎尿!

那股臭味,简直要熏翻天。医疗队有个男护士跑过来帮忙,没想到我一个出生才二十几天的小婴儿,竟有那么多的屎尿,还那么臭,被熏得落荒而逃。在一片哄堂大笑中,男护士红着脸说,你们不要笑嘛,等过20年后她长大了,我们把这情景说给她听,她肯定会害羞的。又说,没有叔叔阿姨们的帮助,没有妈妈的辛苦,她怎么能长大?

还未走出湖南,母亲说什么也要回红二、六军团总部。卫生部拖着那么多的伤病员,还有那么多丢不下的设备,她不好意思让人照顾。贺彪叔叔拦不住,让她把抬担架的两个兵和担架也一块带走。母亲说,这怎么可以呢?我想的,就是把担架留下来抬伤病员。

父亲虽然日理万机,但见到我们回到他身边,心里还是很高兴。他知道母亲太不容易了,除了每天要背着行装自己赶路,还得一把屎一把尿地照料我。晚上宿营时大家睡下了,又要把我弄脏的衣服和第二天换用的尿布洗出来。那时快到冬天了,天阴沉沉的,洗好的衣服和尿布干不了,必须找炉火一件件烘干。做完这些事再躺下时,已是凌晨时分,队伍又差不多要上路了。

父亲把我弄丢了

毕竟还在月子里,母亲也有走不动的时候,就抱着我骑在小骡马上走。父亲看见了,从母亲手里接过襁褓。父亲那匹马高大,健壮,背脊宽阔,跑起来像一片飞翔的陆地。

此后几天,父亲每天都带着我在原野上狂奔。他勒紧腰间的皮带，拉开领口，把我小心翼翼地放进他宽大的衣兜里，如同一只大袋鼠装一只小袋鼠。偎依他那温暖的胸膛，我一声不吭，仿佛回到了母亲的肚子里，仿佛那一路上嘀嗒嘀嗒的马蹄声，仍是母亲的心跳。

没几天，发生那个流传甚广的趣闻：他把我弄丢了。

那是过贵州的一个山垭口，前后突然出现了敌人。父亲意识到有落入包围的危险，打马狂奔，迅速调动被挤压在山垭里的部队抢占两边的山冈。但他想不到，就在这时，我就像个飞起来的包裹，从他的怀里被颠了出来，重重地落进路边的草丛里。接下来杀声四起，红军从山垭口夺路而行，没有人想到会从军团总指挥的怀里掉出一个孩子来。

部队突围后，山垭复归沉寂，山风像水那样徐徐漫过来。

我想我以后的反应，纯粹是条件反射，当那串熟悉的马蹄声消失之后，摔晕在草丛里的我慢慢醒过来，感到周围冷冰冰的，死一般寂静，便不由自主地哭起来。

落在大部队后面的几个伤病员接着走进了山垭，并且机警而又奇怪地听到了我的哭声。他们循声找到那片草丛，看见我脸色青紫地躺在那儿，嘴角在一阵阵抽搐，四肢已经没有蹬踏和抓挠的力气了。伤病员们一时不知如何是好，他们都伤着，病着，连自己都没有力气赶上大部队，怎么有能力管一个气息奄奄的孩子？"看啊，婴儿裹着红军的衣服！"突然有人惊呼起来。

这个发现让众人大吃一惊。几乎在同时，伤病员们全都打消了放弃我的念头，开始考虑如何把我带走，如何帮我找到自己的爸爸、妈妈。因为他们想，用红军衣服裹着的孩子，一定是红军的后代；如果任凭我躺在草丛里，用不了多久就会被饿死或冻死。而红军的后代，红军不管谁管呢？

伤病员们走路本来就慢，抱上我这个婴儿，要频频换手，就走得更慢了。他们用了一个多小时，才翻过崎岖的山垭口。

太阳偏西了，几个人坐一块岩石上休息，从大部队过去的方向忽然传来一阵马蹄声。待大家看清马上的人影，立刻都弹了起来。

山垭遭遇战后，父亲带领部队一口气奔袭了几十里。喘口气的时候，他习惯性地伸出手去掏口袋里的烟斗，就像触电一般，这时他猝然发现身上少了什么。是的，他的怀里空了，他心爱的女儿不见了！一声"糟糕"还未出口，汗珠已滚滚流淌。当即他烟不抽，脚不歇，带上两个警卫员，快马加鞭，十万火急地返回来寻找。

伤病员们列队向军团总指挥行军礼，父亲心里一惊，下意识勒住了缰绳："你们看见了我的孩子吗？"

伤病员们一愣，把刚捡到的襁褓茫然举起来，说："总指挥，是这个孩子吗？""是她！是她！"父亲从马上滚下来，如同抢夺一般把襁褓搂进怀里。掀开一看，我哼哼唧唧的，饿得把手指吮得吱吱有声。

父亲的眼睛红了，两滴混浊的泪水夺眶而出。

70多年过去了，我至今对父亲和母亲仍深怀歉意。因为我生得那么不是时候，养得那么不易，以至成了他们割舍不下的包袱。二万五千里长征，他们在纷至沓来的战事、饥饿、寒冷和死亡中，既要带领或跟随部队前进，又要保住我的生命，多么危险多么苦，都没有把我扔掉，也没有随便送个什么人家。

而与我同时期生养的孩子，死在路上，或送给路边人家再也找不回来的，屡见不鲜。

说起来，最难的还是我母亲，她可不是粗手大脚的乡下女人，而是长沙名校兑泽中学毕业的进步学生，长得细皮嫩肉。但她选择了革命，选择了我父亲，也便选择了从今往后遍布荆棘的苦难人生。背着刚剪断脐带的我长征，她遭受的折磨和艰辛，起码是其他人的两三倍。何况她还是一个女人，一个在月子里便以虚弱的身子踏上漫漫征途的产妇。

刚出发时，我还能坐在马背上的摇篮里，让母亲挂着一根竹竿走自己的路。但到了云南境内，山高路险，树杈横生，她怕剐伤我娇嫩的皮肤，用一个布袋子兜着我，挂在胸前。走那样的路，连骡马都会失足跌进深渊，她一个女人，胸前还挂着一个四肢乱蹬、嗷嗷待哺的婴儿，需要付出多大的体力和毅力！要命的是，我三天两头生病，她沿路既要给我喂奶、洗漱，还要为我寻医、问药和煎药。

一次，我病得非常重，两三天都哭不出来，大家认为我不能活了。新中国成立后担任农业部部长的陈希云叔叔看见我这个样子，不知从哪儿寻来一块花布，交给母亲说，女孩儿爱美呢，走的时候用这块花布包她吧。母亲的心里一颤，藏起花布，用尽办法救我的命。她想，女儿可是贺龙的命根子，只要还有一口气，就要用自己的胸膛把她暖过来。即使死，也要让她死在自己的臂弯里。

万幸的是，我真是命大，几天后又能哭了，让大家悬着的心放了下来。新中国成立后，许多从长征路上走过来的叔叔阿姨见到我，都对我说，那时候他们就想听到我的哭声，我一哭，就说明我还有力量活下去，哭得越响亮，越平安无事。

母亲在新中国成立初回想这段经历，在她后来亲手烧了的回忆录中，写下了一段我什么时候想起来什么时候都会热泪盈眶的文字：

到了夜晚，万籁俱静，行军一天的战友们都睡着了。我手里缝着小衣服，眼睛望着背篓内的小捷生，见她闭着小眼睛不哭不闹的姿态，我的心就像被无数针扎似的剧痛，暗自祝愿：儿啊！你在褓褓中就与父母一起长途征战，吃够了苦头，受够了磨难，只要你平安无事，渡过难关，妈妈就是受尽了艰辛，也是心甘情愿的！无论遇到什么样的危险，母女俩也要相依为命，永远患难与共。

翻越连绵不断的雪山，没有人不精疲力竭。由于天寒衣单，空气稀薄，腹里空空，一些熟悉的面孔走着走着便不见了。我身子单薄的二舅蹇先超，只有16岁，还稚气未消，是跟着母亲和有孕在身的幺姨蹇先佛一起来长征的。因姐夫贺龙和萧克分别是红二、六军团的总指挥和副总指挥，原本能受到很好的照顾。但他执意要跟着战斗部队走，跟着他一路护送来的伤病员走，最后自己冻僵在雪山上，再也没有起来。

有天早晨，那是在雪域，部队就要出发了，却没听见惯常的马蹄声。母亲大声呼唤护送我们母女俩的红军战士老刘和老尹备马，老刘却慌慌张张地跑过来说："蹇大姐，不好了，你的黑骡子和总指挥的马都不见了。我半夜起来给它们喂草料时还好好的，黎明前它们失踪了。刚才报告了总指挥，他发火了，说马上去找，找不到军法处置。"

听到这话，如听到霹雳，母亲的心凉了半截。没有了骡马她可以走，孩子怎么办？非冻死在雪山不可。

老刘去找马了,母亲去找父亲,而父亲此时正站在那儿吹胡子瞪眼睛。看到母亲,他故作轻松地说:"猴娘,你别急,找不到骡马我和你们一起走路。四脚着地让我当马,我也要把女儿背过去。"

幸亏是一场虚惊:中午十二点钟左右,警卫营长牵着黑骡子和父亲的马走过来。父亲转怒为喜,问警卫营长是怎么找到的。警卫营长说,天刚蒙蒙亮,他们布置在山坡上的哨兵隐隐听见一阵马蹄声,走近了,才发现一群猴子正簇拥着这两匹马过来,有的猴子骑在马身上,有的猴子骑着黑骡子,人模狗样,得意扬扬的。哨兵感到稀奇,仔细一看,才认出是总指挥的马和驮蹇大姐母女俩那匹黑骡子,心想这还得了,立即打开刺刀冲上去,把两匹骡马夺了回来。

父亲一阵大笑,从警卫营长手里接过黑骡子的缰绳,亲手交给老刘,说:"检查检查摇篮,看是否还结实。今天我陪女儿一起走。"

马蹄声又响起来了,父亲骑着马在我们身边跑前跑后……

从湘西启程到跌跌爬爬翻过雪山,红二、六军团在路上足足走了七个月了。我这个走时还未满月的孩子,被父母和许多叔叔阿姨背着,抱着,被马背上的摇篮没白没黑地颠着,也终于像金蝉脱壳那样蜕去了每天都要反复捆扎的襁褓,开始自己坐立、爬行和牙牙学语。

往渐渐平坦的雪线下走,就像穿过地狱,终于看见了曙光。当然,官兵们已弹尽粮绝,身形枯槁,个个瘦得皮包骨头,仿佛马上要散架。互相看看劫后余生的面容,男人只剩下蓬乱又旺盛的头发和胡子,女人只剩下两个深陷的眼窝。身上的衣服被风雪撕得丝丝缕缕的。嗓子也是哑的，交流全凭眼神和手势。

1936年6月下旬，红二、六军团与红四方面军在甘孜会师。在这里，父亲高兴地见到了共同发起南昌起义的老战友朱德，也见到了同时领导过南昌起义的张国焘。7月1日，两支部队在甘孜喇嘛寺前席地而坐，举行庆祝大会。

在临时搭起的主席台上，作为红军两大主力的最高指挥员，父亲和张国焘坐在了一起。张国焘向台下望去，看见红二、六军团的指战员面黄肌瘦，穿得破破烂烂的，脸上掠过一丝不易察觉的轻慢。父亲把张国焘的表情看在眼里，低身捅了捅他，对他耳语说："国焘啊，只讲团结，莫讲分裂。不然，小心老子打你的黑枪！"

就是在这次大会上，朱德以红军总司令的名义宣读了党中央的电令："红二、六军团从此改称'中国工农红军第二方面军'。方面军总指挥贺龙，政治委员任弼时；副总指挥萧克，副政治委员关向应。"

会师后部队休整十天，红二方面军开始过草地。

依然马蹄声碎，依然残阳如血。

我一生中无法说清的饥饿，就是在草地上经历的。现在我说不出我半岁大时饿了的感觉。母亲曾告诉我，我饿了的时候，只会哭，像头小野兽那么哭，像谁要杀了我那么哭，呜呜，哇哇，怎么也哄不住。哭着哭着，抓住她的手吃手，抓住自己的衣角吃衣角。但饥饿是共同的，没有指挥员和普通士兵之分，也没有大人和孩子之分。像父亲这个总指挥，是方面军最大的官了，没有任何特殊化，也只有平均分配的那点炒面，吃完了和参谋、马夫、警卫员们一起去挖野菜度饥荒。我是整个方面军带着过草地的四个孩子之一，又是贺龙的女儿，听见我天天哭号不止，许多叔叔阿姨要分我一点口粮，母亲坚辞不收。她说，这时的粮食就是命，不能舍了别人的命救自己孩子的命。因为我体质差，肠胃特别脆弱，吃了野菜马上拉稀，她把自己那份粮食都留给我吃，每天和老刘、老尹以野菜度日。

说起来既让人辛酸，又让人心热。同在这支队伍中沿着这条路走着的我幺姨蹇先佛，在从甘孜进入的草地上，好不容易和我母亲也是她的亲姐姐见面，她送给我母亲和我的礼物，除去她省下的一点青稞面，便是亲手采来的一大把野菜。幺姨随姨父萧克的红六军团行军，从桑植出发后，两姐妹只在贵州毕节见过一面。在草地上再见面时，幺姨挺着个大肚子，快要生了。原来幺姨刚踏上长征路，发现自己怀孕了，但一个孕妇只有跟着队伍走，才不至于流落半道，遭遇不测，谁知道队伍要走到哪一天，会走到哪里去？就这样她的肚子一天天大起来，一天天越走越艰难。但即便如此，她也得往前走，也得自己去采野菜充饥，所以她比日夜背着或抱着我的母亲有了更多的生存经验，认识更多的野菜。她和母亲见面后说得最多的，就是如何识别哪些野菜有毒，哪些野菜能吃。半个月后，幺姨把孩子生在了满目苍凉的草地上——不过，这又是一个很长的故事，我只能留待另文再写了。

继续说草地上的饥饿。有一回，父亲要亲自动手给我做吃的，可他的粮袋空了，就拿一只搪瓷缸，盛上一点清水，倒提着袋子往下抖，又团在手里反复地揉，把沾在布壁上的粉尘和钻进针脚里的颗粒都搜出来，才勉强把搪瓷缸里的清水弄浑。接着放到火上去煮，去熬，直到熬成薄薄的一层糊糊。然后用手指勾起糊糊,一点一点地往我的嘴里刮。我吃得津津有味,有几次竟叼着他的手指,狼吞虎咽地往喉咙里送。

说明我在草地上受过饥饿的,还有一例:到达陕北保安后,中央财政部部长林伯渠伯伯赶来看我母亲,问她缺什么。母亲说什么也不缺。林老不明白母亲为什么老抱着我,就问孩子多大了,母亲说足足一岁了。林老说:"一岁了还要抱?让她自己去玩嘛。"母亲说:"孩子在草地上跟着大人一起挨饿,营养不良,小腿是软的,站不起来。"林老当场流泪了,招呼随员马上送一条羊腿过来。

有了这条羊腿,母亲每天用小刀削一块下来,拿长征用过的那只搪瓷缸放在火盆上煨熟炖烂,再加上一片馒头或一小碗米饭,细心地喂给我吃。

吃完林老送来的这条羊腿,我挣开母亲的怀抱,颤颤巍巍,自己在大地上站起来了!

不。在草地上我们不仅经历了饥饿,还经历了凶险。

是7月下旬的一天,方面军指挥部进入阿坝的一片丘陵地带。此处有山有水,有茂密的树林,两丈多宽的葛曲河从草原中央沉沉流过。休息号吹响后,许多人拥到河滩上去歇脚,或坐在河边钓鱼。父亲爱好运动,也乐于垂钓,他希望能钓上一条大鱼来,给我熬点汤喝。

母亲坐在离葛曲河有段距离的山坡下,和往常一样,给我喂奶。不过她这时的乳房已经干涸,我拼命吸也吸不出几滴,有时甚至会吸出她的血来。正在这时,从母亲左手边的山林里传过来一片轰轰隆隆的马蹄声,如暴雨骤至。母亲的注意力都在我身上,正痴痴地心痛又怜悯地望着我,突然听见有人喊:"敌人的骑兵来了！"

听见喊声，父亲从河边跳起来，只见从山上的树林里蹿出一支三四百人的反动藏族骑兵，高举的弯刀寒光闪闪。我们母女俩就待在山坡下，敌人的马队冲下来，不被弯刀劈死，也会被马蹄踩死。

父亲急了，举起钓鱼竿吼道："警卫营，把他们坚决打回去！"

乓乓乓乓的枪声响了，子弹在我们的头顶嗖嗖飞过。母亲把我紧紧地搂在怀里，这时无论逃离还是躲避，都来不及了，只能听天由命。忽然她看见一个小号兵愣在身边，就冲他喊："小同志，你吹号啊！"

小号兵满脸迷茫，说："我们没有骑兵，不敢吹冲锋号。""那就吹调兵号！用力吹！"母亲急中生智，给小号兵下达命令。

小号兵明白了，昂首吹响了调兵号。一时间走在路上的号兵，散在河滩里的号兵，十几把号同时吹起来，吹的都是调兵号。嘹亮的号声在空中汇成了一股雄壮的旋律，翻涌的浪涛。

敌骑兵在离母亲和我只有几百余米的位置猝然停下，他们听见河滩上和山坡下号角连营，吹的又都是调兵号，自己先怕了，以为红军早已布置千军万马，只待他们往埋伏圈里钻。随之后队改前队，前队改后队，黑压压一片迅速往回退，往山上曾经藏身的树林里退。

几分钟过去，树林里静悄悄的……

1936年11月，在我周岁的日子里，红军三大主力会师陕北。历经一年零九天，走过11个省，翻过18座大山脉，渡过24条河流，占领过62个城镇的长征，宣告结束。

长征一年，在这条充满险恶也充满希望的道路上，我跟着父母走了过来,没有在襁褓中死去,连我自己都认为是个奇迹。虽然我当时年幼无知,不可能留下任何记忆,但我为自己花朵初绽般的生命在这条路上度过了满月、百日和周岁,而感到荣幸,感到骄傲。

是啊,无论我是否回想得起来,无论是否说得清楚,那一路早已远去的"嘀嗒嘀嗒"的马蹄声,都刻在了我生命的历程中,我记忆深处的底片上,就像风走过必定会在树上留下风痕,雨打过必定会在地上留下雨迹。

嘀嗒嘀嗒嘀嗒……嘀嗒嘀嗒嘀嗒……

十几年后我读到一篇古文,是宋人倪思写的,说世界上什么声音最美:"松声、涧声、山禽声、夜虫声、鹤声、琴声、雨滴阶声、雪洒窗声、棋子落声、煎茶水声,皆声之至清也,而读书声为最。"做过礼部和兵部尚书的倪思,言之凿凿,说读书声是世界上最美的声音,我当然不反对。可对我来说,当年虽混沌未开,但在长征途中每天听到的马蹄声,如倪思说的读书声,同样是最美的声音。

1929年的秋天还没有我,但我已经以两滴血的形式存在于世了,一滴流淌在贺龙的身体里,一滴流淌在蹇先任的身体里。

两滴血渐渐靠近,一个跌宕起伏的故事就此拉开序幕。

我母亲说,是贺龙,也就是我未来的父亲,积极主动,首先靠近蹇先任,也就是我未来的母亲。那时,父亲担任湘鄂西红四军军长,正带领他的部队在建始、巴东、鹤峰三县交界处昼伏夜出,艰难作战;母亲则作为湘鄂西苏区的第一位女红军,在父亲的部队担任文化教员。父亲一见到他的队伍里冒出这个漂亮女兵,这个刚满20岁的白净姑娘,眼睛一亮,心里就有些控制不住自己了。没过几天,他对这个女兵,也就是我的母亲蹇先任说,蹇先生,和我结婚吧。

母亲已经是一名坚定的战士,一个成熟的革命者。与人们印象中的女红军有所不同,她长得灵巧,精致,体态优雅,但性格内向,言语不多,气质上多少显得有些文弱;几年前在省城长沙受到的良好教育,使她见多识广,写得一笔好字,拥有湘西女性并不多见的书卷气;穿上红军那身灰色的土布军装之前,她便在长沙参加过学生运动,从事党的秘密工作,是个已经有两年党龄的党员了。当站在父亲面前时,她那两只像湖水般深邃的眼睛,她在艰苦环境中锻炼出来的从容和沉稳,让父亲当即认定她就是自己要找的女人,再不能错过她。其实父亲是见过女人的,但他没见过像母亲这样的知识女性。他想要的,正是这样的知识女性。

就因为母亲的出现,原本以强悍和雷厉风行著称的父亲,忽然生硬地变得拘谨和文雅起来。不知是真生敬意,还是有奉迎之嫌,他亲切而又谦逊地称我母亲"蹇先生"。

但母亲是何等细心之人,她一眼就看出了这个部队的最高指挥员,这个说一不二的男人,向自己投来的那种异样的目光。母亲在心里对自己说,那就走着瞧吧,反正该来的迟早会来。

父亲提出和母亲结婚的理由,说起来也是那么好笑,那么牵强附会和欲盖弥彰。父亲说,蹇先生,我贺龙是个粗人,在旧军队混的时间长了,养成了许多坏习气,必须有个人来管我。因此,我给上海的党中央报告了,这个能管住我的人,现在我终于找到了,那就是你。

听着父亲有些蛮不讲理的求婚,母亲心如止水,一点都不感到意外，更没有那种泰山压顶的感觉。虽然我当时只有36岁的父亲，既勇猛又粗犷，早在十几年前就揭竿而起，领导过桑植暴动和南昌起义，是个不仅把湘西，而且把中国搅得天翻地覆的人，但母亲却并不怵他，既不怕他逼婚，也不怕他逼婚不成把自己从他的队伍里赶走。

母亲冷静地望着父亲，温文尔雅地说，是吗？贺军长想和我结婚？这可是件大事，可惜我自己说了不算，得回慈利去问问我父亲，看他同不同意。

好嘛，好嘛。听到我母亲说结婚必须先过我外公这一关，父亲那颗多少有些顾忌的心不知不觉又膨胀起来。他说，那没得问题，蹇先生要我去求你父亲蹇老先生，过几天我们就去把慈利县城打下来。

外公在母亲心中

与父亲的故乡桑植县相邻的慈利县，在地域上同属湘西，是我母亲的出生地。在慈利县城关镇的东北街上，住着我的外公蹇承宴，还有他临街开的豆腐店和染布店。看见父亲那副志在必得的样子，母亲在心里不服气地想，哼，你以为我父亲这一关是这么好过的？他又不是地主劣绅，而是个安分守己的生意人，你吓唬不住他。再说，他为人正直，做事有自己的原则，你如果胡作非为，他可不吃你这一套。

当然，母亲在省城读过书，见过世面，又接受了新思想，还是党的人，红军队伍里的人，她还不至于不敢为自己的婚姻做主。但她在情感上却是个非常传统的人，她觉得自己可以把信仰和生命交给党，交给这支军队，但自己的女儿身是外公给的，在把自己交出去之前，必须由外公点头。从另一个角度说，外公在生意场上阅人无数，看得出谁忠谁奸，因此在嫁人的问题上，母亲绝对相信他的眼力。

外公寒承宴在母亲心里，和当军长的父亲一样，是个很高大也很有力量的人。他生在湖南安乡，8岁时因村里发大水，一家人只活下来他和上了年纪的奶奶。之后，奶奶带着他背井离乡，外出逃荒，几经漂泊才流落到慈利县杉木桥，借住在一户穷人家里。现在一个8岁的孩子懂得什么呢？但8岁的外公在那时却已经懂得必须与奶奶相依为命，必须在当地人面前谨慎做人，别让人瞧不起；还懂得一个男人应该自强不息，既要能赚钱赡养奶奶，还要成家立业，活得像个人样。渐渐的，他无师自通地学会了做豆腐，有了一门养家糊口的手艺。30岁那年，奶奶不在了，他与一个叫黄世菊的女子白手成家，真正在异乡站住了脚。有一年，听说慈利城关镇的豆腐生意好做，小两口一合计，挑上担子便进县城去了。在后来的日子里，夫妻俩在城关镇东北街，一边开作坊做豆腐，一边生儿育女。几年下来，大女儿寒先钰、二女儿寒先任（我母亲）、大儿子寒先为、幺女儿寒先佛、二儿子寒先超，先后来到这个世界。再后，自然是小小发达了，他又娶了二房杨氏，生了小舅寒先辉，小姨寒先珍。最了不起的，是他除了把大姨寒先钰留在了身边做帮手外，让其他的儿女都上了学，其中把母亲寒先任和大舅寒先为送到长沙兑泽中学读书，把幺姨寒先佛送到长沙衡粹女子艺术学校深造。相对地处偏远的慈利，长沙是大城市、大地方，而兑泽中学和衡粹女校又是长沙的名校，从中足见外公的气魄和远见。

母亲正是在长沙读书的时候，受到大舅骞先为的影响，开始从事地下斗争。大舅虽然还是个少年，但已经相当成熟了，甚至有过出生入死的经历。1927年5月长沙发生"马日事变"，党组织面临瘫痪，同时因缺少经费而难以为继。那时，外公的生意做得顺风顺水，而且有些规模了，在街上开了两个作坊和两家铺子，大舅便以帮助外公经商为名，趁外公和外婆不注意，从钱柜里悄悄拿出钱去资助党组织。有一次，他整整提走了一百块大洋，被外公发现了，严厉追问他钱的去处。大舅也不躲闪，只用几句话就打消了外公的顾虑。

大舅说，父亲，你从小看着自己的儿子长大，难道会相信我拿出钱去做坏事？又说，你老人家不是天天反对苛捐杂税、盘剥压榨吗？我们就是要和那些人过不去。

要说我外公还真是有胆有识，听完大舅的几句话，他什么也不问了，只是默默地盯着他，然后拍拍他瘦弱的肩膀说，先为啊，你做的事既然于国有益，那就大胆去做吧，爹不拦你。但是你应该知道，做这种事是要掉脑袋的，应该处处小心，步步小心。

这就是母亲信任外公的原因。他尽管是个小县城里的小商人，但眼里有爱憎，胸中有家国，这在当年是非常难得的。还有，他虽然像所有父母那样疼爱自己的子女，却不愿把他们护在自己的羽翼下；只要他们走正途，做大事，甚至不怕他们有个三长两短。正因为这样，在那个险恶的年代，当大舅带着母亲去参加红军时，他从心里为他们感到高兴。要知道当红军是要流血牺牲的；当红军家属，同样要遭受杀身之祸。

听说父亲贺龙要娶自己的二女儿，外公的反应大大地出人意料。他不是害怕，不是断然回绝，更没有那种受宠若惊的样子，而是满地打滚，号啕大哭。他边打滚边说，完了完了，我家二姑娘这下完了，贺龙是要娶她当小啊，这让我这张老脸往哪里搁？然后说，我家先任可是百里挑一的好姑娘，怎么能给人家当小呢？又说，我话说在前面，贺龙既然能娶她，总有一天也会休她，我家二姑娘苦哇……

大概在外公满地打滚的第二天或第三天，外公早上起来开店，刚卸下两三块店板，忽然听见一阵咚咚的脚步声。他茫然看过去，只见一个高大魁梧，用一顶大礼帽遮住大半张脸的人，正向他微笑着走来。来人的背后还跟着两三个同样高大的人，他们一只手提着衣角，一只手插在宽大的马褂里。凭直觉，外公知道这些人都带着家伙。

外公有些紧张，但来人双手抱拳，对他一揖。

你……你是谁？外公大吃一惊。

来人把大礼帽摘下，夹在腋下，弯腰诚恳地说，塞老先生，你莫惊慌。我是桑植人贺云卿，也就是传说中的贺龙。这次来是求你开恩的，请你把你的二女儿先任嫁给我。又说，老人家，你尽管放心，我贺龙以性命担保，我看上你的宝贝女儿，绝不是让她做小，而是明媒正娶，让她协助我革命，帮助我打江山。

贺龙的名字谁没有听过？他在湘西跺一下脚，山都会抖，树都会摇晃。但是，他此刻竟向自己这个开豆腐店的小业主脱帽致礼，这让外公如何担当得起？正是在此刻，外公被父亲感动了，或者说被他吓蒙了，他连忙躬身对我父亲说，贺、贺军长，你的好意我心领了，有事进家里说。

没过几天，外公带人将一包金条和许多布匹送到父亲的队伍里。他对父亲说,云卿啊,我知道你们红军缺衣少食,生活过得贫苦,这些东西你们用得着。作为给父亲个人的礼物,外公送给他一件花了上百块大洋买的皮袍。外公想,父亲长年带领队伍在山里奔波,日晒雨淋,风餐露宿,必须有件厚实的衣服抵挡风寒。

父亲和母亲结婚的第六年,即1935年的11月1日,我在父亲出生的桑植县南岔村冯家湾呱呱坠地。母亲后来对我说,她当时真想把我带回慈利去,给外公看一眼他的外孙女,让老人家也高兴高兴,可惜时间已经来不及了,因为队伍马上就要向远处开拔了。

热风扑面,密集的飞虫像雨点那般撞在脸上,赶也赶不走。天完全黑下来的时候,母亲从羊角山上的灌木丛里直起身子,拔起酸痛的双腿,像个幽灵般地走进澧水河北岸的慈利县城。在小巷的拐角处,她下意识地停了下来,探头朝自己家开的染布店看了一眼。而这一眼外公留给母亲的印象,从此像刀一样刻在了她的记忆中。

外公坐在染布店门前的一把竹床上乘凉,手里噼噼啪啪地挥动着一把大蒲扇。他把黑色的对襟衫撩向两边,露出精瘦的身子,不时腾出手来拍打在腿脚上叮咬的蚊子。借助昏黄的煤油灯光,母亲感到她看清楚了外公胸脯上的一根根肋条。外公老了,瘦了,不断发出空空的咳嗽声。母亲的泪水就在这个时候落了下来。她知道外公老成这个样子,不光是为他这个十几口之家操劳,还得天天为母亲和先为大舅担惊受怕。虽然母亲和先为大舅去当红军时,外公表现得那么平静,那么豁达,但在朝不保夕的战争年代,敌人那么凶狠,环境那么残酷,战斗又如此频繁,他这个做父亲的怎能不牵挂一对儿女的安危?要是外公知道担任湘鄂边红军第一纵队参谋长的先为大舅,此时已壮烈牺牲,知道他这个二女儿变成了今天这副形同乞丐的样子,他又会做何感想呢?

母亲终没有走进近在咫尺的家,转身消失在黑暗中。

1930年春天,父亲和母亲结婚不到半年,便怀上了我从未见过面的姐姐红红。这时父亲率领红四军准备向洪湖地区转移,试图与战斗在洪湖地区的红六军会合。从湘西到洪湖,关山重重,路途迢迢,特别是要面对国民党军队的重重围追堵截,母亲挺着个大肚子,显然不能随军行动,父亲只好把她安置在桑植县官地坪的一户农家待产,留下两个警卫员照顾她。这一次分别,因战争形势的千变万化,父亲和他的红四军一直在湘鄂黔边界周旋,数年未返,母亲遭受了她一生中最不堪回首的苦难和煎熬。

这是长达三年多的颠沛流离和生死挣扎啊!在那些日子里,母亲用一只竹背篓背着嗷嗷待哺的姐姐红红,风里雨里,东躲西藏,今天不知道明天的死活,先后流落在官地坪、七郎坪、鹤峰、四门岩等地坚持斗争。在漫长难熬的岁月中,她既要对付国民党军和当地团防的搜捕,还要提防自己的同志和老乡的反水与出卖;至于吃住和衣着,只要能生存,那就只能随它去了。

红四军离开湘西时,留下一个独立团坚持湘鄂边斗争,各地的党组织和武装也还存在。但独立团的不少军官是旧军人出身,形势好的时候能勉强跟着父亲走,形势一变,马上换了一副面孔。而且,就在这时,夏曦抓"改组派"的风又吹过来了,他本人也数次深入湘西,残酷地杀害了一批党内和地方干部,一时造成忠奸莫辨，人心惶惶，这为母亲的生存带来了更大的险恶。但给母亲带来致命一击的，还是姐姐红红的死。

姐姐红红在母亲颠荡山林的背篓中，已长到一周岁，聪明伶俐，惹人疼爱，给在艰难中求生的母亲带来莫大的安慰。但一场麻疹袭来，让我这个可怜的连父亲的面都没有见过的姐姐，无医可寻，无药可治，生生死在母亲的怀里。

没有了姐姐的拖累，当地的党组织又遭到严重破坏，母亲决定离开湘西，独自去洪湖一带寻找父亲和她日思夜想的队伍。在从四门岩一路摸索到慈利的路途中，她只身奔命，被沿地的团防扣留过，在荒山野地里病倒过，还化装成叫花子乞讨过，人熬得骨瘦如柴，衣服被荆棘和岩石撕扯得丝丝缕缕，满是破洞。因此，当她躲在街角看到外公和家的时候，再也没有勇气往前走了。她怕自己这副人不人鬼不鬼的样子吓着外公和外婆，也怕两个老人为她的遭遇感到心疼。

大姨塞先钰也住在城关镇，离外公家不远，大姨夫已去世多年，身边只有一个小女儿。母亲想，还是先去找她这个姐姐好一些，她孤儿寡母的，没人注意。住下后洗个澡，换身衣服，再回家也不迟。

天更黑了，大姨家没有点灯，她和小女儿每人拿把竹椅坐在门口乘凉。母亲看准没有外人，从黑暗中一闪而出，径自往大姨家黑漆漆的门洞里走。路过大姐身边时，她轻轻地拍了一下大姨的肩膀，叫了一声"姐……"

大姨惊愕地转过头，只见一个浑身散发出酸臭的影子往自己的家里飘，立刻追过来拽住母亲，说，你这叫花子来讨什么？快出去！

母亲急忙捂住大姨的嘴,说姐,别大声叫嚷,我是先任。

大姨如遭雷击,忙拽回小女儿,把大门关住,扣死,反身把母亲搂在她怀里,说哎呀,你真是先任啊!怎么弄成了这个样子?把人都要吓死了,爸爸妈妈还以为你死了哩……边说边哭出声来。

母亲说,姐姐啊,求你别哭了,我不是平平安安回来了吗?你先烧点水让我洗个澡,换身衣服,我身上脏死了。

大姨猛然想起了什么,问母亲,贺龙呢?红红呢?就你一个人回来?

母亲说,贺龙在洪湖那边,女儿死了,连我都差一点死了。

听母亲说得那么冷静,好像什么事也没有发生一样,大姨伤心得又要哭,母亲忙说,大姐,我求你了,不要哭了,快给我找套干净衣服,再给我弄点吃的,我几天没吃饭了。

洗完澡,吃完饭,已是夜半三更,大姨泪眼婆娑地说,先任,孩子已经睡了,我先送你回娘家,那里房子多,不会引人注意。我这里临街,房子又小,到了白天大街上人来人往的,你住这里危险。

回到外公家,母亲、外婆和大姨抱在一起,哭成了泪人。

人回来了还哭什么?外公喝住三个女人,也像大姨那样问我母亲,咋搞成了这个样子?你是从哪里跑回来的?贺龙呢?他不管你了?

母亲告诉外公和外婆,父亲贺龙带领红军主力在三年前离开湘西后,再也没有回来。现在是红军最困难的时期,许多人牺牲了,活着的也失散了,今后的形势将更复杂,更恶劣。她这次千辛万苦跑回家,是想请外公想办法送她去找父亲和部队。

外婆吓得面如土色,说二丫头,外面兵荒马乱,到处在抓人和杀人。你身子骨这么单薄,都剩下半条命了,还要去找他们啊?

外公说,鬼话!二姑娘是贺云卿的人,不去找他找谁?又对母亲说,二丫头,你既然回家了,就在家里多养几天,不然风都能把你吹走,还咋个找?

外公想想又问,云卿他们现在在哪里?你先为弟弟呢?母亲差一点把大舅牺牲的事说出来,但话到嘴边又咽回去了,只回答说,听说他们在洪湖,先为弟弟一直跟着云卿,想必不会有事。外公放心地点点头,对外婆、大姨和母亲三个人说,时候不早了,让二丫头早点睡吧。先钰也趁早回家,别让孩子半夜醒来找不着娘;白天没事不要往这里跑,免得隔墙有耳。送二丫头去洪湖找云卿和红军的事,由我来想办法。但不能急,得想个万全之策。

母亲在家里藏了几天,外婆好饭好菜地喂她,身体恢复很快。

外公经过仔细盘算,决定拿出一笔钱,与外婆娘家一个叫黄进元的亲兄弟合伙做生意。然后由进元姥舅搞一条船沿澧水往洪湖走,让母亲待在船上,伺机把她送到父亲身边。进元姥舅也经商,人很精明,在澧水两岸有不少熟人和生意伙伴。用这个办法,既能把母亲平平安安地送出湘西,又能让她免受跋涉之苦,可谓两全其美。

几十年后母亲对我说,外公开豆腐坊、染布店,那个家是他一点一点攒起来的,但他不吝啬金钱,绝不像小生意人那般抠抠索索,把钱看得比磨盘还大。为了几个参加革命的儿女,他敢作敢为,慷慨大度,不惜千金散尽。从这个意义上说,他又是个很开明很有胆识的人。

船备好了,外公往母亲的包袱里放进足够的盘缠,叮嘱她说,二丫头,你放心大胆地走吧,要是能顺利走到洪湖找到云卿,是最好不过了。如果遇到麻烦,实在走不出去,就到焦圻去找你母亲的族侄黄其均,他和爸爸也有生意来往。但他可能听说你嫁给了贺龙,千万不要跟他提起你是去找贺龙的,人心叵测啊,就说你是逃难离家,只到亲戚家躲几天。待我想出新的办法,再到焦圻去接你。

这是一个月夜,风平浪静,载着进元姥舅和母亲的那条船,悄无声息地离开了慈利。正好是盈水季节,母亲一觉醒来,船已靠上津市码头。

有了船,又真是代表外公和进元姥舅合伙做生意,这让母亲从容、淡定,无须乔装打扮,即使遇到团防或地痞流氓来敲诈勒索,只要不知道她是贺龙的妻子,谁也不会产生怀疑。而在那样的乱世,谁又会把一个船上的普通女人与贺龙联系起来呢?

船到沙市,进元姥舅上岸去变卖从津市贩来的一船草纸。当时沙市就缺草纸,货很快脱手,他乘机打听当地是否太平。商家对他说,如今哪里还有太平?前不久贺龙带领红军来打沙市,都打到沙市东街了,但被国军打退了。仗打得很凶,子弹乱飞,双方死了不少人。商家还惺惺相惜地提醒进元姥舅,如今兵荒马乱,贺龙的队伍正缺衣少食,四处流窜,咱做生意的,千万别往他们的枪口上撞。

那贺龙的部队退到哪里去了?还在洪湖吗?进元姥舅问。同时又在心里想,我正要找贺龙呢,你们却把他当成凶神恶煞,但他不敢把话说出来,只能继续装傻。

商家说,鬼晓得,他们来无影去无踪。但洪湖他们肯定是放弃了,因为国军已密密麻麻地围过来,围得像铁桶似的。

此话当真?进元姥舅的心在怦怦乱跳。

那还有假!商家说,洪湖那边有船过来,生意人都关心这个。

进元姥舅马上回到船上,把消息对母亲说了。母亲没有思想准备,心里一急,当天就病倒了,高烧不止。要知道她三年多来苦苦寻找父亲,吃过多大的苦,遭了多大的罪,现在眼看就要到洪湖了,父亲他们却撤走了,这怎么不让她大失所望,一时心如死灰?

母亲患的是疟疾,三两天好不了,进元姥舅只得带她回家。

在津市,母亲一病不起,足足被困了两个月。

病好得差不多了,按照外公临行时的交代,母亲决定去焦圻找表兄黄其均。外公也来信说,在焦圻发现了红军的踪迹。从津市去焦圻没有水路,母亲没有让进元姥舅送,自己背上一个包袱就上路了。

黄其均表兄母亲见过,前些年他来慈利做生意,常到家里来看望外公和外婆,向外公讨教生意经。他还向外公借过一笔数目不小的钱,但生意做赔了,害怕外公催他还账,跑回焦圻不敢见外公了。母亲的出现让他颇感意外,额上顿时冒出一层汗珠。母亲马上说,自己是来逃难的,又送上30块大洋,说这是她的食宿费用。表兄说不出别的,忙安排母亲住下,说二姑娘,表兄的家也是你的家。

因为着急上火,没在表兄家住几天,母亲又得了痢疾,刚刚恢复过来的身子又迅速往下瘦,最后瘦得只剩下一层皮软塌塌地包着一把骨头。其均表兄不敢懈怠,四处去找郎中和打听偏方。

外公听说母亲刚渡过一难,又赶上一难,心急如焚,星夜赶到焦圻表兄家。幸好头几天用对了药,母亲的病好了许多。见表兄对母亲不薄,外公非常感动,对表兄说了实话。他说,其均啊,你大概知道我家二丫头当了红军,又嫁给了贺龙。前三年她让贺龙送回桑植生娃娃,与贺龙失去了联系。有人说红军正在江北一带活动,她到焦圻来,就是来找贺龙的,你得想个办法送她过江。要不然,她老待在你这里,一来给你添麻烦,二来如果有个意外,两边的人都惹不起。

其均表兄对母亲的来意,其实早有察觉,只是母亲和外公不把话挑明,他也不敢往那个地方想。现在外公道出了原委,他当即拍着胸脯说,姑夫请放心,我别的做不到,送先任妹妹过江还是有办法的。

外公望着其均表兄说,你有什么办法?说出来听听。

其均表兄告诉外公,他刚在靠江更近的藕池住过一段日子,帮一家店铺管账,知道藕池对岸的江陵和监利一带经常有红军出没。他还亲眼看到白军和红军隔江相望,你来我往地打拉锯战,常常是白军气势汹汹地渡过江去,红军又跑到江这边来了。反正是谁也制伏不了谁,只好这样对峙下去。话说到这,其均表兄说,他可以先带母亲去藕池开家店铺,先熟悉情况,摸准行情,待谁也不注意的时候,花钱雇一条小船,这样就能把母亲顺利地送到对岸。

外公说,这个办法好,就按你说的,先去藕池开家小店,这钱我出,你和二丫头一起打理,看准机会把她送过江去,之后店就归你了。话说到这里,外公从身上摸出其均表兄当年借钱的那张字据，当面撕了，边撕边说，其均侄儿，你能为姑夫办这件事，过去的账我们一笔勾销，不再提了。

可惜的是，当其均表兄和母亲在藕池盘下一家店铺后，红军又从江北消失了。这时，外公又打听到了新的消息：父亲率领红军已打回鹤峰和桑植一带。从藕池前去江对岸围剿红军的白军已陆续返回兵营，当地的土豪劣绅纷纷放起了鞭炮。

母亲又陷入了愁城：藕池离鹤峰和桑植，山高路远啊！

但外公没有气馁，他让母亲返回焦圻等他的消息，自己一次次派人去鹤峰、桑植打探父亲的下落。他想，即使找到天边，他也要帮他的女儿找到贺龙。

1933年冬天，外公派他的另一个族侄黄其昌扮成一个卖布的小贩到鹤峰一带寻访。其昌表兄辗转几个月，沿着红军留下的标语，终于在鹤峰的石灰窑、椿木营一带找到了红军。

其昌表兄回来对外公说，我父亲贺龙得知他代表外公来找红军，将其昌表兄迎进了他的司令部。听说外公这几年百折不挠，一边想尽办法让母亲藏身，一边帮助母亲四处寻找红军，父亲特别感动。他让其昌表兄立即返回慈利，向老人家报告，让母亲回到慈利或桑植一带，主动向红军靠拢。因为红军住行无定，目标太大，不能贸然深入白区。

1934年10月，经过在湘鄂黔三省边界的艰苦转战，父亲率领的红四军已壮大为红二军团，并在黔东印江县木黄镇与任弼时、萧克率领的红六军团胜利会师，然后杀回湘西，着手在永顺、大庸创建稳固的革命根据地。

听到这个消息，外公当即派义子文春林送母亲启程，让母亲终于顺利踏上了回部队之路。这一次迎接母亲的，是翻飞的旗帜、沸腾的歌声，是兵强马壮的红军大部队。当然，还有父亲那张喜笑颜开的脸。

母亲像踩在云里雾里，和无数次做过的梦境里。在见到父亲的那一刻，她悲喜交加，一头撞进他的怀里。想起三年多来离群索居，生生死死，她眼里的泪如同大坝决堤，江河泛滥。她对父亲最难以启齿又不得不要说的，是红红姐姐的死。"云卿啊，我对不住你，把你的女儿弄丢了。"当母亲说出这句话时，已泣不成声，差点昏厥过去。

父亲把母亲娇小的身子裹进胸膛，用宽阔的手轻轻抚弄着她的秀发，疼爱地说，好了好了，别哭了，战争那么残酷，我们有那么多好战友、好同志都牺牲了，你骞先生能捡回一条命，让我很知足了。以后我们还会有孩子的，我保证，到时再不会发生红红这样的事了。

许多年后，当母亲对我复述父亲在当年说过的这句话时，我感动得泪流满面。因为我明白了自此整整一年后，父亲为什么在那么艰难的情况下，仍把生下来才18天的我，放在马背上的摇篮里，带着我去长征。他是不忍心再次失去他的亲骨肉。

回到自己的战斗岗位，母亲才知道，在这三四年里，父亲和他这支队伍中的每个人，个个九死一生。她认识并朝夕相处过的许多红军干部，像段德昌、王炳南、覃苏、董朗、陈协平、汪毅夫等，或在战场上壮烈牺牲，或被左倾路线残酷杀害。父亲的亲人，我的大姑贺英、四姑贺满姑，也惨死在敌人的屠刀下。

1934年12月26日，父亲率部攻克慈利县城。进城后的第一件事，就是去拜访我外公骞承宴；同去的还有萧克、关向应等红军领袖。

那天中午,父亲特地设宴招待外公及所有家人。著名的萧克将军就是这样成为我的姨父的,因为他在饭桌上一眼就看上了我漂亮的幺姨塞先佛。

我幺姨塞先佛这年18岁,刚从长沙衡粹女子艺术学校毕业,长得亭亭玉立,能写会画,而且在长沙这样的大地方经过多年艺术熏陶,有着良好的艺术气质,对革命充满向往。红军一进驻城关镇,她就找到我父亲自报家门,说姐夫,我也要参加红军,跟你和姐姐走。父亲故意给她卖关子,说,你也要参加红军?你一个城里的学生,细皮嫩肉的,能干啥啊?幺姨说,我会写字画画啊,你们可是打着灯笼也难找。父亲说,那倒是,我批准了。

我想,父亲同意幺姨参加红军,心里肯定还有一个想法没有说出来,那便是把她介绍给他的副总指挥萧克。因为萧克是红军中的儒将,难得的才子,那一手字写得能挣来饭吃。萧克也参加了南昌起义,部队被打散后,他身上空无一文,正是凭着写得一手好字,沿途给人写对联写信,才换回了回家的盘缠。父亲想,如果幺姨和萧克能互生好感,简直是天造地设,璧连珠合。

推杯换盏中,外公受到父亲和几位红军将领的交口称赞。而后,当着几位红军将领的面,外公一诺千金,再次把幺姨塞先佛、二舅塞先超交了出来。当时外公说,我们塞家怕是着了共产党的魔,先是我大儿子先为、二女儿先任跟你们走了;如今幺女儿先佛、二儿子先超也不愿在家待了,争着要跟你们走。我想好了,他们要走就走吧,人各有志,我不阻拦他们。想想又说,我知道江山是要拿命去换的,他们能不能跟着你们走到胜利的那一天,就看他们的造化了。

外公不知道,幺姨在吃这顿饭之前就已经和我父亲达成了默契,铁下心要跟红军走了。外公更不知道,他的幺女婿——未来的共和国上将萧克,此时此刻也坐在他的面前。

没多久,由父亲和任弼时、陈琮英夫妇搭桥,萧克将军和我幺姨蹇先佛喜结良缘。从此,我聪明伶俐、能写会画的幺姨便跟着萧克,跟着我父亲任总指挥的红二、六军团革命去了。当年在湘鄂西,在红军长征沿路,墙壁上的许多红军标语和漫画,都出自我幺姨之手。1936年7月1日,红二、六军团长征到甘孜,按照中央军委的命令,改编为中国工农红军第二方面军,我母亲两姐妹因分别嫁给红二方面军的总指挥贺龙、副总指挥萧克,从而成为著名的"红军姊妹花"。在以后的几十年中,萧克将军和我幺姨南征北战,甘苦相守,不离不弃。2008年10月,活了101岁的萧克将军无疾而终;我幺姨蹇先佛如今已是97岁高龄,依然在含饴弄孙,活得耳聪目明。

还说近八十年前的事。

红军打下慈利后,我父亲贺龙、任弼时、萧克、关向应等几位红军将领设宴款待我外公。当同在饭桌上的母亲听到外公提起大舅蹇先为时,忍不住夺门而出,躲进一个街角失声痛哭。后来母亲说,当时她感到外公实在是太伟大了,也太可怜了,因为直到吃那顿饭时,他还不知道大舅蹇先为已经牺牲了,而且早在几年前就牺牲在湘鄂西残酷的战场上。

离开湘西苏区,踏上二万五千里漫漫长途,母亲一直为外公提心吊胆。谁都能想象,女婿是贺龙和萧克,另有四个儿女参加红军,当国民党反动派卷土重来之时,他老人家该承受多少压榨和凌辱!因为红军前脚走,国民党、当地团防,还有各路土匪和黑势力蜂拥而至,而且必将变本加厉,心狠手辣,可怜的外公这时就只能成为长在地里的韭菜,面临一次又一次的刈割,刀每天都悬在头上。

  对这样的处境,外公其实早有准备。他知道当他把两个女儿分别嫁给贺龙和萧克,把四个儿女先后送进红军队伍,在明里和暗中,他就已经成为各种反动势力的眼中钉、肉中刺。但他想,好汉做事好汉当,反正是豁出去了,无非是家破人亡,倾家荡产。在这个黑白不分的社会,你反抗是一刀,不反抗也是一刀,何不活得壮烈一些,堂堂正正一些?而他能做到的,就是尽量保护家人的平安,把大事小事都扛在自己肩上。

  红军刚开始长征,外公便关了豆腐坊和染布店,带着家里剩下的几个人离开了慈利城关镇。他甘愿再一次背井离乡,躲得远远的。

  逃到津市高深站,外公意外遇到了一个曾在一起做过伙计的老朋友;那人感念旧情,腾出房子大度地收留了他一家。但外公安顿下妻儿后,又马不停蹄,一个人坐船赶往阔别多年的安乡老家。他希望那片曾经被洪水浸泡过的土地,能用几亩薄田收留他,让他带着老小了此残生。

  没想到人还未从安乡回来,慈利琵琶洲有个姓刘的人便把他给告官了,说蹇家是红军家属,主人蹇承宴是大名鼎鼎的"匪首"贺龙和萧克的老丈人,贺萧二人在他家里存了不少金银和枪支。慈利当局正恼外公从他们的鼻子底下溜走了,现在有人把状子递上来,那还不搂草打兔子,既把这个"案犯"给截住,又把他的财产给逼出来？当外公回到津市的时候，家里已被翻得七零八落，朋友借住的房子被挖得像刚犁过的地一样。不过，到了这一步，他们也把外公的蛮劲给逼出来了。外公想，既然你们说我同红军沾亲带故，是红军家属，那么我认了，不如干脆回到慈利城关镇去继续开店做生意。

也许在生意场上久经摔打，精明的外公早学会了审时度势。因为当时正是国共两党进行第二次合作时期，抗日成了中华民族的头等大事，而我父亲贺龙和姨夫萧克也成了举国闻名的共产党名将，正在前线与日寇打仗。外公理直气壮地对人们说，知道我与贺龙和萧克是什么关系，知道我有四个儿女参加红军，那又怎么样？看谁敢动我一根毫毛！

就在这个时候，幺姨蹇先佛从延安捎来口信，说她和幺姨父萧克都要上前线打鬼子，希望把他们在长征路上生下的宝贝儿子萧堡生送回老家，请外公和外婆帮助照料。外公连想都不想，马上回话说，送来，送来！为什么不送来？抗日将士的儿子我这个当外公的不养，让谁养？

后来便发生了那件让外公痛不欲生的事情：日本侵略军进攻慈利时，一发炮弹打过来，烧了慈利县城东北街的半条街，外公的染布店也不能幸免。接着又惨无人道地进行细菌战，让搂在外公怀里逃生的堡生表弟不幸染上了鼠疫菌毒，眼睁睁死在路途。外公心里当时那个痛，那个仇恨啊，冲进战场和鬼子拼命的心都有。当然，想到那么多中国老百姓，那么多老人和孩子都死在日本人的铁蹄下，外公知道幺姨和萧克将军是不会责怪他的，只会更加激发他们杀敌的决心。但毕竟这个在长征的苦难中活下来的孩子，就这样没有了，外公还是感到非常歉疚。

因此,他马上给重庆八路军办事处写信,寄希望他们能把这个噩耗转告给正在前线打仗的幺姨夫妇,同时勉励父亲、姨父和母亲两姐妹,要"努力杀敌,不管家事,以国为家"。

在重庆八路军办事处主持工作的周恩来看到这封信,感慨万端,亲自给外公回了信,还给老人家寄来了80元生活补助费。外公收到周恩来的信和钱,有感于共产党人的博大情怀,给周恩来回信说:"周先生,感谢您的关怀,现正值抗战时期,公家也有困难,我身体健康,可以谋生,请勿挂念,请转告我的女儿们,要安心杀敌。"

母亲在前线听到这件事,这才想到,原来外公早就知道了大弟骞先为牺牲的消息,也知道和他们一道长征的二弟骞先超已冻死在长征途中的雪山上,心里不禁为外公的胸襟和胆魄感到骄傲。母亲曾对我说,外公当年在给周恩来写信的时候,她都不敢想象,在这个儿孙一个个离去的老人心里,当时到底压抑着多大的悲愤,多么强烈的仇恨。

另一件事情,是小舅骞先辉在新中国成立后亲口对母亲说的。

小舅骞先辉因为出生最晚,一直陪伴在外公身边。熬过八年抗战,他已经是个中学生了,开始有自己的思想。看见外公为哥哥、姐姐投身红军受到那么多迫害,有一天,他忽然对外公说,他要参加国民党。外公问他为什么,小舅说,他参加了国民党,家里在国共两党中就都有自己的人了,这样就不用害怕再被人欺压。外公说,你这是什么鬼话?再给我说一遍。小舅就又说了一遍,话未说完,只觉脑后刮起一股凉风,急忙回头,但见外公抄起他那根挑布用的扁担,正向他劈来。外公咆哮说,你想当国民党?那么好,我先打死你这孽障!知不知道我们骞家只出共产党,不出国民党?

我前面说过,小舅是外公的二房杨氏所生,外公打小舅的时候,正好杨氏也在场。这个我应该叫小外婆的人,生性胆小,在家里又没有地位,就指望这个儿子将来养她了。见外公生那么大的气,她急忙冲过来挡住外公的扁担,哀求说,老爷,你这样会把你儿子打死的。外公说,打死他怎么啦?打死他老子去坐牢,充其量我不要这个儿子了。又说,你们娘儿俩给我听好了,我们塞家行得正,站得直,只参加一个党!

小舅在外公的扁担下幡然醒悟,开始明辨是非。以后,他主动靠近慈利共产党地下组织,做了党的交通员。1949年慈利解放,就是他代表当地党组织,率先去同解放军五十二支队接的头。

离开慈利15年后的那个冬天,当母亲在风雪弥漫的沈阳听到外公去世的消息时,她忽然感到此前的15年,过得是那么艰辛,那么紧张又急促,此刻蓦然回首,那一个个在水深火热中走过来的日子,竟是一片苍茫,一片好像什么也没有抓住的空白。冷静下来后,她才明白过来,原来塞满这15年的,是四年多苏区斗争和二万五千里长征、八年抗战,接着是三年解放战争,几乎每一天都行走在刀刃上。

也只有到这时,母亲才想到,原来自己只是个女人,一个人到中年的女人;和所有到了这个年纪的人一样,她也上有老,下有小。但是上面的老——她在过去15年中一直牵挂的父亲,我的外公,却在天就要亮的时候,与世长辞,让他们父女再也不能相见了!而下面的小呢,当然就是她的唯一的女儿——在长征前18天生下的我了,可自从1937年从陕西富平县庄里镇托人把我带回湘西后,在这15年中是死是活,她不得而知。

女人在痛心疾首的时候,也会咆哮而起,变成一只勇猛的豹子。

母亲此时就变成了这样的一只豹子。当她得知外公去世的消息,只听脑子里嗡的一声,突然什么都不顾,什么也不想要了,只想回她的慈利老家,为外公去奔丧,去寻找失散多年的女儿。

这是1949年秋天的某日,共和国刚成立没几天,正在沈阳担任区委书记的母亲忽然闯进了东北人民政府副主席李富春的办公室,没头没脑地对他说:"富春同志,我要回湘西,而且马上就要走!"

李富春让母亲坐下来慢慢说,但她没有坐下来,也没有慢慢说。她像打机关枪那样,一口气倒出了十几年来积攒在心里的思念和歉疚。她说,李书记啊,我是一个女儿,又是一个母亲。你知道的,在过去的十几年里,我先是去了苏联,后来又上了战场,根本管不上他们,但现在革命胜利了,我必须回老家去找他们。

作为一个长辈,一个直接领导,日后担任共和国副总理的李富春十分理解母亲的心情。耐心听完母亲的倾诉,他既宽容了这个党的高级干部在自己面前的任性,又非常干脆地批准了她的请求。然后他感叹说,是啊,是啊,先任同志,我们革命者也是人,也有自己的父母和孩子,而且我们欠他们太多了。如果我不同意你回湖南,那就是不讲人之常情了。只希望你早去早回,既为老人尽孝,又找回自己的孩子,接着把孩子带回东北来上学。

母亲惊愕地望着这位长辈,心里想,我说过要回沈阳了吗?

我只说我要回湘西，回慈利，去安葬我的父亲和寻找女儿。但是，这需要多少时间啊，怎么可能早去早回呢？而且，我这一去，就准备留在南方了。我只想回到那片生我养我的土地上，当一个普普通通的老师，每天守住孩子们的欢笑和歌声；不能再让他们像自己的女儿那样，在某一天，突然被一阵风吹走了。但是，她没有把这些话说出来。

列车长啸一声，驶离了沈阳。

车厢里非常拥挤，乱哄哄的，车厢与车厢的连接处，过道上，到处都挤满了人，再没有立足之地。行李架上横七竖八地塞着各种箱子和包袱，甚至还塞着活生生的人。尽管这样，人们还是在大声地谈笑着，相互热情地问候着，洋溢出刚解放的喜悦。也有人像母亲一样一声不吭，脸上露出一丝忐忑和忧虑，他们大半也是外出或回乡寻找亲人的。战争虽然结束了，但有多少心灵创伤需要抚慰啊。

母亲坐在靠窗的位置上，泪水不知不觉地流了下来。好不容易有个独处的机会，她把这一路都用来回忆外公。但她越回忆越伤心，越回忆越感到悲痛不已。因为自打15年前离开慈利后，她就再没有回去过，也再没有和外公见过面，怎么也想象不出外公在这15年里会老成什么样子。但女人的心是柔软的、纤细的，对亲人的思念也更体贴入微。母亲想，在这漫长的十几年里，外公的背会慢慢地弯下去吗？眼睛会不会渐渐地看不清东西？他病了的时候，谁为他煎药？谁照顾他起居？当他想起当红军的儿女，是否会天天念叨他们的名字？

几天后，出现在母亲眼里的那个家，那个临街的染布店，触目惊心，只剩下几堵残垣断壁；劫后余生的亲人拥挤在后院的几间昏暗低矮的屋子里。进了这个熟悉而又陌生的家,只觉空空如也,一看就知道经历过无数次的洗劫和扫荡,一幅没落和破败的景象。

外公躺在停放在堂屋的棺木里,在静静地等着她。

母亲一见那口漆黑的棺木,心里就感到有种东西坍塌了。她撕心裂肺地喊一声:爹爹啊,我回来了!人就扑在棺木上,号啕大哭。

小舅蹇先辉是外公唯一剩下的给他送终的儿子,他泣不成声地告诉母亲,外公在生命的最后几年,虽然越来越孤独,越来越凄凉,但活得越来越坚强,越来越明白。接着,他对母亲说起了一件往事——

那是小舅加入地下党之后,当地警察局在四处搜捕他,却一次也没有得逞。有一天,警察局忽然把他的母亲杨氏抓进牢房,逼她把儿子交出来。外公闻讯,满脸正气地跑到警察局去投案,说蹇先辉是我的儿子,他母亲是个妇道人家,什么也不知道,出了事与她无关,要抓就抓我这个当父亲的。在把杨氏换出来时,外公对她说,我这个家是非太多了,不能再连累你,你趁早离开吧。外公出狱后,把家里剩下的那点钱全给了杨氏,又把店里的一个伙计介绍给她,让她从此去过自己的日子。

家里日渐衰落,帮手越来越少,外公为了一家人的生存,只得惨淡经营,艰难地维持着染布店里的生意。这时,他虽然已到了风烛残年,但在店里既当老板,又当伙计,什么活都亲力亲为。

1949年7月5日那天,外公挑着沉重的布担去河里漂洗,走着走着便走不动了。当晚,他躺在床上对小舅说,先辉啊,我不行了,再也等不上你二姐和幺姐回来了。我死后,不要急于入土,暂时用沙土把我埋在棺材里,停放在自己家中,等天亮了,你二姐幺姐回来了,再把我埋进土里。

小舅对母亲说,二姐,父亲这是心有不甘,死不瞑目啊!因为当时慈利还没有解放,但已经听得见衡宝战役在远处响起的炮声了,所以他在弥留之际反复念叨:天就要亮了,天就要亮了……有几次,他还大声喊道:不,不要把我埋进土里,我不进国民党的阎王殿。我的儿女都是共产党的人,我要等着进共产党的阎王殿!……

7月12日,外公去世后的第七天,慈利宣告解放,天果然亮了。

听着小舅说这番话,母亲心如刀绞。她心酸地想,四个儿女去当了红军,让外公没有一天不盼着天亮,盼着他们回来。但外公盼了十几年,却在天亮之前与世长辞。在他咽下最后一口气的时候,该带着多大的遗憾和郁闷啊!而想到两个儿子永远回不来了,心里肯定在滴血!

把外公安葬在遗笔溪星子山下,母亲正准备去湘西寻找我这个让她牵肠挂肚的女儿,县里的同志想到她在慈利的威望,请她留下来当县委书记兼县长,帮助剿匪。因为山里的土匪听到母亲回慈利的消息,给新政权捎话说:只要让蹇家二丫头出面,他们愿意放下武器,向人民政府投诚。

母亲能说什么呢?她知道这是县里党组织,对自己的最大信任和期盼。而与她急着要寻找自己的女儿比起来,建立人民政权,让故乡的百姓得以安定,是件多么重大的事情啊!谁叫她是共产党员,是当地闻名遐迩的女红军呢?想到这些,她把心一横,再次轰轰烈烈地投入了党的事业中。

同时，也如母亲所愿，她从此留在了南方，历任湖南省常德地委委员兼慈利县委书记、县长，地委民运部部长，武汉市人民政府秘书厅主任、监察委员会第一副主任兼中共武汉市纪委副书记等。1954年，因我已从湘西被找回来，跟着父亲去了北京，她才在父亲的斡旋下，调到国务院轻工业部审干委员会任第一副主任、干部司副司长、干部学校校长兼党总支书记。

2004年7月25日，母亲在北京安然逝世，享年96岁。

像她这样经历过无数苦难，而且在离开父亲后60多年一直单身的长征女红军，能活到这个岁数，是极为罕见的。但让我吃惊的是，在晚年，母亲竟然经常为她活到这么大年纪而感到惭愧，感到内疚。她多次对我说，你外公在地底下都等了我半个多世纪了，真担心他望眼欲穿，等得不耐烦了。

母亲逝世后，党和国家领导人曾以不同方式，对她的离去表示深切哀悼。

因为名字的陌生，年轻人在报纸上看到这条消息，看到中央那么多领导人和德高望重的老同志如此关注我母亲逝世，或许会感到奇怪或一丝不解，但如果读到我这篇文章，相信就不会有什么疑问了。

作为父亲贺龙和母亲蹇先任在70多年前留下的唯一骨血，我一直陪伴着母亲度过她的晚年，并在病床边把她送到生命的终点。

母亲离开这个世界的时候，脸上的表情非常安详，也非常坦然。在最后的时刻，我看见她的嘴角一动，接着便从那张皱纹密布而又慈祥的脸上，渐渐浮出一朵静美的笑容。

我想，那一定是她见到外公了。

■ 何向阳

作者简介

祖籍安徽。中国作家协会创作研究部主任、研究员。中国作家协会第六、七、八、九届全委会委员。入选中宣部文化名家暨"四个一批"首批人选,国家人事部百千万人才工程首批人选。出版有诗集《青衿》《锦瑟》,散文集《思远道》《梦与马》《肩上是风》,长篇散文《自巴颜喀拉》《镜中水未逝》,理论集《朝圣的故事或在路上》《夏娃备案》《立虹为记》《彼岸》,专著《人格论》等。文章入选《中国新文学大系》《中国最佳散文》《中国最佳随笔》《中国散文精选》及《中国当代名家散文经典》等。理论评论曾获鲁迅文学奖、冯牧文学奖、庄重文文学奖。作品译有英、俄、西班牙等语言出版。

作家印象

何向阳出生于书香世家,自幼浸润于诗书礼法文章之道,耳濡目染,不学以能。

她永远恬淡冲融,如同寒冬里的暖阳,优雅柔和,方雅清劲,起居行坐,虽水一般柔弱,却无时无刻不见其士君子之风。若以酒来比喻何向阳,她该是日本的清酒,没有肆虐的香醇,却令人头晕目眩;若以茶来品味何向阳,她该是安吉的白茶,没有泼墨般的颜色,却有着回甘不已的芳甜;若以季节来形容何向阳,她该是早春的那一抹惊诧和喜悦,抑或是晚秋的那一抹流连忘返,短暂,如梦,如烟,如闪电。

何向阳是曹雪芹笔下不染一丝尘埃的雪原,白茫茫的大地真干净。何向阳不是一无所有的干净,那是一种"挫其锐,解其纷,和其光,同其沉"的清澈和从容,是一种"知其雄,守其雌""知其白,守其黑""知其荣,守其辱"的丰盈与饱满。

道可道,非常道。名可名,非常名。

此之谓何向阳,至柔至刚,大象希形,大音希声。

——李 舫

如汝须眉巾帼

■ 何向阳

清光绪三十三丁未年即公元历 1907 年农历正月间,秋瑾与女友徐自华一起,在杭州登临凤凰山吊南宋故宫遗址,登高望远,整个西湖,全景入目,冬日的风景不免萧索,何况看风景人心中的另幅版图——家与国都堪破碎着,南宋般故宫样说着历史,现世呢,一个睡国,睡王昏君将个江山寸寸拱手让出,让于英、法、俄、日,让于八国联军,一面是"颐和园共宫前路,活剥民脂供彼身"歌舞升平中的搜刮倾轧,一面是"若有不忍微言者,捉将菜市便施刑"的腥风血雨;一面是"志士杀了多多少,尽是同胞做汉魂",一面是"矿山铁路和海口,一起奉送与洋人"。一部近代史,比之南宋更其残酷。

正月里的秋瑾江山满目,心绪难平,太多的话无法说出,"已拼此身填恨海,愁城何日破重围",连这样的句子也老去几年了,然而仍是"炼石空劳天不补,江南红豆子离离",高楼独上,身世茫茫,空怀了忧国恨,满眼的汪洋泪,这位"睥睨一世何慷慨?不握纤毫握宝刀"右手把剑左把酒的女界英侠,也会生出

"未免有情烟树黯,相留无计落花愁"的感叹么?不只送别,针对一人一地,不是的,在每首诗里都有身世跃出,见月见花亦如是,没有区分,这是在一个人过于爱某类事物时,这里,对象是她的轩辕华族,老国家在一草一木中时而显现,时而隐身,目的志愿与河山疆土纠缠着,可是"衔泥有愿誓填海,炼石无才莫补天",对应的多是"阑干十二云如叠,路程三千水自流"。热血冷水,常常是栏杆敲遍,泪沾衣襟,仍然是推不动的,磐石一样的故园呵,清宵好影,水玉含烟,偶尔有好酒好诗好剑的,却把酒当了迎回,把诗当了酬和,把剑当了风雅或者止于健身,能不寂寞?棋无人下,句无人和,子期伯牙在故事里,"世俗惟趋利,人谁是赏音"不仅是琴的寂寞,同调难寻,世路酸辛,"得遇知音死亦甘"的下句,仍是"怅望故乡隔烟水",故国黍离,诗忆屈原,秋瑾不甘,大的说——"忍看图画移颜色?肯使江山付劫灰!……拼将十万头颅血,须把乾坤力挽回";小的说——"画工须画云中龙,为人须为人中雄。豪杰羞伍草木腐,怀抱岂与常人同?"侠情若是,寸纸难剖。伤时亦有泪,然而"枉把栏杆拍遍,难诉一腔幽怨"倒不在闺帏罗衾,别绪离情,万缕千丝,却因了"猛回头,祖国鼾眠如故",合该面对这个时代么?面对故土豆剖瓜分,"外侮侵陵,内容腐败,没个英雄作主"的如此江山?"我国精华渐枯竭,奈何尚不振衣起?"一问背后,"恨煞回天无力,只学子规啼血"的答案过渡到了"金甄已缺总须补,为国牺牲敢惜身",后者的答案已越过纸张,"继娲皇而炼石,耻仙子之浴河",一个女子,放脚振衣,立地而起,慷慨陈词,好剑喜酒,办报讲学,兼以武道,硬要为沉觉昏昏中的中国划经纬列曲直,大通学堂秘密会党之外,仍要在自撰的《精卫石》中集兵遣将，拉了历史上郑成功、陆秀夫、史可法等名将忠魂，安社稷、整河山，不仅如此，传说戏本中的花木兰、沈云英、红玉等巾帼女杰也先期到场，云集一处，那散佚的第十六回，干脆题为"拔剑从军男儿编义勇，投盾叱帅女子显英雄"，十九回题直道出身处转折时代的人生目的或使命自认——立汉帜胡人齐丧胆，复土地华国大扬眉。这个命定，秋瑾认下了。如今，站在曾经南迁至脚下一再退让以至于终元气衰微、逃到江南还不算以至于至千里外的南海最后不得已在追剿中大臣背负了皇帝跃身入海才算了结的一幕史迹前，一幕似乎重又在她眼前人生里拉开的南宋式现实前，外扰内患，旧痕新伤，满目疮痍，这个在寒冷中挺风而立的32岁的女子，在与死国灵魂默然答对之时，大约已无心去注意身边她诗中咏过的梅花了罢。"孤山林下三千树，耐得寒霜是此枝"却写照着。而立于风中的女子，在所处的年代，在"把剑悲歌涕泪横"的壮怀里，也会有"栏杆遍倚悄无人"的愁苦，对应于"百炼刚肠如火热"襟抱的，也常常是"几阵吹来风乍冷？"的境遇。奈何？若此。如一枝梅的心情，不意遇见的却是封冻年岁，还有传统的无才便德，"举世竟言红紫好，缟衣素袂岂相宜？"也是偶尔要冒出一问的，然而，还是要开，在雪地冰天，在一段周遭酷冷至极的历史里。

76年后中华书局1983年版陈象恭编著《秋瑾年谱及传记资料》提及这次凭吊时笔意简洁，揭出此行目的在密侦城厢内外出入径道，绘军用地图，以备起义时应用。然而！紧接于此，陈书还有一句补在这里紧要非常，秋瑾随后下山至岳坟，吊南宋抗金民族英雄岳飞，他用了"徘徊瞻顾，不忍离去"几个字。

这8个字,换算为此后《秋瑾传》作者陶成章那里,是"正二月间,瑾屡往来杭沪"的公务职命,然而同为秋社成员的陈去病在一份《徐自华女士传》中披露得更其细腻——

你是否希望死后也埋葬在西湖边?徐问。

如果我死后真能埋骨于此,那可是福分太大了呵!秋答。

如你死在我前,我一定为你葬在这里;但如果我先死,你也能为我葬在这里吗?徐又问。

这就得看我们谁先得到这个便宜了!秋再答。

已经难以对质当是时一问一答间的字句推敲音容面貌了,然而岳飞墓前说下的话却不意于世事中变作了事实。秋瑾虽早做好了危局如斯敢惜身愿将生命做牺牲的准备,但彼时彼地,仍乐观到不相信死的,所以答问没有沉重,反而谈笑风生,讲到福分和便宜,是真正的置之度外的,那个死,对于这样优秀活力的年轻女子,它来得又会有多快呢,她不信,不想,整个思想被光复梦占了去,她事先知道是放了头颅押上去的,但是她不想在愿望未了事业未竟时失掉它,因为那押了头颅的事业较头颅重要,而且是必靠了头颅生命才能完成的。

然而!

围绕秋瑾生年有过很多争论。1979年曾有规模影响较大的百年祭奠,随后便有质疑,诞辰一事的论辩考据在《历史研究》等学术刊物研究着,由于生年不一,卒岁亦有参差,有说29,有说31、33。遇着这样的文字,心情是复杂的,一个人百年之后仍有多篇论文就她的生死日期做着谈论,而谈论的又怎么不是她的生与死？而一个影响了百年历史的人的生辰年份都在短如百年史中成为谜团，又复何求？几种绞杂着纷乱，悲夫。转念一想，又复何求！研究只是一种责任罢，只是这种对历史的小小责任有时会遮掩和局限了更大的东西，也许这种东西恰是秋瑾掉头拼命要去赢的，那场人生的价值也许不在开端，不在结局，而在目的。

围绕目的，倒有几件事必须记录在案。1905年秋瑾1月由日回国，拜访另一女友盟姊至交、桐城派吴汝纶侄女吴芝瑛，小万柳堂一段对话相当精彩，秋瑾向女友出示新得倭刀，曰："吾以弱女子，只身走万里，往返者数，搭三等舱，与苦力杂处，长途触暑，一病几殆，赖以自卫者，唯此刀耳。"芝瑛曰："关吏得毋疑妹为女革命党乎？"瑾笑曰："固知吾非革命党与！"继而，酒酣耳热，拔刀起舞。这年11月日本公布《清国留学生取缔规则》，八千学生分作两派，一方主张退学回国，以洗国耻；一方主张忍辱负重，继续求学，此后诸多文字都从不同角度记录了当时主归代表秋瑾音容表现，只是主留一方代表王时泽回忆文中有一段极易被忽略的段落，这是归、留二主的私下对话，时间在秋瑾归国行前，对"归否？"一问，王的回答是"甲午之耻未雪，又订辛丑和约。我们来到这里，原为忍辱求学。……不必愤激于一时"。秋瑾不再说话，几天后即束装回国的行动替她作了回答。事情并不算完，回国后她写了一封《致王时泽书》，正面表明了自己对这一事件的志向态度，信文不长，却也刚决断然，——吾与君志相若也，而今则君与予异，何始同而终相背乎？虽然，其异也，适其所以同也。盖君之志则在于忍辱以成其学，而吾则义不受辱以贻我祖国之羞；然诸君诚能忍辱以成其学者，则辱也甚暂，而不辱其常矣。吾素负气，不能如君等所为，然吾甚望诸君之无忘国耻也。／吾归国后，亦当尽力筹划，以期光复旧物，与君相见于中原。成败虽未可知，然苟留此未死之余生，则吾志不敢一日息也。吾自庚子以来，已置吾生命于不顾，即不成功而死，亦吾所不悔也。／且光复之事，不可一日缓，而男子之死于谋光复者，则自唐才常以后，若沈荩、史坚如、吴樾诸君子，不乏其人，而女子则无闻焉，亦吾女界之羞也。愿与君交勉之。信文三层意思，走的理由，归的目的，还有为女子的一份尊荣。多还是少，其实只两句话：君我之异，虽表面为负气，内里却有大义存焉，一己也是长远之学业与一国或许眼前之荣辱间，秋瑾无法利益之选，她的热血激越无法沉淀到不闻窗外事的学问里面，所以志愿学问之间她理解他人却也划界明确；不成功而死亦吾所不悔的这句话，较之正月间与徐自华对答的轻松有了语气的大不同，置生命于不顾，经历了9月吴樾之死，经历了11月的陈天华之蹈海后，这里已不是说说而已，吊陈诗中"牺牲我愧输先着""后死未忘天赋责"，都说了一个"先""后"问题，前赴而后继，头颅是早已押了上去的，既然人必有一死，死其壮烈，"头颅肯使闲中老？"秋瑾另首诗中自问，"死生一事付鸿毛"，秋瑾再首诗里自答。她自始至终知道她万里乘风直向东的目的是什么，东渡留学与西渡归国，海上往返，她知道如果有即刻可以救国的近路她是不会选择远线抵达的，她不找借口，这个志向，她对日人也是直说的，"如许伤心家国恨，那堪客里度春风？"感时伤怀，只是不停留在纸面上，光阴存不下她的身世、热肠，正如那把刀从靴筒里抽出了就不再退缩，她一把插它在讲台上，说：有人……投降满虏，卖友求荣，欺压汉人，吃我一刀。难想此景此情的当时反响，大约是叫人热血沸腾的不少，叫人心下吃惊继而远之的也不在少数，不然不会有这样的句子诗中呼然而出——雄心壮志销难尽，惹得旁人笑热魔。是不是有些恐怖？有着小心翼翼男人心的人，遇到这样情景，又会是一幅什么样表情呢，哈哈，何况，这样抽刀插案的人还是一位女人，怕是吓也要吓逃几个的。

秋瑾喜酒善剑，从未将自己当了他们眼中心中定拟描画的所谓女人。

早此两年，是1903年的决裂。当时北京社会为之轰动，街议不会少过政论。况且茶馆发达的文化，绕不过新风。中秋夜，秋瑾独对一桌家宴，其夫王廷钧不知哪里吃花酒去了，秋瑾第一次着了男装，戏园观剧，后与夫冲突激烈，拳头谩骂家法夫权使这位烈性女子再忍无可忍，离家出走。吴芝瑛纱帽胡同的新宅里，自是诞生了《满江红》词牌下女子最好的填词——小住京华，早又是中秋佳节。为篱下黄花开遍，秋容如拭。四面歌残终破楚，八年风味徒思浙。苦将侬强派作蛾眉，殊未屑！身不得，男儿列，心却比，男儿烈。算平生肝胆，因人常热。俗子胸襟谁识我？英雄末路当磨折。莽红尘何处觅知音？青衫湿！——秋瑾致大哥秋誉章信中几次提到在王家的境况，"直奴仆不如"，情谊、信义，在她衡量人方面占着大比重，不将彼姓加诸己姓之上，是对传统夫权的一次大反抗，信中"以国士等我，以国士报之；以常人待我，以常人报之"文辞，诉说着置于性别之上的平等思想；是平行的，从夫权下的奴隶状态中解放，其实铺垫和印证了从一切为奴的非人状态下求解放，从清对汉人的奴役下，从八国联军以及一切打着友邦旗实施掠夺侵略的让人对之媚骨称臣否则就杀头就治办生出种种法让人爬行屈服的主奴关系奴隶意识役使下；道不同不相与谋，也夫妻间的，这一点，她不宽容。因为她不依附，她独立于此，她不设造虚伪的文辞来为已经死亡的情感辩护，她知道对方于她可以相互要求并且自信于这种外人看来苛刻的精神要求，她要纯洁和真实。为此，一切人类的不公正不平等不民主不尊严的，哪怕它有千年的历史，有暂时取得的合理性，也是她的敌人，是她要奋力一击的。《宝刀歌》《宝剑歌》就作于当年，在大家不识作奴耻、心死人人奈尔何的时代，一位女子千金买刀，直面这个已公理不恃恃赤铁的扭曲世界，真正是"衣冠文弱难辞责"，这样女子，又怎能忍耐慵懒颓唐、无关己身便思保全的冷血旁观者呢！有"宝刀侠骨孰与俦"，有"一匣深藏不露锋，知音落落世难逢"的疑惑困窘，然而，她仍要做，她如此做，以澄清天下为天职，"除却干将与莫邪，世界伊谁开暗黑？"句中，她是把自己并列写进的。

　　历史时代赋予的两个主题，或者在两个重要领域同样做出巨型贡献的一位人物，后代评价他（她），往往大主题大领域如救国于危难一种事业会使另一种当时的较小主题较弱领域如女性解放一种启蒙受到或多或少的遮蔽，之所以在此分段另列，是对于具体如秋瑾而言，两样在她，轻重并行，互为因果，相互反证，不可分割。就是在女性启蒙事业里，也寄寓了与她身世交相纠缠的东西，往往，她那么做，不是把自己置于某类高高在上拥有无限发言权的领袖指挥位置，而是自己也放在不断地被启蒙之中，只是到了后来，不再拘于文辞报纸，实在是放了身躯头颅的。正是后一点使她实践了她的理论，而不使那火般的激励语只冲着别人,证明了它们凿实发自内心,而与高头讲章中只要别人流血的所谓理论划清了经纬。我说过,有人是天生的实践者,她不发言,不在行动前搞得动地惊天,然而到关节时总是这沉默的人站出来,反而平时教导别人怎样别人如何而独不把自己放进去甚而独行另套的貌似极端者到了该他站出来时却遍找不见。秋瑾年代不是没有这种人,1907年5月——就在她离世前不足3个月——自绍兴发出的《致女子世界记者书》信中就曾对此堪怀忧虑:"近日志士类多口是心非,稍有风潮,非脱身事外,即变其立志,平时徒慕虚名,毫无实际,互相排挤,互相欺骗,损人利己者,滔滔皆是;而同心同德,互相扶助,牺牲个人,为大众谋幸福者,则未之闻也。呜呼!吾族其何以兴?予也不求他人之知,唯行吾志;唯臂助少人,见徒论空言以欺世及自私自利宗旨不坚者,又不屑与语,故人以瑾为目空一世者也,实悲中国之无主人也!"字句若此,心恸若此,然而仍然分界明确,不是与同学王时泽,与丈夫王廷钧,不只是具体到一个人,也不只抽象到夫权传统理念,而是同道之中,一类人里,她仍划界区分,求真若是的她,知道自己是拿着性命做的,所以要求所做之事所做之人该配得上自己和更多人付出献出的那一份重和纯洁。她眼里揉不得沙,因为她拼了头颅反对的正是污浊。此心可鉴。然而!国民若此,他们多数时间不去考虑是否配得上这些牺牲,他们呵,甚至如后来鲁迅看到的还反而把沾了烈士血的馒头当药吃,然而!身后之事秋瑾管不了那么多了,她只知道献出,没有人要求她这样做,她知道在这所有的检讨失望时,还有理想,未敢放弃,心秤上,孰为轻重,她心如明镜。所以同调无人、知音寥寥还在其次,糟的是那些有利可图的人混迹其中,他们真是进退有据呵。不像秋瑾,来则牺牲一切,去就请酌行。

回到女性题下。《敬告中国二万万女同胞》《敬告姊妹们》杂文口语出之,对当时中国女性的认知水平、识字能力有体贴考虑。1907 年 1 月创办《中国女报》,《发刊辞》中的念中国之黑暗、念中国前途之危险、念中国女界之黑暗、念中国女界前途之危险的"四念",四个"何如",四个问号之后是念及此的创办人的初衷了,"予悄然悲,予抚然起,予乃奔走呼号于我同胞诸姊妹",她用了这样三个动词,好像不如此不足言出胸臆,"固于四千年来黑暗世界中稍稍放一线光矣",是那目的。同期《敬告姊妹们》,列举足缠得小、头梳得光、粉搽得白、扎花穿绸然而低首顺眉男人面前巴巴结结讨生活的半生牛马闺中囚徒,真正是"可怜一幅鲛绡帕,半是血痕半泪痕",而对做稳了的女奴隶的命运大声说不,这一点,近代世界怕是明言的第一人。"人生在世……宁能米盐琐屑终其身乎?"于是有东渡留学,有浔溪主讲,有《中国女报》,有大通学校。当然也有她早准备却不意来得如此之急的丁未年农历六月初六。

英雄亦有雌。秋瑾自信。"良玉勋名襟上泪,云英事业心头血"。闽地、山阴(绍兴)的闽言越语的轻软细腻,又怎么换作了金戈铁马?绍兴南门塔山麓和畅堂路北的老房子,又怎么见识了一个诗、词最喜杜少陵、辛稼轩,小说最爱《芝龛记》,人物极慕西汉侠士朱家、郭解的女子的长大?——这倒是人文地理的好题目。怨不得,刺绣女红做得同样好的她会选择击剑骑马,而早年诗文的缠绵纤巧,也让位给了后期的清冽雄健。后人纪念中有"撤环仗剑"字,近日里常常吟诵,这四个字,意定气闲却又叫人奋决,咏吟间英气近逼,血脉通贯。秋瑾有一着男装的照片,今日看照得不怎么好,有些别扭,然而,读到"侠骨前生悔寄身"和"闺装愿尔换吴钩"时,却肃然。这里没有任何滑稽之感,也放不下任何前阵学界相当流行的那种嚼洋舌子的半语状性别理论。女扮男装,没有同性恋的意思,不要拿那些半生不熟又发臭发馊了的理论往人身上套,那些布袋,真叫讨厌!难怪,英哲有那么多"失题"断句,难怪自恃"浊流纵处身仍洁"的她也会于激愤中灰心——"回首神州堪一恸,中华偌大竟无人"。难怪断头前她也要了笔来,在纸上写——"秋雨秋风愁煞人!"

奇怪怎么总回不到女性上来,如果性别题目只是某类时髦话语流行主义的话,不回也罢。在女性性别备受关注社会学研究者津津乐道于男性的理想女性其实是想着法再生出一套雕塑女性性格角色的现代传统的年代,探讨一下作为女性的秋瑾的理想男性不为多余,其实秋瑾本人已经明示,在秋案存档的那份"罪状"里,《失题》里说得明白,"中流砥柱,力挽狂澜,具才,立大业,拯斯民于衽席,奠国运如磐石"的"大英雄";"大英雄者何?非他,即年方二二,貌如冠玉,有铁石肠、山斗名,具儿女情、慈悲志,且视功名如尘土,重教育以普及之黄华者是!"黄、华当是黄皮肤的华族人之称,她一连用"奇""不信"字来称赞,"出于血气未定之少年""成于痴钟爱情之美子!"并进而叹曰"世无忠爱两全之事业,而今竟全"。如此快事,我是信其有的。当然也有苦乏媚容、性难谐俗的生不逢时感,比如看到当今某报引作家某女自白仍有"以皮肤代思想"的昏语谶言,但并不移志他途,自知"于时世而行古道,处冷地而举热肠"的结果必如这篇主人公言"必知音之难遇,更同调而无人",然而!也正如另一女子说下的,我如此做,有我如此做的原因!尺幅丹青,藏多少辛酸痛泪?包括正在写下的,又谁人立听?!然而不纠缠于功或名,只疚愧"纵有虎头灵妙笔,难传仁杰缠绵思"。理想男性,之于秋瑾,只是为人,比若投入暗杀清佞臣却爆炸自伤献出生命的皖中英雄吴樾,秋瑾有长诗招魂;比如以笔投身革命写《醒世钟》《猛回头》又以一己身躯蹈海自杀以引起国人自省的热血男儿陈天华,秋瑾先后写下三首诗祭奠纪念,比如杀了恩铭却被捕遇害以致遭剖心之难的表兄徐锡麟,"笑从龙山联袂处,问天涯共印几多迹?几时料,匆匆别。……青衫洒渍凝红血……"这首从被捕的徐行囊中抄捡的秋瑾1902年在绍兴泱猹湖送徐赴安庆所写《金缕曲》,不也在后人眼里几多猜测扭曲,以使原词略改版本几易,题也作了《送季芝女兄赴粤》么,以至"斋中"换作"闺中","盟牒"换作"兰牒"了。可想见的太多的歧路曲意,让人不敢真情下笔,然而,秋瑾不是,爱的直白、彻底和纯粹,使之在徐死难后下了决心要拼到底的,陶成章《浙案纪略》回忆,得知安庆事后,执报纸坐泣于内室的秋瑾"不食亦不语""有劝之走者,不问其为谁何,皆大诟之"。此后杭州女师同学劝其避难,秋瑾的最后回答是我不入地狱,谁入地狱。此后,就在清兵到达当天,王金发来,此后的事实证明秋瑾并无打算与王一同转移,清军到大通学堂前门时,学生仍劝她从后门乘船渡河,"瑾不应",早已决意身殉的她,一袭白衫,坐在楼上,等着那慌张的人,看她一脸的严肃静寂。

  此后的事,不去说。

轩亭殉、西泠葬。墓历经九迁。遗骨终埋在了她向往的地方。那个曾写下"撤环仗剑"四字的南社诗人将个地理人文一一诉及：会稽峨峨，勾践所宅；十载卧薪，千秋采葛；猿公好剑，越女是传。于皇秋君，笃生其间……陈去病为文仿佛接着柳亚子话说："……瑾生会稽，聆猿剑之风，励薪胆之志，其于革命，不亦宜乎。"这样的悼念歌哭！是这多年追随的不散英气。

1907年7月15日古轩口就义五天前，秋瑾曾有一信寄徐小淑，拆开来，缄内别无他简。这篇《绝命词》如她不拘体例形式常间七言四言杂言《楚辞》句式、隔句韵连韵同时使用的以往诗作，也亦诗亦文，不受约束："日暮穷途，徒下新亭之泪；残山剩水，谁招志士之魂？不须三尺孤坟，中国已无干净土"，是那境遇，却还要"虽死犹生，牺牲尽我责任；即此永别，风潮取彼头颅"，是那决心。另行最后的文字是"壮志犹虚，雄心未渝，中原回首肠堪断！"

当其时，她何尝只把自己当作女人！

一柄龙泉挂在壁上多少年了，对于以身体实践、以生命信仰的人，它，终是个提醒。

中原中国，山河凝烈，处此地者当自知自重。

■ 韩毓海

作者简介

1965年出生于山东日照。北京大学中文系教授,曾任纽约大学访问教授、东京大学教养学部特任教授。入选教育部"新世纪优秀人才支持计划"、北京市新世纪社科理论人才百人工程、北京市宣传文化系统"四个一批"人才。曾获第九届北京市哲学社会科学优秀成果奖、第七届上海文学奖、第三届中国大学出版社图书优秀畅销书一等奖等。著有《重读毛泽东,从1893到1949》;所著《五百年来谁著史:1500年以来的中国与世界》,列2010年度全国优秀图书排行榜总榜第一名;《伟大也要有人懂:少年读马克思》获第六届中华优秀出版物(图书)奖;《一篇读罢头飞雪,重读马克思》获2014中国好书。

作家印象

生活中的韩毓海,是个洒脱、幽默、自信的人。他会在北大的讲台上旁征博引、妙语连珠,也会和朋友们一起笑傲江湖、把酒临风,甚至还会时不时和学生们一起到绿茵场上挥汗如雨,当一回"草根球员"。文如其人,韩毓海的文章也有种天马行空般的潇洒,而这种潇洒,绝不显得轻佻,那是举重若轻的灵动,也是洞察入微的释然。

读韩毓海的文章,你总能感受到一个"士"的形象,"任重而道远,士不可以不弘毅"的那个"士"。岁月如歌、江山如画,他就在这如歌如画的历史中"穿州过府",在那些关于诗和远方的字里行间让马嘎尔尼与魏源对话,让新大陆与长城相逢。这样的写作,需要渊博,需要情怀,更需要格局。而这三者,毓海都有。

——李　舫

江山走笔
——《天下》第一版代后记

■ 韩毓海

失之东隅，收之桑榆。中国历史是个动力结构

有春去就有秋来，有潮来也便有了潮往。地球它是圆的。

《桃花扇》里唱道："江南江北事如麻，半倚刘家半阮家，三面和棋休打算，西南一子怕争差。"说的其实是个均势道理，更唱出了天下兴亡的契机。所谓借男女之情，写的其实是"兴亡之事"。不过《桃花扇》唱得好是好，只可惜作者乃是事后的诸葛亮——或许这便是康熙欣赏孔尚任，但同时又有些可怜他的缘由所在。

也是基于同样的道理，多少年之后，当陈寅恪瞩目于"西南"这"一子"，而将"中古史"编织进西北、西南和东北互动之"结构"中时，他也获得了超出书生和乡愿的战略洞见：说到天下大势，无非螳螂捕蝉，忌惮的其实是黄雀在后——正因为隋炀帝忙于高丽之战，李渊方才得以在西北乘隙起兵，而唐朝极盛之时也难以征服东北，亦主要是由于西南地区，主要是吐蕃对于

它的牵制使然。

此即他脍炙人口的中古史提纲之论：

> 李唐承袭宇文泰"关中本位政策"，全国重心本在西北一隅，而吐蕃强盛延及200年之久。故当唐代中国强盛之时，已不能不于东北方面采维现状之消极政略，而竭全国之武力、财力积极进取，以开拓西方边境，统治中央亚细亚，籍保关陇之安全为国策也。又唐资太宗、高宗两朝全盛之势，历经艰困，始克高丽；既克之后，复不能守，虽天时地势之艰阻有以致之，而吐蕃之强盛使唐无余力顾及东北，要为最大原因。此东北消极政策不独有关李唐一代之大局，即五代、赵宋数朝之国势亦因以构成（《唐代政治史述论稿·外族盛衰之连环性及外患与内政之关系》）。

换句话说，如果从结构互动的角度看："东北"的命运，其实一直拴在"西南""西北"的裤腰上。非但如此，陈氏观察中国历史，一谈"阶级统治关系"，二论"政治革命"，三尤着力于所谓"外族盛衰之连环性"，三管齐下，这三板斧砍出了中古历史一片新天地。特别是第三点，寥寥数语，即将吐蕃（西藏）、南昭（云南）、西域（新疆）、西北（甘陕晋）、蒙古各部与遥远之高丽（东北）一线穿起，将关陇之地与西南、西北、东北边疆置于同一互动之结构中。一旦获得这一结构视野，他便有能力将所谓"江南江北事如麻"这笔糊涂账，逐一解破；进一步，更可谓发两千年历史运动之机窍。自汉唐至大清，天下兴亡多少事，成败尽在此"结构互动"之中矣。

从西凉遗事到"关陇府兵",自"则天改制"到"安史之乱",历史乃是循环前进的。作为"从资产阶级史学到马克思主义史学过渡的关键桥梁"(万绳楠语),陈寅恪值得我们今天好好学习的,正包括这一结构互动的历史观。这其中洋溢着中华民族继往开来、从四分五裂走向辉煌之盛唐的高度自信和乐观。陈寅恪并非一般所谓的"文化托命人""前朝遗民",而是有继往开来视野的战略家。实际上,他对于国民党统治和旧中国社会的态度,恐怕也是所谓"民国遗民"截然不同的。故宫博物院的创始人之一吴瀛先生(吴祖光的父亲)在1949年大军进城时写下的大横幅"秦皇汉武皆旧事,开天辟地毛泽东",其实正是那一代饱受战乱之苦,盼望天下清明的知识分子共同心声。陈氏对于中国学术的重要贡献之一,在于在多民族互动的战略视野中,重新发现并抒写了中国西北和西南,而中共建政以来的"大三线"建设理念无悖,更不必说"关陇府兵"与延安政治之间不谋而合的历史暗喻了。可惜的是,自20世纪90年代以来,由于某种刻意的宣传播弄,陈寅恪毕生的学术贡献,只剩下了可怜见的"最后的20年"。他皓首穷经的学问,在某些人眼里,仿佛也统统不过是对共产党、新中国"破坏文化中国"的托物牢骚而已——曲解乃至误解陈寅恪,实以当今为最,所谓"大山临盆下了群耗子",陈寅恪天上地下有知,八成会跟这些谬托知己者没完。

如果中国是一盘棋的话,那么自古以来,将关键一个筹码落在哪个"子"上,那就十分地要紧。19世纪中期以降,中国最后一个封建王朝大清,已是山穷水尽、江河日下,于东南和西北之间,痛苦地选择了西北,于海防与边防之间,不得不选择了"筹边"。1828年道光指挥平定了英国人支持的西北张格尔叛乱，1908年光绪拼尽最后一口气处理了西藏问题——大势已去，孤注一掷，看起来这无论如何下的都像是一步死棋。也正因此，一味"筹边"的大清在东南沿海一败涂地，至今还惹得中外无数事后诸葛亮们嘲骂、聒噪不休。所谓"当局者迷，旁观者清"，站着说话的自然都是不嫌腰疼的；而在某些人眼里，仿佛连魏源的以"筹边"带动"筹海"、"引夷"入内陆决战、"志西南洋所以志西洋"的战略视野，估计也早已属于封建糟粕，不在"海洋文明论者"话下了。

但是，一旦考虑到自18世纪中期以降，中国西边的远近邻居们——奥斯曼帝国、伊朗、印度——如同多米诺骨牌，纷纷被英、法、俄分割解体，如果考虑到早于鸦片战争之前约半个世纪，中国之西大门就已经面临着被帝国主义列强洞开的危险，假设再进一步，一旦考虑到咱们西门所面向的是今天中国发展的命根子——石油资源，那你若还说清朝在山穷水尽之际把战略重点压在西南、西北，而不是东南沿海，是它鼠目寸光，闭关自守，押宝押错了地方，那就只能说明你眼睛长期只顾盯着"海洋文明"，难免小便宜赚尽，到头来吃大亏的没准还是自己。

众所周知，17世纪的中后期是世界历史发生重要转换的时期。但与在这一时期英国通过"光荣革命"发明了君主议会制度相比，意义更为深远、重大的政治制度创新，乃是在亚洲的腹地所发生的新的制度形式。正是依据这些新的制度形式，一个多民族和谐共处的帝国才得以奠定。这些新的制度形式主要包括：1691年，康熙为了调解喀尔喀蒙古各部纠纷而创立的民族协商制度——多伦会盟制度；1709年，康熙为了调解蒙藏纠纷而确立的中央仲裁机制——达赖、班禅与中央驻藏大臣共治西藏的"驻藏大臣制度";随着削平地方军阀"三藩"势力而形成的西南地区的"土流并举"和"改土归流"制度等。

如果说1688年以降的英国"光荣革命"创立的议会君主制度,其贡献是在单一民族国家中形成了各社会阶层互动的制度形式,从而为"现代性"奠定了基础,那么,17世纪中后期发生在亚洲中部的这些制度创新,则为在一个极其辽阔的大陆上多民族的、庞大的人口之间的和谐共处,奠定了一种前所未有的多元政治制度基础。这一制度形式,不仅是大清在19世纪的风声鹤唳中得以基本稳定西部版图的根本,而且,在今天这个日益"全球化"的世界上,它更为我们重新理解"中国的现代性"提供了深刻的政治资源。进一步说,对于当前致力于中华民族的伟大复兴和维护祖国统一大业的我辈来说,如果眼睛仅仅盯着17世纪后期以降西方现代性的政治遗产,却忽视同时发生在亚洲中部的伟大制度创新对今天的启示,那么,这样的历史视野、这样的"政治观"就将是单一的、狭隘的和片面的。

而中国的活力与动力,其实更多来源于其内部不同地域结构之间的互动与和谐。自古以来所谓"正统",指的也无非是洞悉这一结构的互动与和谐之道,而并非一家一姓、一门一派的独占。因此,从"论十大关系"到东西部统筹、协调发展的构想,正因为体现了此种"天下观",方才合乎圣人道。

西村纺花东港撒网,北疆播种南国打场。长城内外是故乡——此所谓:举天下之力,行万世之法,中华民族江山有思,圣者混一天下,然后为正统。

"一截遗欧，一截赠美，一截还东国。"
世界历史也是一个互动的结构

正是按照这"三个世界划分的理论"贡德·弗兰克（Gunder Frank）等经济史学家方将全球经济体视为一个"多边多角"的结构。所谓"天时、地利"，也就是说某一国家、某一阵营在历史进程中、在结构运动中所处的"位置"，决定了世界霸权的升降转移。19世纪伊始，世界历史最关键的变化：中国和亚洲丧失了它在这一结构中的"地利"，才不断走向衰落；而在新的全球地缘政治结构中，占尽了"地利"的英国，则因此走向世界霸权。

19世纪以来之"地利"（英文叫作location）变迁，是指19世纪标志着一个新的世界政治—经济结构的形成。而1804年则是个确切的分界线，从那时候起，英国利用印度殖民地的产品，扭转了它在中英贸易中的长期劣势。从此，中国—印度—英国之间的多边三角贸易结构，源源不断为英国的发展积累了资本。而随后，英国——北美殖民地——亚洲之间更大的三角贸易结构，则形成了一个现代世界经济结构的主要框架。正是这种结构的多边互动，在某一历史时刻使得某个利益集团处于"顶尖"或者"角"的位置，这个位置意味着收益将集中于一角，而代价却扩散到整个体系。这其实也就是中国人所谓的"天时地利"。

19世纪的英国正好处在这样的天时地利"位置"（location），而这就是它之所以成为"大不列颠"的原因。当我们将英国的兴起置于这种结构运动中去观察的时候，所谓英国产业之超前乃至文化、国民性之优越，都将变得不值得一提。而说白了，中国之衰落，天时、地利之丧失其实是根本，"人心瓦解"则是条件。此即南海康有为所谓：

> 窃见方今外夷交迫，自琉球灭，安南失，缅甸亡，羽翼尽剪，将近腹心，比者日谋高丽，而伺吉林于东；英启藏卫，而窥川滇于西；俄筑铁路于北，而迫盛京，法煽乱民于南，以取滇、粤，教民今会党遍江楚河陇间，将乱于内，臣到京师来，见兵弱财穷，节颓俗败，经纲教乱，人情偷惰，上兴土木之工，下习宴游之乐，晏安欢娱，恭贺太平。

正是在这样的视野中，我们才会有所谓"时来天地皆协力，运去英雄不自由"的洞彻和醒悟；这种境界的醒悟，我以为当然要比空谈什么"和平民主新阶段""自由市场全球化"要高明一些。

当然还有一条也的确是个事实：19世纪的英国武装走私贸易集团，以"武力"改写了全球政治经济结构，而中国则是被人家的船坚炮利，从"地利"的地位给打了下来。既然打不过人家，自然也就没有什么道理可讲，因为胳膊根子粗这一条当然也是个"硬道理"。

换句话说，从16世纪到19世纪，西方列强在欧洲内部分裂所导致的长期军阀混战中，终于锻炼出了一个法宝——船坚炮利，而中国在经历康乾盛世之后，在蕞尔小国的穷兵黩武面前被打得满地找牙，仿佛一刹那就盛极而衰。这一切也不过说明了一个极为简单的道理：欧洲是以它内部的分崩离析、军阀混战为代价，收获了富国强兵的进化论，练就了胳膊根子粗才是硬道理的发展观。而中国则以它的维持内部大一统的长期和平发展，到头来反而陷入了屈辱挨打、四面楚歌的境地。

19世纪以降，科学、民主、自由、市场，看起来中国仿佛样样都缺，但是说到底，在那个适者生存的虎狼世界上，她最缺的也不过就是枪杆子罢了。

而漫长的20世纪，中国绝大多数时间一穷二白，吃不上馒头穿不上裤子。20世纪的中国仿佛什么都缺，但是我们却拥有了两弹一星。如果说区别，这才是根本的区别，这也才是导致18世纪以来的世界结构，在20世纪发生了大翻盘的硬道理。

说到底，正是20世纪的三场战争，最终扭转了19世纪帝国主义的全球政治——经济结构。抗日战争将日本皇军请回老家，抗美援朝打出了中国第一个工业基地东北，越南战争逼迫美国从太平洋的那一端向中国伸出和平的手掌。20世纪的一百年，成千上万的中华优秀儿女在我们的前面英勇地牺牲了，人死不能复生，"翻盘"的代价举世无双，换来的那就是中国人民站起来。而所谓"站起来"，就是指20世纪后期以来的中国重新获得了她丧失了近两百年的"天时、地利与人和"。这种"天时、地利、人和"是指从20世纪70年代起，在西方世界不得不与中国平等相处的同时，中国在"第三世界"的影响与地位更非任何西方国家可比，而这些更吸引了有着共同传统价值的亚洲周边国家的眼球。正是在这样的条件下，才使得在19世纪解体的"大中华"经济圈得以在21世纪重构，"中国和平发展的周边环境"正是指这个互动的新结构的形成，或曰世界政治经济新秩序的产生。

汉唐以降，中国逐渐完成内地与西南、西北之混同；而自宋至清，又历千年艰辛，方完成内地与东北混同之局面，故经历两千余年筚路蓝缕,方有中华之版图大定。而自鸦片战事骤起,东南沿海从此成为"新边疆",故自《海国图志》之《筹海篇》以来,如何应对西洋资本帝国之挑战,则为近两百年来之战略新课题。

然而,这课题的关键却是中国必须以"整体"而不是内部分裂的方式来加入世界秩序。因为近代以来,欧洲恰恰是以内部的分裂、"民族国家"群雄并起,才开始了它们的近代。于是,19世纪以来,中国人仿佛什么都必须向欧洲学,也仿佛什么都能够向西方学,但是只有内部解体、分裂这一条,要学它,那却是万万也不能够。为什么两个世纪以来,救亡不但压倒了启蒙,而且救亡、维护中国的统一,实际上也应该、必须压倒一切。发展当然是个硬道理。但是在这个道理之上,还有更硬的道理,那就是分裂与统一。不能以分裂为代价去换取发展,造成分裂还不仅仅是个"千古骂名"的问题,更重要的是,即使发生某个地区性的、局部的"分裂",它也绝不仅仅意味着在中国这个总体结构上分出一块那么"简单",因为从结构互动的视野看,它意味着"天下"塌下一角,随之而来的必然就是结构整体的失衡,从而产生不可收拾的多米诺骨牌式的连锁效应。这就是当年康熙所看到的,如果听任噶尔丹分裂蒙古一小部,那么整个蒙古、新疆和西藏都会随之分裂。

两个世纪过去了,中国被证明是唯一一个没有通过内部分裂的方式,而是将原来的帝国版图带进了"现代"的国家。若没有这样的版图,如此庞大的人口被挤压在远为狭小的空间里,那将是一种怎样的灾难性局面,这恐怕是我们今天所不敢想象的。而今日的欧洲竭尽全力,却还没有完成它的"统一梦",因此，中国与"西方"这两百年来的恩恩怨怨、成败得失、代价收益，也就不是一句话、一种"硬道理"就能说得清的。

何必如此斤斤两两，患得患失，还是放开些视野为好。祖宗留下一句话：大道之行，天下为公，为的无非是让我们彼此扶持，纵是千难万险，那也"一个都不能少"。中国最终能以统一的方式度过了18—20世纪这一劫，正是由于中国不是哪一家、哪一姓、哪一个人的中国，中国是56个民族56朵花，56个兄弟是一家。如同年轻时听过的歌："天地之间，五千多年，花谢花儿开，放过五千遍。太阳下山，太阳上山，日日夜夜，黑白多少年。多少黑白夜，多少岁岁年，我们老祖先，经营到今天。不变的天，一样大地，天和地之间，我们永永远远。"

慷慨悲凉，思之令人泪落。

所谓"天地之间"，也就是"天下"。大道之行，天下为公，这是公的世界，便也是"易"的世界，或者说是面向"天时、地利、人和"不懈运动的结构，此为前人所开拓之"天下观"之真知灼见，能在新的历史条件下以全新的形式展开之原因。这份珍贵的历史遗产，尤为今天我辈须臾不敢忘记，亦不能忘记。

1935年10月，在民族危亡的关头，毛泽东曾经这样描绘这个世界和这个世界里面的中国："横空出世，莽昆仑，阅尽人间春色。飞起玉龙三百万，搅得周天寒彻。夏日消融，江河横溢，人或为鱼鳖。千秋功罪，谁人曾与评说？"

行己有耻，博学于文。"君子博学于文，自身而至于家国天下，制之为度数，发之为音容，莫非文也"。

1962年，毛泽东在修改《实践论》时曾经感慨：有人想留名，有人想留财，我这辈子，只要能给人民留下点"文"就很知足了。

"中国有哲学吗?""有所谓中国现代思想史吗?"——这就是今天某些邯郸学步者的梦话,只是他们从来也没去想一想,今天"先进理论家们"顶礼膜拜的福柯、德里达们究竟是谁的学生。没有《实践论》《矛盾论》,哪来的"结构""后结构"?没有"三个世界的理论",何来沃勒斯坦、萨义德?没有《抗日游击战争的战略问题》,何来卡尔·施米特的新政治观、新主权论?

"文明以止,人文也。观乎人文以化成天下。"

"形象思维第一流,文章经纬贯千秋。"

"文王既没,文不在兹乎!"

天时、地利之外,那就是人和

近代以来,中国天塌地陷,仁人志士呼天抢地,求告无门,而大概也只有那当年被某些才俊轻视的毛润之,才想到了平头百姓的力量。当一切都丧失了的时候,他说:世界上万事万物中,只有人是最可宝贵的。没有枪,没有炮,没有吃,没有穿,但只要咱们中国人还在,则心就不死——这道理听起来并不难,难的只是像他那样如是说,也便如此践行。

天时、地利是硬资源,而人心则是软资源。能将人心凝聚在一起的,那就是"文化"——"军民团结如一人,试看天下谁能敌?"尽管文化究竟是什么,中外说法莫衷一是,但无论是英国人将其理解为"心灵的栽培",还是德国人将其理解为"凝聚人心为制度",以及当今欧美贤达所谓"文化政治""文化认同",所指的其实都是凝聚人心的那个文化力量。

然而,中国所谓文化,并非是指定于一尊之"文化霸权",

其基础在于历史结构冲突中形成的"人心向背"。庄周所谓"其数散于天下而设中国者",大意显然在:"文化"并非尽出于中国,而中国之所以为"中国"者,不过视其有无于文化、典章制度上继往开来、融会创造新制度、新文明之能力。若丧失此创造新制度、新文明之能力,则"中国亦新夷狄也"(刘逢禄(《秦楚吴进黜中国表序》)。故与王朝帝国的"中国"相应,尚有一文化典章制度之"中国"在。不断开创凝聚世道人心、社会和谐的制度形式,此文化中国、"礼仪"中国之谓也,文化中国、礼仪之邦,意即指此融会创造新制度文明之能力。

因此,"天下"不仅仅是指天时与地利,而且就更加指"人和",指将人心凝聚起来的文化、典章制度。所谓"得人心者得天下,失人心者失天下",丧失了文化创造力,也就失去了凝聚人心的办法。也正是从天下人心的角度,将文化建设提高到凝聚世道人心的高度去理解,故庄周叹曰:"悲夫!百家往而不返,必不合矣!后世之学者,不幸不见天地之纯,古人之大体。道术将为天下裂。"——此千古之叹,非仅就春秋战国而适用。

人心散则天下散,人心合则天下安,人心所向,则文化制度立。两千余年来,如北方大曲之于长安,佛陀石窟之于平城、河洛,满、汉、蒙、回、藏建筑之于北京、承德——此礼仪融会、文化典章制度创造更新,历历在目,无不是当时人心所向之造物。故《庄子·天下》曰:"《诗》以道志,《书》以道事,《礼》以道行,《乐》以道和,《易》以道阴阳,《春秋》以道名分。其数散于天下而设中国者,百家之学或称而道之。"

从人心向背去理解"天下",将文化建设提高到凝聚世道人心——文化认同和文化政治的高度。这种"礼仪中国"、文化中国的信念,既是王朝帝国合法性之保证,亦是对历史上王朝帝国政治的批判,在重要的历史关头,更为中国历史上之改革提供强大动力。所谓社会革命,绝非单纯的物质和经济改革,而是文化的推陈出新,是文明的兴衰起伏。否则,一切的改革不过是胼胝,所谓的"发展"终将落入自设的陷阱。陈寅恪先生既指"由三代而上,治出于一,而礼乐达于天下。由三代而下,治出于二,而礼乐为虚名"(《隋唐制度渊源略论稿·礼仪》),而又于"文化建设"孜孜以求,力图发扬光大者,正如其著作整理人万绳楠先生所谓实出于此"文化政治""阶级政治"之目的。

而从"天下"的角度去理解文化,文化必定是多元的、平等的,它绝非特指汉文化或者儒家文化,更非"传统"二字所能概括。当今学者所谓"从民族国家到文明国家"者,追根溯源,论亦出于此。因为方今之时,以"人心向背"为指归的"天下"观,与近世以来,按边境和人口划分之"民族国家"观,以及殖民主义、帝国主义以来按"世界市场"和"国际法"划分之"主(霸)权国家"论,区别甚大,尺度更是不同;也正是这种不同,方才为现代中国之"主权形式"提供了文化的、人心的,而非单纯是种族的、市场的前提。而无此文化与人心之内为前提,所谓"现代中国"、所谓"56个民族大团结"、所谓"大中华经济圈"均亦无从谈起——由此可见,"礼乐之制"并非仅存"虚名","天下"构想并非皆是空想,"大势所趋"从来植根于"人心所向",这就是我辈须臾不能分离之文化现实。

从这样的历史回到现实,21世纪正在走向复兴的中华民族,正面临三个发展的瓶颈:一、高速发展带来的自然资源的短缺;二、世界政治经济结构的风云变幻;三、东西之间、城乡之间、社会各阶层之间发展的不协调和差距的拉大。而后者之险尤其险于前者，因为它正潜移默化地瓦解着中华民族的内在凝聚力，威胁着世道人心，从而为中国文化建设提出了严峻的课题。

伊懋可（Mark Elvin）、彭慕兰（Pomeranz）、杉原熏（Sugihara）、王国宾、黄宗智等国外学者最近的研究已经表明：18世纪后期，中国之所以从"康乾盛世"突然衰败，发生了雪崩一般的效应，其中的主要原因就是高速的经济发展受到了自然资源和全球霸权结构调整的限制，长期经济领先的中国，反而落入经济和市场"内部低水平竞争的陷阱"——用今天的话就是：18世纪后期中国的衰落，恰恰是由于片面发展经济、内部竞争过于激烈，而忽视了国家凝聚力的问题所致。

按照麦迪逊等学者的经典研究，1830年中国经济的总量占世界1/3，大大超过了今天美国在世界经济中的地位，但在1840年它却被GNP不足自己1/10的英国打败了。在这个意义上，清后期发展的是个人财富，而不是国家能力和社会凝聚力，大清不是不富，而是不强。

中国之所以能够在19至20世纪挣脱这一陷阱，实现复兴，除了国际政治经济结构的运动之外，文化资源在其中起了特别关键的作用。以新文化运动和中国革命为标志的伟大的社会改造运动，极大地调动和发挥了中国人力资源和社会组织资源的优势，将一盘散沙的中国成功组织起来。中国现代新文化调动人的因素，即高度的凝聚力，不仅仅导致了杉原熏（Sugihara）所谓经济上的"勤劳革命"，而且它也是保持中国统一，并建成一个强大国家的基础。正是靠着这一切，中国最终改变了在近代以来的世界政治经济结构中落后挨打的地位。

回首漫长无际、山穷水尽、艰难后死的 20 世纪，在天时、地利皆失的状况下，幸而中国人心不死，而据此文化方得以再造重生。决定天下兴亡的是人心向背，决定人心向背的是文化创造。作为中国人，对此我们更应该感同身受。

"虽我之死，有子存焉；子又生孙，孙又生子；子又有子，子又有孙；子子孙孙，无穷匮也。而山不加增，何苦而不平？"——"我们一定要坚持下去，一定要不断地工作，我们也会感动上帝的。这个上帝不是别人，就是全中国的人民大众。"此时此刻，一个伟大的中国人说过的这些话，如同磅礴的力量，正从大地的深处缓缓地升起。

■ 林那北

作者简介

福建省作家协会副主席。现居福州,供职于《中篇小说选刊》杂志社。出版有长篇小说《我的唐山》《锦衣玉食》等24部著作。获全国第十二届"五个一工程图书奖"、中国第三届女性文学奖、全国百部原创图书奖、《中国作家》鄂尔多斯文学奖、《人民文学》小说奖、第二届汉语文学女评委大奖、《上海文学》小说奖、《作家》首届金短篇奖、《小说选刊》奖、《小说月报》奖、在场主义散文奖、第四届汉语文学女评委最佳审美奖等。有小说被译介到海外及改编成影视作品。

作家印象

　　林那北的散文每每让人有惊奇之感：中国的方块字竟然还可以这样挥洒，甚至是——还可以这样挥霍？阅读她的文字，如同在亚马孙森林中的冒险，你不知道前方出现的会是鹦鹉还是猕猴，鳄鱼还是猛虎，但是你一定知道，你将会遭遇离奇，遭遇惊诧，遭遇错愕，它们是生活的热辣辣的底料、活泼泼的味道。然而，林那北散文的魅力恰在于此，正是文字的疏离嫁接了认知的陌生，认知的陌生带来了阅读的艰涩，阅读的艰涩又制造了思想的愉悦，它们合力构成了那种叫作品格或者叫作风骨的东西，既有婉约之美，又有豪放之气，一泻千里，顶天立地。

　　林那北擅长用诙谐表达庄重，用谐谑维系尊严，这种功力不是一般人能够具有的，所以她的散文书写就具有了非凡的气质：以矛盾解构矛盾，以悖论解构悖论，以想象冲击想象，精密，精细，精深，精致，重要的是——好看。

——李　舫

郑氏与施氏

■ 林那北

一

1652年,还在大陆与清军竭力对抗的郑成功阵营里,发生了一件不大不小的事件:一个骁勇善战的部将逃走,郑成功一怒之下,断然将该部将的父亲与弟弟斩杀了。

动怒在郑成功看来挺顺理成章的,不过是杀杀人而已,也不算什么天大的事。他也算少年得志了,偏偏是得志于国破家亡、世道混乱之时,年复一年风不调雨不顺,令他内心有太多的疼痛郁结,脾气于是就跟着涨上来。别的时候,他对兄弟、叔伯、周围战功频立的大将都敢动刀子,就连大儿子郑经也因为乱伦事件差点人头落地。总之他一怒,问题就很严重。

这一次,问题更严重,因为逃走的那个人是施琅。

比郑成功年长3岁的施琅是福建泉州晋江衙口村人,自幼习武，熟读兵法，17岁就成为郑成功父亲郑芝龙的部下。1646年郑芝龙降清后，施琅跟随而去，两年后又转过身投奔已经自立山头的郑成功，重新加入抗清队伍。那时，郑成功28岁，施琅31岁，都血气方刚，也都脾气火爆。他们太相似了，从智力到性情。刚开始两人也曾有过惺惺相惜的蜜月期，郑成功委施琅以左先锋一职，视其为自己的左右臂，而施琅确实也非常卖力，挽起袖子从出谋划策、训练人马到东征西战，流汗不惜，流血不惧。然而，这样的好景却不长，随着战功屡立，施琅脾气渐长。而郑成功，他本来就是个火药筒，偏偏又有诸多不顺接踵而至，终日整个人都处于烦躁中，有个引信，一点就着。于是他们生隙了，摩擦不断，恶性循环，彼此被伤。很遗憾，两个坚硬的男人，在这个凶险阴郁的岁月里，却不能焊接成一块更坚硬的钢板，一起抵御坚风厉雨的侵蚀。

  1652年农历四月二十日，施琅手下一个叫曾德的亲兵违反了军法，因怕被杀，逃到郑成功处请求保护。听到悲怜的苦苦哀求，郑成功或许动了恻隐之心，或者因为对施琅早存不满而故意为之，总之他不觉有罪，反而把曾德召为亲随。此事至此，本来可以有个了结了。郑成功是首领，首领往往代表正确，服从便是了。然而施琅并不服，他的牛脾气也上来了，竟任性地派人将曾德抓回，二话不说，一刀给砍了。这就有点犯上了，至少郑成功觉得施琅让自己脸面扫地，便下令将施琅以及施琅的父亲施大宣、弟弟施显一齐抓了起来。关押期间，施琅设计逃脱，一走了之，却没有料到此举却将郑成功更为彻底地激怒了，久已积存于心的怨气终于大爆发。于是刀起头落，施琅的父亲与弟弟都命丧黄泉。

这个悲剧令双方两败俱伤，伤进骨髓。三具冰凉的尸体横亘在那里，四溅的鲜血将曾经肝胆相照的情谊完全吞没，留下的是汪洋的仇，是汹涌的恨。泪眼依稀之中，施琅断绝了寻求调解与妥协之路，他掉过头，往清军阵营再次投奔而去。

没有人知道在夜深人静时郑成功是否对施琅的离去有过愧或恨。如果回望，他会想起四年前曾欣喜异常地亲自带人马，远赴粤闽交界的黄冈镇，将身陷重重危机中的施琅接回自己的麾下的情景；再往下回忆，则一定还会想起施琅初来乍到时，其所率的那支锐勇将兵，对郑家军的壮大又是何等的重要与及时。人生是无法假设的，对与错只是细细的一条红线，站在各自的角度，在瞬息之间，已经是失之千里的现实。

总之施琅走了，这一去，郑氏王国的大厦并没有立即倒掉。

说起来郑成功本来也可以随同父亲郑芝龙一同降清，父亲是这么期望的。六年前，清兵大举南下时，本来南明王朝赖以御敌抵抗的郑芝龙，却动了归顺清朝廷之心。郑芝龙的举械，导致了南明隆武朝的迅速崩溃。隆武帝朱聿键被俘、被杀就成了顺理成章的事实。这一切，郑成功却不乐意。他刚被封为隆武朝的御营军都督，挂招讨大将军印，还曾被隆武帝赐过国姓"朱"。是的，他那时姓名其实已经改成"朱成功"，只是后世人更习惯了称他为"郑成功"而已。父与子在改朝换代之际，竟生出了二心，分别固执己见地站在了两个不同阵营之上。郑成功给父亲写了一封信，用词相当决绝："从来父教子以忠，未闻教子以贰，今父不听儿言，儿只有缟素而已。"

事实证明他是对的，父亲错了。父亲降清后并没有得到自己所想要的，人家表情一转，马上一把铁箍扣过来，竟是将其押往北京，随即软禁起来。而他在泉州安平的老家，则迅速遭受洗劫。从日本追随而来的妻子田川氏为免受羞辱，剖腹自尽，时年40岁——这个女人就是郑成功的母亲。

1646年那个多事之秋，22岁的郑成功经历了太多骤然变故。他有兵权了，他挂起帅旗了，但王朝灰飞烟灭了，接着家破人亡又赫然展现。刀光血剑宛若一场连天的大雨，一下子将他的生活完全淋透。

埋葬了母亲田川氏之后，郑成功来到泉州市郊的孔庙里，先恭恭敬敬地磕拜先师，然后又将从前捧卷苦读时所穿的青衣长衫点一把火烧毁了。他14岁就考中秀才，进过国子监，还曾拜钱谦益为师，钱谦益甚至还替他取了一个字，叫"大木"。那时他还一门心思放在读经治学上，但此时他不再是书生，不再文弱地躲进书房与笔墨经卷为伍。他要拉起队伍，从此走上反清复明之路。

厦门岛，那时还不过是一个荒凉的边陲小城，而距厦门仅两千三百多米之遥的小金门，当时被称为烈屿，面积14.6平方公里，它成为郑成功最初的立足之地。作为孤臣孽子，他已经没有退路，严酷的局势已经把他逼到人生的悬崖边上，他只能以一己之力，在这个苍茫的海天之间、这个小小的岛屿之上，开始了遥远而艰辛的跋涉之旅。如果这是一场赌博的话，他已经把自己的未来一丝不留地全部抵押了进去。

一面旗子竖起来了：招讨大将军。这曾是那位已经被清朝廷所杀的隆武皇帝赏赐给他的一个封号，这时索性就在天地间张扬起来吧。渐渐有人往这面旗子下聚集了，沿海各地不愿归顺异族的百姓以及郑芝龙残留的余部，他们各自带着忐忑不安与隐约的期许一拨拨投奔而来。武装队伍壮大得非常快，并且纪律严明，训练有素，很快就在中国东南沿海土地上生长拔节，成为令清王朝坐立不安的一根利刺。

就是在那个时期，他迎来了父亲曾经的得力部将施琅。他知道这个人的能力与才华，这个人来了，这个人本来是要当成栋梁来倚仗的。

可是，一切还是那样不可逆转地发生了。

二

父亲郑芝龙在北京的消息不时传来。不是好消息，越来越不好。

那个父亲曾经多么霸气，在海峡上可呼风唤雨，跺个脚海水都蹦起三尺浪，后人说，他是个海盗。

"五虎游击将军"，1627 年郑芝龙被明朝廷招抚后获得这个头衔。

这是他第一次招安。

招安确实曾给他带来很多好处，1629 年他又擢升为福建总兵官、署都督同知——昨夜还是盗，眨眼间今朝却乌纱帽高耸了。关键是重兵在握，又有钱又有权，恰好又有机会，机会就是他的雄厚资本，连那时官方血淋淋的海禁都禁不到他头上，他的船队仍然可以昂然航行于大陆沿海以及中国台湾、中国澳门和日本、菲律宾等东南亚各地之间。在大明王朝迅速往腐败滑去时，他却能以另一种完全相反的姿态高歌猛进，几乎垄断了中国与海外诸国的经济贸易，财源滚滚，富可敌国。尝过这样的甜头，"招安"这个词对他而言就有了另一种解释，可以与种种花团锦簇的形容词画上等号，也可以很自然地依照惯性得出乐观的判断。何况，这个曾被许多目光看成枭雄的人物，对自己永远那么自信，一刻的不自信似乎都对不起自己超人的胆略与天生的霸气。

但这一次，他真的栽了。被软禁在京后，生不如死的日子终于从天而降，折磨主要不是来自肉体，而是来自心灵。之前的几十年他目中何时有人？有的最多只是老天爷的脸色。此时他那个不听话的儿子在中国南方动静弄得实在太大了，清廷已经被震得头皮发麻，鞭长莫及之下，手中只剩下一张牌了，这张牌就是他，郑芝龙。驰骋万里海疆时，他可以生龙活虎，但一被关进笼子，他就不过是只死老虎了。一声呵斥过来，立马就得给远方的儿子写去信，招降的信，一封又一封。

当然，办法并非只有一种，顺治皇帝还拿出最传统的加官晋爵的方式，下诏册封郑成功为靖海将军海澄公。施恩普惠之后，紧跟着还有威胁恐吓，恐吓仍然冲着郑芝龙，有一次郑芝龙甚至被放到案板上，行刑官高举大刀，做欲砍下状——连这样猫玩老鼠的游戏都用上了，那一瞬间，郑芝龙的表情与心情都是何等的不堪。

"借父以胁子"，这一招确实够狠。

然而郑成功已经凝成一块石，此时无论软的还是硬的，他眼一闭，将对父亲的疚痛都一股脑忍下了，就是不予理会。"从来父教子以忠，未闻教子以贰，今父不听儿言，儿只有缟素而已。"这话他在父亲绝意降清时就已经说过。既然说了，并且开始做了,他就决意坚持到底,这是性格决定的,他不是个轻易就半途而废的人。1656年,他甚至将厦门改为"思明州",公开昭示怀念并欲恢复明朝之意。

第二年五月他率十万大军开始浩荡北伐,进围温州,攻陷瓜州,逼近南京,眼看着南都金陵即将在握,竟因骄心渐起而轻敌,最终功败垂成。这一场北伐的失利,令好不容易积攒起力量的郑军元气大伤。仰天长叹,郑成功悲从心生。命运真不是自己可以任意左右的东西,已经拼上血性竭力了,似乎树渐绿花渐开,美景可期,突然一阵莫名的雨打来风刮来,再回头已是一地破絮。

恰巧此时,京城巍巍宫殿之中突然乱成一片:时年不过24岁的顺治皇帝,竟暴病而亡。四个多月前,因为最宠爱的妃子董鄂妃的病逝,让这个多愁善感的多情皇帝如雷轰顶,抑郁难忍中再染上天花,终于在养心殿里撒手归天了。

顺治帝

关于顺治皇帝的结局,其实还有另外的版本,比如出家当和尚,比如在率军南征至厦门时,被郑成功部队一炮轰中,当场毙命。清朝廷不想让这个耻辱公之于众,于是假借天花病来掩饰。后者的真实性一直为史学界所不屑,但闽台民间却一直这样盛传,此起彼伏,津津乐道。无论如何,反正顺治死了。国丧期间,朝廷通常没有大动干戈外出征战的惯例,也就是说,咄咄逼人的清兵,此时只忙乎着为自己的主子披麻戴孝,而不会再燃烽火,大兵压境。

这是一个千载难逢的机遇。转过身,郑成功将眼望向对岸的台湾。那个岛曾是他父亲郑芝龙万贯家业最初的起步地，如今却被荷兰人所据。荷兰先占澎湖，然后在1624年，也就是他在日本平户海边出生的那一年，荷兰人又从澎湖迁往台湾，一迁已经三十多年。

1661年三月二十三日，在仍未回暖的寒风中，金门岛料罗湾战船密布，旌旗猎猎，四百艘船舰和二万五千名将士，在郑成功的亲率之下，向着海峡对岸出发了。这是志在必得的一场战役，说到底郑成功此时也没有再输一场的资本了。八天后，这支军队登临台湾。这一天是1661年4月29日，农历四月初一。之后，在进行长达九个多月的恶战后，荷兰人终于不支，双方签订了缔和条约。十几天后，荷兰驻台湾总督揆一带领下属离开台湾，延续38年之久的荷据时代终于结束了。

而这一年，郑成功也恰好38周岁。

在自己所效忠的大明王朝烟消云散之时，他退到这座孤岛之上，胸中仍有那么多的不甘与期待、幻想与激情。他要赋予这座岛屿以新的生命，让它田野遍地，物产丰美，生机勃勃。不料他自己的生命却在这一年端午节后的第三天戛然而止了。关于他的死，有暴病一说，有被毒杀一说，除此以外，还有一种说法认为是被儿子郑经的乱伦活活气死的。郑经与四弟的乳母陈氏通奸，生下一子。郑成功得到消息，痛不欲生，很快气绝。诡秘真相如今都深埋在历史深处，谁可细究？这一天是1662年6月23日，农历五月初八，距他收复台湾仅仅四个多月。

在他死前半年，他的父亲郑芝龙已经先死了——不仅一个人，还包括三弟郑世恩、四弟郑世荫、六弟郑世永等全家十一口人，都以"谋叛律族诛"，全部斩杀于北京柴市。紧接着，在泉州南安老家的郑氏祖坟又被挖掘，尸骸弃之荒野。

而在他死后第二个月，那个施琅就被清廷任命为福建水师提督。两年后，又授其为"靖海将军"了，并领军进征台湾。

郑成功不在了，但他儿子在，儿子郑经接过父亲的帅旗，仍然奉明朝为正朔，无论怎么招抚就是不肯降清。施琅要做的就是以武力为矛，一把刺过海峡，逼其降，不降也得降。那时是十一月，南方刚刚入冬，本来已经避过了台风横行的季节，不料船行一半，还是突遇飓风。是天意吧？只好返航。

第二年三月，春开了，花开了，施琅第二次再发兵。这次前三天无风无浪，但风太少了船也无法借力行进。到了第四天，风来了，却是迎面而来的偏东逆风，这是海中大忌，船只得又折回。

过了半个月又一次出发，出发时天象还是喜人的，带着几分春天该有的明媚，但第二天又霎时变脸，竟风雨骤起，波涛如山，雾气如海，舟船马上被吹得七零八落，就连施琅自己也被吹到广东潮州地界去，直到九天后才回到厦门。

三次攻台，三次未遂，清王朝的信心与耐心都难免再次动摇。朝廷内一些大臣甚至对包括施琅在内的郑军降将起了疑心，认为这些人或许根本没有真心降清，虚晃一枪与暗度陈仓的可能性都难说绝对没有。1667年，即位已经6年的康熙抓住机会将独掌朝政、日渐飞扬跋扈的辅佐大臣鳌拜和遏必隆革职监禁。刚刚亲政的少年天子正被诸多迫在眼前的纷乱杂事弄得焦头烂额，也只能将孤悬海外的台湾岛暂且搁在一边。于是武力征台一事就不再议起，福建水师被裁撤，水师船只全部焚弃，降清的那些郑氏部队兵将分散编入镶黄旗军营内，或者分散到各省屯垦，而施琅则被调入京，授其内大臣一个闲职。

三

施琅入京，施琅被闲置，紧张对峙的双方顿时一松。

那年突然从父亲手中接过郑氏王国大权时，郑经不过20岁，他尚且稚嫩的肩膀却得将险恶的时局一把担起来。先是与叔伯间的权力之争，再就是施琅等人所率清军的一次次大兵压境，这些都不是最伤筋动骨的。对郑经来说，最致命之痛是内部军心的涣散，先后十余万将士及其家眷背离而去，降入清军。

幸亏有一个叫陈永华的人。比郑成功小十岁的陈永华，曾被郑成功由衷赏识，称其为当世孔明，并授予咨议参军，令其辅佐郑经。显然，陈永华很珍惜这份信任，鞍前马后，他一直竭力为郑经出谋划策。郑经也非常倚重他，让其掌管大政，日后两人还缔结了儿女亲家，郑经的长子郑克臧娶了陈永华的小女儿为妻。

"深耕种，通鱼盐，安抚土番，贸易外国"这个设想其实是郑成功当年就有过的，然后陈永华要接往下做。1665年，当海峡战事还未一波波涌起时，陈永华开始考察台湾南北各社，然后建议郑经颁布屯田制度。之前郑军粮草供给仍主要依靠大陆沿海，如今除了迁界海禁外，更有清军大兵压境，曾经的补给之路已经基本断绝。官兵上下不能忍饥出战，而脚下土地那么多、那么肥沃，却白白空置那里。双手闲着也是闲，应该把官兵派出去垦荒，使地齐刷刷长出丰硕的庄稼来。今天，台中、台南一带仍留存着一些奇怪的地名，比如"王田"，比如官田乡，比如"新营""林凤营"等，追溯起来，都与当年的那一段历史有关。

有了粮，可以果腹了，陈永华又提出办教育。

许多历史堆在尘土里已经只配做垃圾，但有些历史今天回望起来却仍然非常有价值：台湾全岛如今有四十多座孔庙，而第一座孔庙则兴建于 1665 年，即康熙四年，第二年正月竣工。陈永华在此设立"太学"，自任主持人，亲自传授弟子，另外一些大陆来的文人学士也被招来充当教师。那时台湾尚没有日历与文字，计算时间是以月圆为月、十月为年，教育业几乎还是一张白纸。如此情况下，仅有一座富丽堂皇的孔庙肯定是不够的，于是规定，凡汉人居住的村社，都必须设立学校，所有年满八岁的孩童，都得入学，由东渡来台的那些大陆青儒文士教导汉文，学习儒家经史文章。而原住民子弟入学，则把免除徭役作为激励。

能征善战不是一个空洞的词汇，支撑着它的除了与生俱来的智慧、胆略、气度之外，更重要的是知识，而知识素养源源不断的培育与储备，往往又是一个政权能够长治久安的一个重要条件。大概正是基于此，郑经在稍有犹豫之后，还是接受了陈永华的倡议。

台湾有史以来最早的一场考试开始了。按规定，天兴州、万年州每三年举行一次考试，州试胜出者，参加府试，府试通过了都再送院试，而院试录取者，就可以获准进入"太学"深造了。就是说，这座孔庙在当时，是台湾读书人最仰望的高处。凡在里头苦读三年获得毕业，就可以学而优则仕，踏进官场，成为享用俸禄之人了。

关于陈永华，最富传奇色彩的是与天地会相关的传说。

天地会以异姓结盟，拜天为父，拜地为母，尊化名为"万云龙"的郑成功为龙头大哥，从事反清复明的行动。这个秘密组织创立于清初，一直持续了两百多年，至民国仍未绝迹。除天地会本名外，还有添弟、小刀、双刀、父母、三点、三合等十余种名称，鸦片战争后又出现了哥老会等大量分支。这个神秘而生命力强大的组织，传说中是由一个叫"陈近南"的人创立的，而"陈近南"，很多人相信就是陈永华的化名。陈永华所修建的这座龙湖岩，因此也被看成是天地会的发祥地。

在接过郑成功帅旗主政台湾的十几时间里，年轻的郑经确实曾雄心勃勃地欲大展身手，力图将父亲未竟的事业拓展光大。甚至曾写出"仇雪耻知何日，不斩楼兰誓不休"这样大气磅礴的诗句。

1673年，即康熙十二年，手握重兵、割据大陆云贵、广东、福建的吴三桂、尚可喜、耿继茂相继起兵叛乱，史称"三藩之乱"。隔海观望的郑经从中看到反清复明大业的希望，恰好第二年继承父亲耿继茂爵位的耿精忠力邀他渡海加战，共举反清大旗。郑经脑子一热，果真应允，率部西渡而来。在阔别大陆十余年后，重又踏上故土，郑经心头必定悲喜交织，眼前估计还有一幅锦绣美景徐徐展开。然而，前后七年的辛苦征战之后，不仅三藩王大势已去，怀抱满腔希冀而来的郑经竟也接连损兵折将，颗粒无收，甚至连本来握在手中金门、厦门两地也尽失，最后不得不狼狈败退回台湾。失败所带来的挫折感是那样深重而彻底，它们山一样重重压下来，终于使郑经斗志尽失、萎靡不振。那以后，郑经就不再把心思花在管理政务上，而是在纵情酒色中浑浑噩噩地度过一年多之后，病死在他的北园别馆里，死时不过39岁。

与父亲郑成功一样，郑经也属短寿之人，不料他的长子竟更早夭折。

郑经死前一年，他所倚重的大臣陈永华已经先他而去了，葬于天兴州赤山堡大潭山，即今台南县柳营乡果毅村古谭，后灵柩又被清廷迁回厦门同安灌口下葬。郑经去世的那年，其长子郑克臧17岁，次子郑克塽11岁。本来，郑经的位子理所当然由郑克臧接替，不料最终继位的不是郑克臧，而是郑克塽。这个突然变故是一个叫冯锡范的人所致的。冯锡范是郑经的重臣、郑克塽的丈人。

郑氏三代，一个38岁、一个39岁、一个17岁，这样脆弱短暂的人生，怎不令人唏嘘慨叹？

然而，对于冯锡范来说，权力在手的快感并不能替代郑氏集团已经摇摇欲坠所带来的恐慌。郑经、陈永华死去，郑克臧、郑克塽间相互残杀，当这些事相继传到京城，自然都成为令大清朝廷欣喜兴奋的好消息。

四

那时27岁的康熙帝羽毛已丰，天下已定，他抬眼南望，最令其头疼的也只剩下一海之隔的台湾岛了。十几年来为了应对郑氏军队，沿海一直驻有重兵，单军饷每年大约就必须消耗两百三十余万两。而从康熙元年持续下来的迁界禁海，又使沿海大片肥沃之地抛荒闲置。台湾问题一日不解决，康熙就一日无法做到"国唯一主"。这事无论如何都迁就不得、马虎不了。然而，派谁渡海征战呢？

八旗将士能征善战者当然不乏其人，却大多只适合于广阔平原以及马背与弓箭，而台湾海峡风大浪险，气候更是变幻莫测，若非熟悉水战又了解郑军情况者，根本不可能有丝毫取胜的把握。此时，有人举荐了施琅。

从1668年离开福建水师提督一职，施琅已经在京赋闲13年了。13个春起秋落，多少心事都付之东流了，而他却一直没有将孤悬海上的台湾岛以及岛上的郑氏遗忘。事实上他也没法忘记。

1674年，郑经参与三藩之乱，从台湾重返大陆期间，把施琅留在泉州晋江老家料理家业的长子施世泽俘获了。三年后施世泽从郑军中逃脱，第二年又再次被俘。其间，施琅的一个侄子施明良也有相似的命运。郑经起初对这两个施家子弟并没有为难，反而授其官职，予以任用。我们可以将此举理解是反间计，意在致身处清朝廷之中的施琅于尴尬境地，令左右大臣更对其疑虑丛生，也可以理解是郑经的宽容大度，不计旧仇，爱惜人才。

但是，意外还是发生了。1680年二月，福建总督姚启圣与施世泽、施明良暗中联络，打算让其做内应，策反郑军。消息泄露，郑经大怒，一口气将施世泽、施明良及其全家大小73口人全部沉尸海底。郑施两家在沉甸甸的旧恨之上，又添上了更加血淋淋的新仇。

向康熙皇帝极力举荐施琅的人，一个是福建南安籍的内阁大学士李光地，另一个就是姚启圣。其实从几年前，姚启圣就开始接二连三地上疏，并与福建省文武官员一起具名联保施琅重任福建水师提督一职。1680年十二月，姚启圣甚至以全家百口人的性命，担保施琅并没有二心，没有反清通郑。姚启圣是浙江会稽人，跟施琅非亲非故，之前两人连往来应该都不会太多，这个姚启圣却还是这么不管不顾地将自己全家赌进去了。

1681年农历八月，已经年满六十的施琅重新披上战袍。他年事已高，没有时间再耽搁。吸取十几年前三次因飓风而致攻台失败的教训，此次他选择在夏季起航。就是在这个问题上，他跟姚启圣马上闹翻了。姚启圣认为应该十月动身，理由一二三。但是再多的理由也抵不过13年前施琅的亲身经历，他失败过，不会再选择那个季节再失败一次。

乍一看，作为总督，姚启圣确实地位更高一级，偏偏他仅是二品，而施琅却是从一品。两人相持不下时，施琅便直接给康熙上了密疏，即讲自己攻台的设想与理由，又指出姚启圣的不足与局限。重要的是，施琅不愿与姚启圣一同攻台，他要求"专征"。专征就是将姚启圣撇开。这个密疏如果石沉大海，料想也没什么大碍，但它后来凑巧竟落入姚启圣的眼中，姚启圣立即两眼喷血，溺水般的窒息感整个将其吞没。两人关系从此恶化，彼此比赛似的往上递奏折宛若雪片。但最后，康熙还是把机会给了施琅：施琅独自率兵专征，而姚启圣留厦门保障粮草与船械之类。

1683年，六月十四日，两万多名福建水师官兵和300余艘战船从这里东山岛宫前港出发了。在经过13年的蛰伏以及这两年中与姚启圣间动静如此之大的纷争，施琅知道这次出征意味着什么。那天，他特地把自己的4个儿子以及20多个堂弟或同族侄子分散到各条船上，破釜沉舟，同生共死。

最先攻取的目标仍然是原先计划中的澎湖。

漳州的东山岛那时还称铜山,与澎湖相距约八十海里。此时正是一年中海峡最好的季节,运气不错,没有台风。出海的那天却南风盛行、风平浪静,舰队第二天下午就抵达了澎湖列岛第二大岛西屿,以及周边的猫屿、花屿和草屿。第三天,双方开始交火。澎湖之战持续了七八天,炮火连天,烽烟弥漫,双方伤亡都很严重。清军这边,先锋蓝理腹部中弹,肠子外流,施琅右眼也被箭所伤;而郑军那方,将领死伤三百多人,士兵被歼一万多名。六月二十二日傍晚,郑军终于不支,向台湾本岛败退。

澎湖离台南24海里,向来被看成是台湾的咽喉重地。澎湖一失,台湾岛就岌岌可危了,岛内顿时一片慌乱,人人自危。有人甚至想到走为上,就是远循吕宋,苟且保存性命。这个主意被从澎湖逃回岛上的刘国轩阻止了。吕宋即现在的菲律宾,在损兵折将、气数已尽之时,郑氏上下已经是一艘千疮百孔的破船,还怎么能承受得了万里海涛的颠簸折腾?路路断绝,可怜那个尚是懵懂少年的郑克塽,莫明其妙被一场阴谋政变推上王位,转眼间连天的险恶却已经山一样向他扑来了。

攻下澎湖的捷报此时也飞抵京城,面对众多大臣要求诛杀郑氏九族的提议,康熙皇帝此时说出一句至关重要的话:"君子以德报怨,不可耿耿于怀于旧隙。"他还下达谕旨,派人送往台湾,告示说只要郑氏部将纳土归来,既往不咎,并且从优任用,妥善安置。

与郑氏之间的争战已经持续太久了,劳民伤财,太多无辜者被牵连其中,抚之为善,利国利民。是权衡利弊后的结果,还迫于无奈？总之康熙在这个关头，确实做出了一个最好的选择。此时，身在澎湖的施琅脑子也是清醒的，他已进入暮年，再不是当年那个乳臭未干的鲁莽小毛头，岁月让他学会冷静处事，学会审时度势。并非不恨郑氏父子，毕竟他不是木头人，从父至子，三代冤怨都纠结一起，这么多年都让他耿耿于怀、心绪难平。但是他也清楚，水师舰队中，许多人是从郑军那边降来的，旧情谊多少仍丝丝牵连，即使从未入过郑军，暗地里，也难保不对郑成功的硬骨头心存几丝敬意。人头落地、鲜血四溅，私仇尽管报了，人心或许就失了，孰轻孰重？况且，如今他已经是大清的臣子，必然得听命于大清天子，既然康熙帝都已经后退一步，慈悲为怀，他又怎么敢再公然泄一己之恨？台湾那边的郑军尚有四万余人，将士数倍于清军，水道又非常复杂险恶，真要针尖锋芒一番，必然又是一场硬战。杀其父、其弟、其子的人，如今都已经作古，而他仍好好活着，要论胜负输赢，已经不言自明，他还有什么必要滥开杀戒再结新仇。

五

攻心战果真把郑氏集团内部攻得分崩离析，小小年纪的郑克塽没有更好的选择，七月二十二日，他下令岛上军民削发降清。

然而，那个叫朱术桂的人却不愿意。

作为明太祖朱元璋的后裔，朱术桂被南明永历帝朱由榔封为宁靖王。郑经把他从闽南迎请到台湾，是将他视为明朝正统，并供奉岁禄，成为明郑王朝的一个精神象征。台南市的大天后宫，当年是郑经特地为朱术桂修建的宁靖王府邸，一直到现在，其雕梁画栋仍透着几分帝王气派。与所有建筑喜好坐北朝南不同，王府选择了坐东面西，而西边那个方向，就是大陆，就是曾经的故国。

原先这里临海，府门一开，汪洋波涛尽现眼底，仿佛一脚踏出府外，登舟扬帆，就能回到旧日华丽的梦乡之中。可是已经羸弱如风前烛的皇家后人，狼狈龟缩孤岛之上，在日落月起之间，引颈眺望，也只看得见朱氏王朝渐行渐远的黯淡背影。本以为万里海域可以为盾，郑氏家族能够为伞，就那样苟活着，姑且为曾经的皇族、曾经的大明帝国将仅存的旗帜插起，然而，偏偏连这样的日子最终也无法支撑下去了。清军来了，刀枪对准郑氏，但没有人能够保证，其刀刃上锐利的寒光不会伤及朱氏。

朱术桂决定将残喘的大明王朝终结在这个海岛上，并且将自己的性命也一同祭上。

那时，朱术桂原配罗氏已亡，随侍在侧的分别是袁氏、王氏、秀姑、梅姐、何姐五位妃子。六月二十六日，在澎湖岛被施琅所率清军攻下的第四日，朱术桂将五个妃子召到身边。"孤不德颠沛海外，冀保余年以见先帝先王于地下，今大事已去，孤死有日，汝辈幼艾，可自计也。"他的意思是让这几位年纪尚轻的女子各自找出路，不料在一场撕心裂肺的悲泣之后，她们却坚决选择了"请先赐尺帛，死随王所"。

宁王府中堂之上的梁柱，成了五个如花生命的自缢场所。朱术桂将她们潦草葬于南门城外魁斗山北侧，不树不封。返回王府后，他在墙上写下了这些字句："自壬午流贼陷荆州，携家南下。甲申避乱闽海，总为几茎头发，句全身躯，远潜海外四十余年，今六十有六矣。时逢大难，得全发冠裳而死。不负高皇，不负父母，生事毕矣，无愧无怍。"

这位据说喜欢佩剑、喜欢美髯，做人行事却格外低调小心的末世王族，在字里行间已经将自己全部的心酸和盘托出了。他必然得死，能死得"全发冠裳"居然就已经是一种大幸了。

死前他从容向郑克塽辞别，并送还郑氏所赐的"宁靖王鹰钮印"，然后烧毁所有田契，把位于台湾路竹乡数十甲田地全数送给佃户。"艰辛避海外，总为数茎发，于今事毕矣，祖宗应容纳。"这首绝命诗他写于自己常用的砚台背面。写毕，自尽。两位太监，也即他的贴身侍从，也陪同他一起自尽于梁上。

那一年，农历六月有闰月，夏季似乎因此变得格外漫长而燥热。两个多月后的八月十三日，施琅率领一万余名将士抵达台湾鹿耳门港。两天后，受降仪式举行，已经六神无主的郑克塽率领文武百官对清军匍匐在地，终结了郑氏王朝的历史。这一天恰是中秋，一轮朗月高挂空中，将海峡两岸照耀得清爽明亮。

最初，施琅就是选择宁靖王府作为自己在台住所的。这么宽敞精美的房子，纵然有那么多吊死鬼曾悬挂梁上，也不能将正气势如虹的他吓住。但没多久，他自己猛然一激灵，马上打了一个冷战。这是王府啊，已经有举检他行为不端的状子飞快传至京城康熙眼前了。他已经在种种误读曲解中忍气低头了十多年，刚喘口气，不能再跌一跤。于是他给康熙递上折子，奏请将宁靖王府改建成天妃宫。

八月二十日，台湾街头出现了《谕告台湾安民生示》。第二天又出现了《严禁犒师示》。其内容都是申台湾已归属大清版图，请百姓放心，尽可以自由把往日的生活继续过下去，军队如果有不轨行为，一定严惩不贷云云。老百姓长长出了口气。一场势必兵戎相见、烽火连天的征战，居然偃旗息鼓了，让他们揪起来的心终于安然放下。但毕竟仍有人不能完全释然，他们还在等待，像等待一个久悬的谜底，等待一场长戏的结局。

这个谜底与结局必须由施琅亲自揭开。

郑成功与施琅，这两个男人有过的冤怨并不是秘密。现在反清的郑成功已死，而成为清军将领的施琅征台大捷之后，作为胜利者，他将怎样了结两家错综复杂的世仇？

延平郡王曾是南明永历皇帝于1658年时对郑成功的册封。郑成功死后第二年，郑经在承天府南坊建起了一座"延平王庙"，作为家庙，用以祭祀父亲。

八月二十二日，施琅走进郑氏家庙。谁也没有料到，他竟是来焚香祭拜的。

"自从南安侯入台，台地始有居民。逮赐姓启土，世为岩疆，莫可谁何。今琅赖天子威灵，将帅之力，克有兹土，不辞灭国之诛，所以忠朝廷而报父兄之职分也。独琅起卒伍，于赐姓有鱼水之欢，中间微嫌，酿成大戾。琅于赐姓剪为仇敌，情犹臣主；芦中穷士，义所不为。公义私恩，如是则已。"

祭文读罢，施琅已是老泪纵横。或许更多的话他并没有说出来，都藏于内心，已经藏了几十年，索性就这样封存下去，永不示人。何且他也老了，秋风拂起的是焦枯的白发，这一生，这一辈子，与这个人从手足之情到反目成仇，居然生出这么多的是非与曲折，而这一切，如今终于都可以付于浩茫烟波与万里海涛了。祭过拜过之后，便是给了世人一个交代，更重要的是，他对自己也有了交代。"公义私恩，如是则已"。

长眠地下的郑成功听罢，不知又有怎样的感慨。

接下去的一两个月间，郑氏宗亲以及郑军的将士被陆续送回大陆，施琅也于这一年的十一月二十二日离开台湾。从六月由东山出发至今，已经半年过去，这期间，朝廷内关于台湾弃还是留的问题，已经争得不亦乐乎。许多大臣居然认为这样一个远离大陆的海岛，要守要管都太费事，不如干脆弃之。

施琅却有相反看法。他从台湾班师回到厦门后不到一个月，就向康熙上呈了一个折子：《恭陈台湾弃留疏》。为了能将弃台的弊端与留台的益处说到康熙的心坎上，他很有耐性，共用了一千八百多个字，甚至日后如何管理台湾都有详尽建议。他去过台湾，以赢老之躯为台湾征战过，满朝文武大臣没有哪一位能够比他更了解这个岛屿。1684年四月十四日，在是弃是留争吵了8个月后，康熙皇帝终于做了决定，他站到施琅一边，发布谕旨，将台湾纳入大清帝国的版图中。

"平台千古复台千古，郑氏一人施氏一人"，这是后人题在福建泉州晋江施琅纪念馆里的一副对联。三百多年过后，两人间的恩恩怨怨其实已被大多数人遗忘，能够记住的，是那个风雨飘摇的岁月里，为了将东南海面上的这座岛屿收归中华，这两个才情相当、胆略类似的男人，都曾经赴汤蹈火。

■ 刘裕国

作者简介

人民日报高级记者,中国作家协会会员,四川省作家协会报告文学专委会主任。出版有长篇小说、长篇报告文学、散文集、影视文学剧本《士兵之路》《剑出巴蜀》《通江水暖》等11部,300余万字。在中央级和全国性报刊发表文学作品600余篇,获省部以上奖项20余次。先后获汶川地震后恢复重建先进个人、空军先进新闻工作者、全国抗震救灾宣传报道先进个人、四川省抗震救灾模范等称号。

作家印象

　　刘裕国首先是一位优秀的记者，其次是一位优秀的作家。

　　难能可贵的是，他的新闻作品和文学作品，不仅用手和心、更是用血和泪写成的。刘裕国的作品都是用激情拥抱现实生活的结晶，是高奏凯歌、擂响战鼓的时代呐喊。刘裕国写贫困和脱贫，不是站在贫困之外、之上写脱贫，而是站在脱贫大战之中写脱贫；刘裕国写蜀井蜀盐，是站在"盐是江山社稷，盐是天下基石"的国家利益上展开的，关注的是彼时的贪腐问题、民生问题以及国家政策，上升到了民族、国家的未来发展层面，以小小的"盐"充裕着沉甸甸的家国情怀。

　　刘裕国是有文化理想的新闻工作者，是有文化情怀的文学工作者，他要做有思想的新闻，要写有分量的文字。他和采访对象同呼吸、共欢笑，不仅是时代发展的见证者，而且是时代发展的参与者。这是他的作品感人、动人、启发人的根本原因之所在，也是新闻创作和文学创作的正确选择。

——李　舫

烽火中的文化坚守

■ 刘裕国

仲夏的李庄,烈日照古韵,长江诉衷曲。

一座座翠绿掩映的川南民居,粉白墙、花格窗、小青瓦,古朴、凝重。婆娑的光影里跳荡着岁月的沧桑,轻轻走近,幽静的气息扑面而来。

这个位于四川宜宾的"长江第一镇",在抗战时期,与重庆、昆明、成都并列为中国四大文化中心。75年前,一大批中国知识分子在烽烟中辗转来到李庄,这是他们一生中最为艰难的岁月,也是最为顽强的坚守,他们用中国知识分子的担当与情怀,书写了中国文化在烽火中的奇迹。

75年风雨阳光,他们的名字已经嵌入了李庄历史文化的脉管。

一

抗战中的李庄,就像一颗埋藏在雪地的种子,顽强地孕育着希望与生机。

1937年，北平沦陷，一批国立高等学府和研究机构被迫南迁，经南京、武汉、长沙、昆明，于1940年冬季陆续到达李庄，最盛时有一万两千余人。李庄大大小小的宫观庙宇、会馆祠堂、民间小院都住满了这些外来的专家、教授和学子。当年，李庄这个不足万人的江边小镇，每天都能看到穿着长衫、旗袍、西服，胸前别着钢笔、腋下夹着书本，或烫着卷发或梳着偏分头、操着外地口音的人，三五成群地进进出出。

中国营造学社也是在这期间来到李庄的。他们住进了上坝村月亮田边的张家老院子，并将在这里完成从1932年就着手考察搜集素材并酝酿编撰的《中国建筑史》，以填补中国建筑史上的空白。长达三年之久的南迁，梁思成、林徽因作为营造学社的主要负责人，带领学社的同事和自己的家人，颠沛流离，九死一生。途中，尽管被日军的轰炸机追着跑，但他们探寻的脚步始终没有停，一直坚持着在沿途考证和搜集古建筑资料。他们认为，不能鬼子来了，我们的文化就断了；祖先的文化精髓，不能葬送在侵略者的铁蹄下。当时，营造学社同人还有莫宗江、卢绳、罗哲文等，他们都明白，一个国家的建筑承载了一个民族的历史文脉，中国建筑的演变也映射着中国政治、历史、文化的演变，因而他们反倒庆幸有机会行走在山川陌野，看到过去未曾见到的亭台楼阁。

在这群人中，最令人敬佩的，当数一代才女林徽因。出生于书香世家的林徽因自幼接受传统文化教育，尽管她16岁开始在西方教会学校读书并有着留学欧美的经历，但是中国传统文化在她的骨子里留下深深的烙印。1931年11月19日，留学归来的林徽因，以女建筑家的身份，在北京协和礼堂为驻华使节讲演中国古代建筑与美学。她说，建筑是全世界的语言，比写在史书上的形象更真实，更具有文化内涵。林徽因不崇洋、不媚外，对于中国的建筑有着强大的文化自信。

在李庄，她常对营造学社的同事说，学术千秋事，来不得半点虚假，必须一丝不苟。多年来，她和丈夫梁思成一直坚持攀屋顶、上房梁，到实地准确测绘、考证古建筑的结构和尺寸。为了有一个健康的身体，林徽因在李庄四合院天井里的大樟树上悬挂一根竹竿，经常吊爬，锻炼体力。

千年李庄，千年积淀，留下了不少绝美的古建筑群落，它们静卧苍穹之下、苍松之间，在林徽因眼里，那就是一首首凝固的诗！她迫切地想走进它们，欣赏它们，解读它们。因此，爬竹竿的锻炼开始没多久，她就把外出测绘的事摆上了日程，总是催着同事们尽快上路。蛰伏在长江边的李庄，冬天异常寒冷，而林徽因心里却揣着一团火。经常天一放亮，她就和营造学社的同事们起程了。大家肩背着一包包鼓鼓囊囊的测绘工具，行走在弯弯曲曲的乡间小道，薄雾缭绕，仿佛演奏着一支轻快的畅想曲。李庄境内的螺旋殿、魁星阁、张家祠、禹王宫，处处都留下了营造学社人攀爬的汗水与足迹。后来这四处建筑被他们称为"李庄四绝"，写进了《中国建筑史》。

多少个夜晚，一盏跳动的煤油灯陪伴他们伏案撰写到深夜。营造学社人学术报国的理想和信念，就像那盏灯，灼灼跃动，夜复一夜地照着他们的窗棂与心灵。

二

抗战没有前方后方，李庄虽然没有硝烟，但对于来到这里的知识分子，依然困难重重。

　　林徽因不得不自己动手给夫君和孩子缝补衣服。她和家人到场镇，把家里值些钱的东西如她的首饰、梁思成的钢笔都送进了典当铺，或换点现钞贴补家用，或换点红糖、猪油以补补身子。林徽因喜欢给朋友写信，但这时的生活早已由不得她潇洒地用纸，她只能用捡来的包裹过点心、糖果的油纸做信笺，而把省下来的每一张纸都用在了书稿的编写上。

　　李庄属典型的川南潮湿气候，冬季阴冷，夏季酷热。梁思成、林徽因夫妇居住的房屋，竹篾抹泥为墙，不保暖也不隔热，室内阴暗潮湿。林徽因入川不到一个月，肺结核病就复发了。那段时间，丈夫梁思成正在重庆为营造学社筹集研究经费而东奔西走，得知夫人发病，便迅速买了药品，星夜兼程，赶回李庄。林徽因卧病在床，梁思成心疼不已，为她打针、喂药，悉心照料。营造学社的同事们多次来到林徽因床前，见其身体十分虚弱，都劝她安心养病，劝梁思成放下手里的所有事情，守护在林徽因身边。然而，在林徽因看来，日本飞机正在对祖国大地狂轰滥炸，抢救文化也是为国尽忠，须争朝夕、惜分秒。在林徽因的再三催促下，梁思成才开始一边工作一边照料。

　　林徽因躺在病床上，面对着墙上的挂钟，写下一首新诗《一天》：

　　　　今天十二个钟头
　　　　是我十二个客人
　　　　每一个来了，又走了
　　　　最后夕阳拖着影子也走了！

我没有时间盘问我自己胸怀

她把挂钟12个钟头的刻度，当作轮流来探访她的12个来客和朋友。有朋友就有慰藉、有快乐。境由心造，如果不是壮志满怀，哪会有这般积极阳光的人生态度？哪会面对疾病和困苦而没有彷徨、没有绝望？营造学社安排给林徽因的后期任务，是承担《中国建筑史》全部书稿的校对。即便是发高烧，她也用枕头垫在背后，撑起身子，捧起手稿，潜心校对。

三

乱云飞渡，江河奔流，李庄桂轮山几度花落花开。战争、疾病、困苦，都没有把营造学社人击倒，他们对《中国建筑史》的研究和写作一刻也没有放弃。他们坚守的，不亚于战火中的又一个高地。

李庄有一段佳话，流传至今。一天，11岁的女儿梁再冰问母亲："要是日本鬼子打到李庄来了，我们怎么办啊？"斜靠在床上的林徽因，瘦削的脸庞有些苍白，她慢慢坐直身子，拉着女儿的手，沉着地说："女儿，不用怕，我们旁边不就是长江吗？到时，我们全家就到长江去。"

为了一份坚守，林徽因柔弱多情的外表下包含了一颗多么伟大、刚烈而超然的心。林徽因和梁思成在简陋卧室里的书案上、病榻前，堆积起厚厚的"二十四史"和数以千计的照片、实测草图、数据以及大量的文字记录。病痛中的林徽因，不仅完成了营造学社交给的校对任务，还为书稿撰写了五代、宋、辽、金部分的建筑发展史,以及中国宫廷建筑的特点和制式、宗教建筑艺术、中国塔的建筑风格等内容。一字一句,都浸透了她满腔的热血,折射出顽强毅力和过人智慧,彰显出忠贞不渝的文化追求和学术信仰。

1942年深秋,林徽因和梁思成的老朋友,美国历史学家费正清夫妇特意从重庆来到李庄看望他们。见到病重得脸色苍白、颧骨高耸的林徽因,美国朋友说:"依我设想,如果美国人处在此种境遇,也许早就抛弃书本,另谋门道,改善生活去了。"他们动员梁林夫妇去美国发展,说美国各方面条件都优越,他们的才华更能得到施展,林徽因的病也能得到及时有效的治疗。然而,林徽因微笑着,婉言谢绝了。她说:"中国南方的居民充分地体现了中国的人文精神。我有个设想,等身体好起来的时候,要对江南民居做一番详细的考察。"美国朋友离开的时候说:"我明白了,你的事业在中国,你的根也在中国。你们这一代知识分子,是一种不能移栽的植物。"

1945年8月,日本投降的消息传到李庄,连续几天,李庄的大街小巷都卷起欢乐的狂潮。林徽因也想上街去,但日益严重的肺结核病让她根本无力行走。营造学社便安排了一乘滑竿,让人抬着林徽因走出月亮田,走过两里多的小道,在李庄码头一棵大榕树下的茶馆前停下。林徽因努力撑起病弱的身体,让喜悦的目光融进欢乐的浪潮……

在那段烽火岁月中,营造学社人怀着文化报国的理想和情操,顽强坚守着那份文化自信,协助梁思成完成了《中国建筑史》和英文稿《图像中国建筑史》。如今,芳草茵茵,花香阵阵,我的脚步难舍中国营造学社李庄旧居,难舍梁林陋室。在李庄,我见到从成都前来"参拜祖师"的年轻的高级建筑师张岗,他是这样评价《中国建筑史》的:"这是中国第一部全面、科学、系统地描述从上古先秦至明清以来中国建筑艺术和技术的著作,内容浩瀚。建筑实例覆盖大半个中国,是奠定新中国建筑学学科基础的开山之作,将中国建筑技术从千百年来的工匠师承、口口相传提升到现代的学科教育。"抗战胜利后,以营造学社为班底,梁思成创办了清华大学建筑系。可以说,李庄是"中国建筑科学的摇篮"。

烽火中的川南李庄人才汇聚,除了中国营造学社外,还先后住进了中央研究院的历史语言研究所、社会科学研究所、体质人类学研究所,金陵大学文学研究院等。学者们在这里安居,在这里不废研究,生活的清贫没有改变他们内心的高洁,外敌的入侵更没有中断他们学术上的探索。

李庄,一个有着特殊意义的文化符号,犹如一枚精彩的邮票,把中国知识分子在抗日烽火中的一段传奇邮寄给我们的子孙后代。

■ 莫 言

作者简介

本名管谟业,1955年2月17日出生于山东高密。20世纪80年代中期以乡土作品崛起,充满着"怀乡"以及"怨乡"的复杂情感,被归类为"寻根文学"作家。

2000年,莫言的《红高粱》入选《亚洲周刊》评选的"20世纪中文小说100强";2005年,《檀香刑》全票入围茅盾文学奖初选;2011年,凭借作品《蛙》获得茅盾文学奖。

2012年莫言获得诺贝尔文学奖,获奖理由:通过魔幻现实主义将民间故事、历史与当代社会融合在一起。

作家印象

如常的沉默和冷峻,如常的低调和羞涩,永远的粉灰相间的条纹衬衫、卡其色便装西服,这些似乎成了莫言"无言"的符号。

2012年10月11日北京时间19点,莫言斩获2012年诺贝尔文学奖。瞬间,整个世界的目光投向中国,投向莫言。今天,6年过去了,整个世界的目光仍然在关注中国,关注莫言。

20世纪80年代的某一天,莫言偶然翻到《喧哗与骚动》,两万字的序还没看完,就兴奋得跳了起来,他说要像福克纳一样高举起"高密东北乡"这面大旗,把这片土地上的河流、村庄、痴男怨女、地痞流氓、英雄好汉,"地球上最美丽最丑陋、最超脱最世俗、最圣洁最龌龊、最英雄好汉最王八蛋、最能喝酒最能爱"的地方统统写出,创建一个"文学共和国"。

他做到了。

近40年来,莫言用一支笔,见证了"高密东北乡"的华美、浪漫和凄迷,以及这块土地上集结着自然、图腾、反抗、冒险、复仇、情欲、狂想、血腥、骚动的传奇,这个傲立中国一隅的抒情史诗,充满了刺破时间的锐利,充满了叩问人性的勇气,更充满了对生命自身的逼视与醒悟。

鲁迅先生晚年说过一段话,意味深长:"我们生于大陆,早营农业,遂历受游牧民族之害,历史上满是血痕,却竟支撑以至今日,其实是伟大的。"莫言的文字,以激烈的先锋性、本土性、实验性、民族性,击碎了成长于中国传统土壤里的委顿和犹疑,让人想起范仲淹《岳阳楼记》"衔远山,吞长江,浩浩汤汤,横无际涯"的气势。他在战争的血腥和悲恸里,找到了人性的尊严与梦想;在和平的朴素和慵懒里,找到了中国文化生生不息的秘密。

——李舫

马的眼镜

■ 莫 言

1984年解放军艺术学院创办文学系,徐怀中老师是首任主任,我是首届学员。我们是干部专修班,学制两年。怀中老师只担任了一年主任,便被调到总政文化部任职去了,但他确定的教学方针以及他为这届学员所做的一切,却让我们一直牢记在心。今年3月初,文学系邀请怀中老师去讲课,因老人家年近九秩,怕他太累,便让我与朱向前学兄陪讲。讲座上,我忆起北京大学吴小如先生给我们讲课的事,虽寥寥数语,但引发了怀中老师的很大感慨,于是,我就写下这篇文章,回忆往事，以防遗忘。

吴先生为我们讲课，应该是在1984年的冬季，前后讲了十几次。他穿着一件黑色呢大衣，戴一顶黑帽子，围一条很长的酱紫色的围巾。进教室后他脱下大衣解下围巾摘下帽子，露出头上凌乱的稀疏白发，目光扫过来，有点鹰隼的感觉。他目光炯炯，有两个明显的眼袋，声音洪亮，略有戏腔，一看就知道是讲台上的老将。因为找不到当年的听课笔记，不能准确罗列他讲过的内容。只记得他第一节讲杜甫的《兵车行》。杜诗一千多首，他先讲《兵车行》，应该是有针对性的，因为我们是军队作家班。这首诗他自然是烂熟于胸，讲稿在桌，根本不动，竖行板书，行云流水——后来才知道他的书法也可称"家"的——他的课应该是非常精彩的，他为我们讲课显然也是十分用心的，但由于我们当时都发了疯似地摽劲儿写作，来听他讲课的人便日渐减少。最惨的一次，偌大的阶梯教室里，只有5人。

这也太不像话了，好脾气的怀中主任也有些不高兴了。他召集开会，对我们提出了温和的批评并进行了苦口婆心的劝说。下一次吴先生的课，35名学员来了20多位，怀中主任带着系里的参谋干事也坐在了台下。吴先生一进教室，炯炯的目光似乎有点湿，他说："同学们，我并不是因为吃不上饭才来给你们讲课的！"这话说得很重，许多年后，徐怀中主任说："听了吴先生的话，我真是感到无地自容！"吴先生的言外之意很多，其中自然有他原本并不想来给我们讲课是徐怀中主任三顾茅庐才把他请来的意思。那一课大家都听得认真，老先生讲得自然也是情绪饱满，神采飞扬。记得在下课前他还特意说：我读过你们的小说，发现你们都把"寒"毛写成了"汗"毛，当然这不能说你们错,但这样写不规范,接下来他引经据典地讲了古典文学中此字都写作"寒",最后他说,我讲了这么多课,估计你们很快就忘了,但这个"寒"字请你们记住。

现在回想起来,吴先生让我们永远记住这个"寒"字,是不是有什么弦外之音呢?是让我们知道他寒心了吗,还是让我们知道自己知识的浅薄?

其实,我从吴先生的课堂里,还是受益多多的。他给我们讲庄子的《秋水》和《马蹄》,我心中颇多合鸣,听着他绘声绘色的讲演,我的脑海中便浮现出故乡一望无际的荒原上野马奔驰的情景,还有河堤决口、秋水泛滥的情景。后来,我索性以"马蹄"为题写了一篇散文,以"秋水"为名写了一篇小说。《马蹄》发表在1985年的《解放军文艺》上,《秋水》发表在1985年的《莽原》上,这都是听了吴先生的课之后几个月的事儿。

这两篇作品对我来说都有非常重要的意义:《马蹄》表达了我的散文观,发表后颇受好评,还获得了当年的"解放军文艺"奖;《秋水》中,第一次出现了"高密东北乡"这个文学地理名称,从此,这个"高密东北乡"就成了我的专属文学领地。我在很长一段时间内都以为我是在《白狗秋千架》这篇小说中第一次写下了"高密东北乡"这几个字,在国内外都这样讲,后来,我大哥与高密的几位研究者纠正了我。《秋水》写了在一座被洪水围困的小土山上发生的故事,"我爷爷""我奶奶"这两个"高密东北乡"的重要人物出现了,土匪出现了,侠女也出现了,梦幻出现了,仇杀也出现了。应该说,《秋水》是"高密东北乡"的创世纪篇章,其重要意义不言自明。

吴先生讲庄子《秋水》篇那一课,就是只来了5个人那一课。

那天好像还下着雪——我愿意在我的回忆中有吴先生摘下帽子抽打身上的雪花的情景。我们的阶梯教室的门正对着长长的走廊,门是两扇关不严但声响很大的弹簧门。吴先生进来后,那门就在弹簧的作用下"哐当"一声关上了。我们的阶梯教室有一百多个座位,5个听课人分散开,确实很不好看。我记得阶梯教室南侧有门有窗,外面是礼堂前的很大一片空场。因为我坐在第七排最南边的座位上,侧面便可见到窗外的风景,那天下雪的印象多半由此而来。我记得我不好意思看吴先生的脸,同学们不来上课造成的尴尬却要我们几个来上课的承受,这有点不公平,但世界上的事情就是这样。有一次学校组织学员去郊区栽树,有两位同学躲在宿舍里想逃脱,被我揭发了,从此这两人再也没跟我说过一句话。毕业十几年后,有一次在街上碰见了某一位,我热情地上前打招呼,他却一歪头过去了,让我落了一个大大的没趣。由此我想到,揭发别人,是一件得罪人最狠的事,但不揭发,心里又恨得慌,这也算做人之难吧。

虽然只有5个人听讲,但吴先生那一课却讲得格外昂扬,好像他是赌着气讲。我当时也许想到了据说黑格尔讲第一课时,台下只有一个学生,他依然讲得慷慨激昂的事,而我们有5个人,吴先生应该满足了。

"秋水时至,百川灌河,泾流之大,两涘渚崖之间,不辨牛马。于是焉,河伯欣然自喜,以天下之美为尽在己……"先生朗声诵读,抑扬顿挫,双目烁烁,扫射着台下我们5个可怜虫,使我们感到自己就是目光短浅不可以语于海的井蛙、不可以语于冰的夏虫,而他就是虽万川归之而不盈、尾闾泄之而不虚,却自以为很渺小的北海。

讲完了课,先生给我们深深鞠了一躬,收拾好讲稿,穿戴好衣帽,走了。随着弹簧门"咣当"一声巨响,我感到这老先生既可敬又可怜,而我自己,则是又可悲又可耻。

因为当时我们手头都没有庄子的书,系里的干事便让我将《秋水》《马蹄》这两篇文章及注解刻蜡纸油印,发给每人一份。刻蜡纸时我故意地将《马蹄》篇中"夫加之以衡扼,齐之以月题"中"月题"的注释刻成"马的眼镜",其意大概是想借此引逗同学发笑吧,或者也是借此发泄让我刻版油印的不满。我没想到吴先生还会去看这油印的材料,但他看了。他在下一课讲完时说:"月题",是马辔头上状如月牙、遮挡在马额头上的佩饰,不是马的眼镜。然后他又说——我感到他的目光盯着我说——"给马戴上眼镜,真是天才!"——我感到脸上发烧,也有点无地自容了。

毕业十几年后,有一次在北大西门外遇到了吴先生,他似乎老了许多,但目光依然锐利。我说:吴先生,我是军艺文学系毕业的莫言,我听过您的课。

他说:噢。

我说:我听您讲庄子的《秋水》《马蹄》,很受启发,写了一篇小说,叫《秋水》,写了一篇散文,叫《马蹄》。

他说:噢。

我说:我曾在刻蜡纸时,故意把"月题"解释成"马的眼镜",这事您还记得吗?

此时,正有一少妇牵着一只小狗从旁边经过,那小狗身上穿着一件鲜艳的毛线衣。吴先生突然响亮地说:

"狗穿毛衣寻常事,马戴眼镜又何妨?"

■ 穆 涛

作 者 简 介

1961年出生,河北廊坊市人。1989年至1991年就读于西北大学中文系。先后任中学教师、《热河》《文论报》《长城》杂志编辑。1993年调到西安《美文》杂志。现任中国作家协会散文专委会委员,陕西省文艺评论家协会副主席,《美文》杂志常务副主编。

出版有《俯仰由他》《放心集》《平凹之路》《肉眼看文坛》等10余种,译著有《名誉扫地:美国在越南柬埔寨的失败》(与胡宗锋教授合译)。

先后获编辑奖3项,文学创作奖6项:陕西省文学奖(1998年),冰心散文奖——理论奖(2010年),中国大学出版社文学类图书一等奖(2013年),陕西省图书奖(2013年),第六届鲁迅文学奖(2014年)和2014中国好书。

作 家 印 象

提到穆涛离不开贾平凹。作为《美文》杂志的主编和副主编,贾平凹和穆涛坐镇古都西安,雄视中原,管窥中国文学一颦一笑、一草一木。

30年前,《美文》创刊时,贾平凹提出了"大散文"这个概念,穆涛一直是忠实的执行者和践行者。他们如同一对勤恳忠厚、胸怀天下的伯乐,在中国广袤的大地上遍寻千里马。而今,他们又将探寻的目光投向了世界,为中国文学的跨文化交流架起一道道桥梁。

在编辑工作之余,穆涛几乎都扎在史书与史料里。他以长安为时间和空间的中心,通读史籍,追溯汉唐文化的浩浩汤汤。穆涛提出,中国自汉代始方有重构国家格局的世界眼光,而这,恰是"汉唐气派"的地理元点,是中华民族大器格局的历史圆心。

穆涛擅写短文。常为文者,皆知短文写作之难,而穆涛的短文则以方寸之地,涵括天地古今,堪称神奇。有人说,穆涛的才华如一方上古璞玉被剥了皮,露出耀眼的光华。穆涛集散文家、杂文家、史学家于一身。既浸淫古书又通达世事,既沉潜往复又怀抱未来,既秉烛洞幽又气象宏阔,既礼敬规则又人情练达,既随意散漫又不逾章法。此五子者,能为其一堪称才华殊异,穆涛却能面面俱到,不能不让人拍案称奇。

——李 舫

汉代的政治丰碑和国家隐痛

■ 穆 涛

丝绸之路不仅是一条路

丝绸之路不仅是一条路,重要的是世界观。

中国在汉代之前,走的是自强与自安的国家路线,因自得而自在,和外国基本没有往来,也没有对世界的认识,只有"天下"这个概念。"天下"在西周时期是这么界定的,用"五服"做区划,以首都地区(京畿)为核心,向东南西北四外延伸,每五百里为一服,五百里之内称"甸服",一千里内称"侯服",一千五百里内称"宾服",两千里内称"要服",两千五百里内称"荒服"。方圆五千里,泱泱大国,是为天下。"先王之制,邦内甸服,邦外侯服,侯卫宾服,夷蛮要服,戎翟荒服"(《史记·周本纪》)。"中国"这个词最早出现在夏代,但含义与今天不同。夏代先民开始筑城而居,"禹都阳城",住在城里的人称"中国人"或"中国民",简称"国人"。《说文》的注解是,"夏者,中国之人也"。"中国"即"国中"的意思,用以区别无组织的游牧部落。西周的"五服"观念,针对"国人"是一种大的进步,有行政区划意识了。

中国的大历史,至少有一半是和北方民族的砥砺交融史,也是以汉代为分水岭。汉代之前的北方民族犬戎、匈奴等,南侵中原的目的比较单纯,就是掠夺女人、粮食、金银、财物。汉代之后,开始对政权有野心,因此后世的历史里,有南北朝,有南宋和北宋,元代是蒙古人建立的,清代是满族和蒙古族合营的。

中原与北方民族的最早交恶,始于西周第五位君主周穆王的北征犬戎。据史书记载,那次北伐战绩一般,"得四白狼四白鹿以归",但后果很严重,"自是荒服者不至",从此以后,犬戎不来朝贡了。又过了两百年,西周被犬戎终结。周幽王治国无道,却是个恋爱男,偏宠褒姒,废申后,逐太子,大臣申侯恼怒之下引来犬戎大军,在骊山脚下杀死幽王,抢走褒姒,再把京城扫荡一空后班师北归。这一年是公元前771年。

秦朝建立后,匈奴在甘肃庆阳、陕西榆林一带屡屡犯边。公元前215年,秦始皇遣大将军蒙恬率军30万御北,用了大约六年时间,收复了黄河以南的失地,把匈奴驱至黄河以北,并把秦、赵、燕三国的旧长城连通,修筑了一条西起甘肃临洮,东至辽东的万里边防线,即今天人们常挂在嘴边的"万里长城"。

汉代建国,正值匈奴强盛期,纵有"和亲"政策,匈奴每年仍然大肆入侵边境,杀官吏,掠民财。汉与匈奴的边境线长达数千里,西起陕甘宁,中间是山西、河北,东至北京、辽东,西汉中期之前的国家要务主要是戍边。汉文帝时的贾谊,写过一篇文章《解县(悬)》,指出汉与匈奴的关系呈"倒悬"之势,是大国屈辱。这种"倒悬"的态势从刘邦开始,经历了惠帝刘盈、吕后、文帝刘恒、景帝刘启,到汉武帝刘彻执政的中后期,国家综合实力大增,又开启了丝绸之路这种治国模式,才有所改善,但在军事上仍处于对峙期,汉军每打一次胜仗,匈奴均在他处疯狂报复。再经过昭帝刘弗陵,直到汉宣帝刘询时候,汉军把匈奴赶到贝加尔湖一带,边疆的维稳警报才算彻底解除。

丝绸之路最初是军事路、外交路,汉武帝派使臣联合西域的大宛、乌孙、大月氏等国,成立了一个松散的合作联盟,旨在孤立和削弱匈奴势力。之后是民生路、商业路、世贸路,再之后发展成了当时世界上最繁忙的物流大通道。由长安到西域,到中亚,到西亚,再绵延至欧洲。物质交流的同时,中国文化、印度的佛文化、伊斯兰文化、基督文化也相互间交集共生。丝绸之路是汉朝探索出来的,让中国融入世界,并渐而有发言权和影响力的一条大国之道。

与丝绸之路相关的物产

丝绸之路不是务虚的外交词汇,有很具体的实际内容。

德国地理学家李希霍芬1868年至1872年在中国考察了四年,之后写出了五卷本著作《中国——亲身旅行的成果和以此为根据的研究》。书中首次命名"丝绸之路","从公元前114年到公元127年间,联结中国与河中(指中亚阿姆河与锡尔河之间)以及中国与印度,以丝绸之路贸易为媒介的西域交通路线"。公元前114年是西汉汉武帝元鼎三年,这一年丝绸之路的开拓人物张骞去世;公元127年是东汉汉顺帝永建二年,这期间的240

年被认为是丝绸之路的首个高潮期。1910年,德国人赫尔曼在《中国与叙利亚之间的古代丝绸之路》一书中,进一步定义为,"我们应该把这个名称的含义延伸到通往西方的叙利亚道路上。丝绸之路,即从长安到叙利亚。其实,丝绸之路这一概念是有局限的,讲东西交通和中西交通,既包括交通线,又包括所有的各种交流。例如,文化艺术、科技、宗教等各个方面。因此,我们把丝绸之路定义为:古代和中世纪从黄河流域和长江流域,经印度、中亚、西亚连接北非和欧洲,以丝绸贸易为主要媒介的文化交流之路"。

经由这一条物流大通道,中国的物产,如丝绸、茶叶、瓷器,包括五谷种植技术被输出,同时引进了良种马、苜蓿(军马的主饲料,汉又名"怀风","苜蓿一名怀风,时人或谓之光风。风在其间,常萧萧然",还叫连枝草等。有多个名字,是因为此植物刚被引入,尚无定名的原因)。葡萄(汉代写为蒲桃)、樱桃、胡麻、胡椒、胡萝卜、芫荽、石榴(安石榴)等,也多从这条路而来,再落地生根的。

汉武帝刘彻爱马,在帝位54年,他的坐骑有多匹来自大宛国(乌兹别克斯坦一域),有一副马具来自身毒国(印度)。"武帝时,身毒国献连环羁(马笼头),皆以白玉作之(皮革之上镶玉),玛瑙石为勒,白光琉璃为鞍,鞍在昏(闇)室中,常照十余丈,如昼日。自是长安始盛饰鞍马,竞加雕镂,或一马之饰直(值)百金。"(《西京杂记》)

《西京杂记》载,汉宣帝刘询生不逢时,才几个月大时,因"巫蛊之祸"受牵扯坐牢,入狱时,胳膊上佩戴着祖母史良娣编织的彩色丝绳,上面系着一枚产自印度的宝镜,镜面如八铢钱大小,民间说法此宝镜可照见妖邪，佩戴者得赐天福，因此宣帝才能转危为安。宣帝即位后每次见到这枚宝镜，都会长时间哭泣。

丝绸之路得以宽广和壮大，是接着地气的，和民生息息相关。国家倡行的政策，失去老百姓的参与和响应，是不可能成为大政的。

冒顿单于与吕后的一次互通国书

冒顿是匈奴划时代的领袖，一生充满传奇，是大单于，但也粗劣僭越至极。

公元前 209 年，冒顿弑父王头曼，自立单于。这次政变不是阴谋，是公开的。在一次狩猎中，冒顿把一支响箭射向父亲的头部，他的麾下立即万箭齐发，老单于现场殒命。冒顿多年来就是这么操练手下的，响箭是信号弹，是超级号令，也是狗眼里的骨头，扔向哪里狗群扑向哪里。

这一年，南中国相对应的是秦二世元年，但三年后，大秦帝国轰然崩塌。偌大的秦朝只存世 15 年，从公元前 221 年到公元前 206 年。如此短命的朝代，后世执国者当引以为大的训诫。与此同时，冒顿的帝国在北方迅速崛起。冒顿单于是军事家，也是战略家，他统一了北方草原一百多个部落，西征楼兰、乌孙，控制了西域大部分地区，向南兼并楼烦，占领黄河河套以南地区，东抵辽河，降服东胡王，北抵贝加尔湖一线，建立了辽阔的草原和大漠帝国。汉朝建立时期，正值匈奴的黄金时代。刘邦碰上这样的对手，也是生不逢时。

公元前 200 年是汉代建国第七个年头，事实上刘邦称帝是在汉五年（公元前202年）5月，同年12月灭项羽，汉代纪元从刘邦首次攻入咸阳城那年开始计算，公元前206年，"沛公军霸上"。汉七年农历十月，刘邦挂帅的汉军和冒顿单于率领的匈奴军在大同一带首次巅峰对决。这一年的冬天来得格外早，天公不作美，遭遇了极寒天气。汉军以南方子弟兵为主，从将军到士兵均对北方的恶劣天气准备不足，有二三成士卒被冻掉了手指和脚趾，"至楼烦（山西朔州一带），会大寒，士卒堕指者什二三"。在平城（大同），32万步兵被30万骑兵分割包围，被围困7天后，刘邦依靠给匈奴的王妃送重金才买出一条逃生路，侥幸逃脱。

这一仗之后，戍边的汉将纷纷倒戈率众降北，已经危及大厦初起的汉朝，匈奴势强、汉朝兵弱的南北格局形成。为维持新生政权，刘邦于无奈之中，用美女换和平，官方术语叫"和亲"，送"翁主"给冒顿做"阏氏"（夫人），每年还要奉送大量财物，以换取边疆苟安。皇帝的女儿叫公主，诸侯的女儿叫翁主。原本是要送公主的，但刘邦只有一个女儿，在吕后的软缠硬磨下才临行换人。"欲遣长公主。吕后泣曰：'妾唯以一太子、一女，奈何弃之匈奴！'上竟不能遣长公主，而取家人子（皇族女儿）为公主，妻单于。使敬往结和亲约"（《汉书·郦陆朱刘叔孙传》）。

汉十二年，刘邦去世，冒顿派使者给吕后送来国书，但不是吊唁，而是上门提亲，语气也极其粗鲁傲慢，说你是一个人，我也一个人，我想在中原多走走，咱俩凑合起来过日子吧。"孤偾（仆）之君，生于沮泽之中，长于平野牛马之城，数至边境，愿游中国。陛下独立，孤偾独居，两主不乐，无以自虞，愿以所有，易其所无。"

吕后有王者风范，忍下了此等巨大羞辱，且依国家礼仪回奉国书："单于不忘弊邑，赐之以书，弊邑恐惧。退日自图，年老气衰，发齿堕落，行步失度，单于过听，不足以自污。弊邑无罪，宜在见赦。窃有御车二乘，马二驷，以奉常驾。""退日自图"这句话是对提亲一事的答复，但软中见硬，柔里用刚。"我照着镜子端详了自己，年老气衰，发齿脱落，走路都打晃，单于您误听他人言了，不要亏了自己。"单于看了回书，立即再派来使者认错，"未尝闻中国礼义，陛下幸而赦之"。这是礼仪的力量，国力疲弱的时候，用礼仪也能抵挡一下。

但认错归认错，此后经年，匈奴在边境滋事不断，掠妇女，抢钱粮，杀边吏。汉朝廷的回应多以修书"严正抗议"为主，抗议国书的抬头是这样的："皇帝敬问匈奴大单于无恙。"冒顿回复的抬头则是这样："天所立匈奴大单于敬问皇帝无恙。"冒顿去世后，他的儿子老上单于即位，国书的抬头写成这样："天地所生日月所置匈奴大单于敬问汉皇帝无恙。"更为甚者，汉朝廷的国书函匣规格是一尺一，"以尺一牍"；匈奴的函匣是一尺二，"以尺二寸牍"，处处压过汉朝廷一头。

吕后之后，汉文帝刘恒时期边境冲突最为频仍，尽管有"和亲"、通关市（边境贸易）、给遗单于（大量奉送财物）三项政策，但匈奴大军不时入境侵扰，最多时达14万军队侵境，"岁（每年）入边，杀略人民甚众"。侵扰地点几乎覆盖北方边境，东部在"辽东、云中（内蒙古南）"，中部在"句注（山西雁门）、飞孤口（张家口蔚县）"，西部在"北地""朝那萧关（陕甘宁沿线）"，汉朝当时已进入全民备战模式，"烽火通甘泉（咸阳淳化），长安"。汉景帝刘启即位后，因为匈奴内部不团结，"终景帝世，时时小入盗边，无大寇"。一直到汉武帝刘彻执国后，国家综合实力强大起来，中华再兴，这种大国屈辱的局面才得到基本改善。

"和亲"与"倒悬"

软骨头，指的不是骨头，是怯懦的心。怯懦有天生的，也有迫于无奈的，俗话叫示弱。

汉代的和亲政策是大国的屈辱之举，是用美女换和平，是礼仪之邦向野性的引弓之国示弱。这段辛酸和无奈的历史持续了大约150年，具体的时间节点是，从公元前200年"平城之围"，到公元前51年（汉宣帝甘露三年），匈奴的呼韩邪单于首次以臣子身份入汉朝觐。这中间经历了七位皇帝和一位虽无帝名、却是实际的柄国者吕后，依次为高祖刘邦、惠帝刘盈、吕后、文帝刘恒、景帝刘启、武帝刘彻、昭帝刘弗陵、宣帝刘询。

匈奴一统北国称霸的时间约150年，与和亲政策的时间范畴相对应，共经历12位单于——冒顿单于、老上单于、军臣单于、伊稚斜单于、乌维单于、儿单于、句犁湖单于、且鞮侯单于、狐鹿姑单于、壶衍鞮单于、虚闾权渠单于、握衍朐鞮单于。之后匈奴内部出现大分裂，形成军阀割据时代，呼韩邪单于以臣子身份朝觐汉朝，是五单于并存时期。他到长安城来，是来寻求保护伞的。

关于和亲的细节，《汉书》中《匈奴传》《西域传》和诸帝王纪的记载不尽相同，主要是时间上有些出入。有确实记载的，自武帝至宣帝，对匈奴和亲八次，对西域乌孙国和亲三次。具体是，高祖刘邦一次，惠帝刘盈一次，文帝刘恒三次，景帝刘启两次，武帝刘彻即位后提议一次被匈奴拒绝，后与乌孙国和亲两次，宣帝刘询与匈奴和乌孙国各一次。

与匈奴八次和亲的细节如下：

汉高帝七年（公元前200年），"平城之围"后首次和亲，"乃使刘敬（原名娄敬，和亲政策顶级设计人，赐姓刘），奉宗室女翁主为单于阏氏，岁奉匈奴絮缯酒食物，约为兄弟和亲"（《汉书·匈奴传》）。

汉惠帝三年（公元前192年），"以宗室女为公主，嫁匈奴单于"（《汉书·惠帝纪》）。

汉文帝即位后，提议和亲。"至孝文即位，复修和亲"。汉文帝四年（公元前176年），冒顿单于致汉文帝国书，问及和亲事，"天所立匈奴大单于敬向皇帝无恙，前时皇帝言和亲事，称书意合欢"。"汉许之"（《汉书·匈奴传》）。

以上三次和亲，嫁冒顿单于。

汉文帝六年（公元前174年），"冒顿死，子稽粥立，号曰老上单于"。"老上稽粥单于初立，文帝复遣亲人女翁主为单于阏氏"（《汉书·匈奴传》）。

汉文帝后元二年（公元前162年），"六月，匈奴和亲"（《汉书·文帝纪》）。

以上两次和亲，嫁老上单于。

军臣单于即位后，拒绝与汉和亲，大肆侵扰掠边。"军臣单于立岁余，匈奴复绝和亲，大入上郡（陕西榆林一带）、云中各三万骑，所杀略甚重"（《汉书·匈奴传》）。

汉景帝二年（公元前155年），"秋，与匈奴和亲"。汉景帝五年(公元前152年)"遣公主嫁匈奴单于"。

以上两次和亲,嫁军臣单于。

武帝即位(公元前140年)后,积极推行边境贸易,给匈奴最优惠待遇。"武帝即位,明和亲约束,厚遇关市,饶给之。匈奴自单于以下皆亲汉,往来长城下"(《汉书·匈奴传》)。

汉武帝元封六年(公元前105年),太初三年(公元前102年),两次与西域乌孙国和亲。汉武帝中后期,汉朝国力强盛,又联手西域诸国,与匈奴关系发生结构性变化,但仍处于军事对峙期,互有胜负;汉军每在一地取胜后,匈奴则在他处疯狂报复。

汉昭帝时期无和亲,匈奴提出和亲,汉朝不响应。始元二年(公元前85年),"狐鹿姑单于欲求和亲,会病死"。"壶衍单于既立,风谓(捎话,非正式国书)汉使者,言欲和亲"(《汉书·匈奴传》)。

汉宣帝神爵二年(公元前60年),"匈奴单于遣名王奉献,贺正月,始和亲"(《汉书宣帝纪》)。此时,汉与匈奴关系已有本质变化,匈奴派重要使臣入"汉奉献,贺正月"。

公元前51年(汉宣帝甘露三年),呼韩邪单于首次以臣子身份入汉朝觐,"汉宠以殊礼,位在诸侯王上"。公元前33年,呼韩邪单于第三次朝汉,"单于自言愿婿汉氏以自亲",汉元帝赐王昭君嫁单于。这一年汉元帝改元,称竟宁元年。

贾谊是汉文帝时的博士,汉代的博士比今天的院士地位高,相当于皇帝的文化顾问。他给汉文帝的奏折中,称"和亲"政策是"倒悬",是跛脚,是偏瘫,是国之大病。

"天下之势方倒悬,窃愿陛下省之也。凡天子者,天下之首也,何也?上也;蛮夷者,天下之足也,何也?下也。蛮夷征令,是主上之操也;天子共(供)贡,是臣下之礼也。足反居上,首顾居下,是倒悬之势,莫之能解,犹为国有人乎?非特倒悬而已也,又类躄(跛脚),且病痱(偏瘫)。夫躄者一面病,痱者一方痛。今西郡、北郡,虽有长爵不轻得复(很高爵位的人也不能免除徭役,复,此处为徭役,指戍边),五尺以上不轻得息(不能安居乐业),苦甚矣!中地左戍,延行数千里,粮食馈饷至难也。斥候者(瞭望哨兵)望烽燧而不敢卧,将吏戍者或介胄而睡。而匈奴欺侮侵掠,未知息时,于焉望信威广德难。"(贾谊《新书·解县(悬)》)

天子、蛮夷、首、足、上、下,这种观念是不妥当的,没有与邻为善的平等相处意识。但贾谊对国情态势分析有大眼光:"蛮夷征令,是主上之操也。天子共(供)贡,是臣下之礼也。"听命于匈奴,大国丧失发言权。给匈奴奉贡,是臣子的行为,向他国俯首称臣,是屈辱。"中地左戍,延行数千里,粮食馈饷至难也。"由内地到边境戍边,长途跋涉千里,军费支出巨大。汉代中期时候,全国人口约四千五百万,常规部队仅七八万人,而与匈奴的边境线长达数千里,西北从陕甘宁一线起,至山西、河北、北京,东至辽东,汉代不得已实施全民皆兵政策,国民23岁至56岁,每年每人均有三天兵役义务。

"匈奴欺侮侵略,未知息时于焉,望信威广德难。"在有和亲纳贡的政策下,匈奴每年仍要大肆侵边,不知何时能止,大国之威从何谈起。贾谊无奈地发出感慨:"倒悬之势,莫之能解,犹为国有人乎?"国家有难,无人能解,是国家没有栋梁人才。

我们中国自汉代起,才开始以世界的眼光,重构国家的格局,这是汉代的大器之处,是"汉唐气派"的元点所在。但是这个大是多么来之不易,历经了太多的韬光养晦和自强不息。对大国崛起之前压抑地带的反思与内省,应是今天建立中国气派大时代的基础课。

■ 南　帆

作者简介

　　本名张帆,作家,评论家。1957年出生于福州,1975年下乡插队,1982年毕业于厦门大学,1984年研究生毕业于华东师范大学。现为福建省政协副主席,福建省社会科学院院长,福建省文联主席。学术代表作有《无名的能量》,散文代表作有《泥土哪去了》等。

作家印象

南帆的散文被文学界称为"智性散文"的典型代表。他用《文明七巧板》《追问往昔》《自由与享用》《叩访感觉》《没有重量的生存》《关于我父母的一切》《辛亥年的枪声》《与山海为伍》等数十部文学理论、评论专著和散文随笔集堆砌的"巴比伦城",繁华美丽,直插云霄,让人叹为观止。

南帆的理论评论沉着冷峻,散文创作则幽深绵密,既充满智慧的光泽,又不失浪漫的旁逸斜出。南帆的一字一句,皆来自他对生活真相和思想疑难的不懈追问。他如高僧般打坐,千年如一日,一日似千年,在这枯索的打坐中体味人性的炎热与深寒,体味生命的隐忍与辉煌,体味时空的清晰与宽阔,体味思索的欢喜与哀伤。正是因为他不懈的探索,散文这种传统文体具有了现代性,文体边界也一再拓宽,不断外展。如同被赋予了魔法,散文在他的笔下伸展出神奇的巨翼,从历史飞向未来,从感性飞向理性,从封闭飞向无限的开放,从拘束飞向广袤的自由。

——李 舫

辛亥年的枪声

■ 南　帆

一

许多历史著作记载了辛亥年三月份广州的那一阵密集的枪声。那时的广州是搁在中国南部的一座发烫的活火山，革命家和志士仁人穿梭往来，气氛紧张诡异。旧历三月二十九日下午五时许，总督衙门附近砰砰地响成一片，流弹嘘嘘地四处乱飞。枪声并没有持续多久，但是，大清王朝的历史已经被打出了许多窟窿。

一个敢于惊扰大清王朝的书生当场中弹就擒。林觉民，字意洞，24岁，福建闽侯人。如今人们只能见到一张大约一个世纪之前的相片：林觉民眉拙眼重，表情执拗，中山装的领口系得紧紧的。他被一副镣铐锁住，当啷当啷地押进总督衙门的时候，这件中山装肯定已经多处撕裂，缠在手臂上作为记号的白毛巾也不知去向。腰上的枪伤剧痛锥心，林觉民还是心犹不甘地环目四顾。终于跨入了戒备森严的大门,然而,他是一个阶下囚而不是占领者。

时过境迁,不少人都可能表现出了不凡的历史洞见。哪怕仅仅提供三五十年的距离,历史的脉络就会蜿蜒浮现。反之,身陷历史的旋涡,种种重大的局势判断有些像轮盘赌。一种理论,几场骚乱,若干激动人心的口号,还有报纸、杂志和传单,这一切足够说明一个朝代即将土崩瓦解吗?然而,林觉民坚信不疑。他义无反顾地将自己的生命押在这个结论之上——林觉民决定用一副柔弱的肩膀拱翻一个王朝的江山。

不成功,便成仁,他完全明白代价是什么。起义前三天的夜晚,林觉民与同盟会的两个会员投宿香港的滨江楼。夜黑如墨,江畔虫吟时断时续。待到同屋的两个人酣然入眠之后,林觉民独自在灯下给嗣父和妻子写诀别书。《禀父书》曰:"不孝儿觉民叩禀:父亲大人,儿死矣,惟累大人吃苦,弟妹缺衣食耳。然大有补于全国同胞也。大罪乞恕之。"搁笔仰天长叹。白发人送黑发人,心碎的是白发人;可是,自古忠孝难以两全,饱读圣贤书的嗣父分辨得出孰轻孰重。林觉民的《与妻书》写在一方手帕上:"意映卿卿如晤:吾今以此书与汝永别矣!"这句话落在手帕上的时候,林觉民一定心酸难抑。孤灯摇曳,一声哽咽,两颊有泪如珠:"吾作此书时,尚是世中一人;汝看此书时,吾已成阴间一鬼。吾作此书,泪珠和笔墨齐下,不能竟书而欲搁笔,又恐汝不察吾衷,谓吾忍舍汝而死,谓吾不知汝之不欲吾死也,故遂忍悲为汝言之。"《与妻书》一千三百来字,一气呵成,娟秀的小楷一笔不苟。两封信,通宵达旦,呕出了一腔的热血,内心一下子平静下来。生前身后的事俱已交割清楚,24岁的生命一夜之间完全成熟。

《禀父书》和《与妻书》是人生的断后文字。必须承认,相对于如此决绝的姿态,总督衙门的战役显得过于短促,甚至有些潦草。林觉民与同盟会员攻入督署,不料那儿已经人去楼空。他们打翻煤油灯点起了一把火,然后纷纷转身扑向军械局。大队人马刚刚拥到东辕门,一队清军横斜里截过来。激烈的巷战立即开始,子弹噗噗地打进土墙,碎屑四溅。突然,一发尖啸的子弹如同一只蝗虫飞过,啪地钉入林觉民的腰部。林觉民当即扑倒在地,随后又扶墙挣扎起来,举枪还击。枪战持续了一阵,林觉民终于力竭不支,慢慢瘫在墙根。清军一拥而上,人头攒动之中有人飞报:抓到了一个穿中山装的美少年。

审讯常常是大规模骚乱的结局。要么统治者审问叛逆者,要么叛逆者审问统治者。现在,主持审讯的仍然是两广总督张鸣岐。林觉民和同盟会的人马抵达的时候,张鸣岐已经越墙而去。一种说法是,张鸣岐手脚利索,望风而逃,他抛下的老父张少堂和妻妾三人瑟缩于内室的一隅,哀声苦求饶命;另一种说法是,张鸣岐事先得到了细作的密报,督署仅是一幢空房子,四面伏兵重重,同盟会中了圈套。不管怎么说,骚乱并没有改变既定的格局。

当然,张鸣岐和林觉民共同明白,大堂上的吆喝、惊堂木、刑具以及声色俱厉的控告都已丧失了意义。身负镣铐的林觉民心怀必死之志。老父牵挂,娇妻倚门,24岁的人眼神清澈,步履轻盈,但是,林觉民还是坚定地往黄泉路上走去——那么多的福州乡亲已经在鬼门关那边等他了。半个月之前,林觉民潜回福州,召集一批福州的同盟会会员秘密赴粤。他们在台江码头分搭两艘夹板船抵马尾港,随后换乘轮船出闽江口,沿海岸线南下广州。总督衙门一役,殉命的福州乡亲多达二十余人。

林觉民深为敬重的林文已经先走了一步。东辕门遭遇战，林文企图策反李准部下。手执号筒的林文挺身而出，带有福州腔的国语向对方高喊"共除异族，恢复汉疆"，应声而至的是一枚刻薄的子弹。子弹正中脑门，脑浆如注，立刻毙命。冯超骧，"水师兵团围数重，身被十余创，犹左弹右枪，力战而死"；刘元栋，"吼怒猛扑，所向摧破，敌惊为军神，望而却走，鏖战方酣适弹中额遽仆，血流满面，移时而绝"。还有方声洞，也是福州闽侯人，同盟会的福建部长，曾经习医数载，坚决不愿意留守日本东京同盟会："义师起，军医必不可缺，则吾于此亦有微长，且吾愿为国捐躯久矣。"双底门枪战之中击毙清军哨官，随后孤身被围，"数枪环攻而死"。林尹民、陈更新、陈与燊、陈可钧，还有连江县籍的几个拳师，他们或者尸横疆场，或者被捕之后引颈就刃，林觉民又怎么可能独自苟活于天地之间？

想用囚犯的演说打动审讯者，这无异于与虎谋皮。但是，林觉民的灼灼目光与慷慨陈词还是震撼了在座的清军水师提督李准。世界形势、清朝的朽败、孙中山先生的伟大事业，林觉民血脉贲张，嗓门嘶哑，激烈的手势将身上的镣铐震得当啷啷地响。即使是一介武夫，李准也能够明显地感受到林觉民身上逼人的英气。他挥手招来了衙役，解除镣铐，摆上座位，笔墨侍候。林觉民揉了揉僵硬的手腕，坦然地坐下，挥毫疾书，墨迹淋漓飞溅。刚刚写满一张纸，李准立即趋前取走，转身捧给张鸣岐阅读。大清王朝呼啦啦如大厦将倾，蝼蚁般的草民茫然如痴，革命者铤而走险，拳拳之心谁人能解？林觉民一时悲愤难遏，一把扯开了衣襟，挥拳将胸部擂得嘭嘭地响。一口痰涌了上来，林觉民大咳一声含在口中而不肯唾到地上。李准起身端来一个痰盂,亲自侍奉林觉民将痰吐出。

目睹这一切,张鸣岐俯身对旁边的一个幕僚小声说:"惜哉!此人面貌如玉,肝肠如铁,心地如雪,真奇男子也。"幕僚哈腰低语:"确是国家的精华。大帅是否要成全他?"张鸣岐立即板起脸正襟危坐:"这种人留给革命党,岂不是为虎添翼?杀!"

命运的枷锁并没有打开。

林觉民被押回狱中,从此滴水不肯入口。数日之后,一发受命于张鸣岐的子弹迫不及待地蹦出枪膛,准确地击中了他的心脏。刑场传来的消息说,就义之际,林觉民面不改色,俯仰自如。林觉民死后葬于广州的黄花岗荒丘,一共有72个起义的死难者埋在这里。风和日熙,黄花纷纷扬扬,漫山遍野;阴雨绵绵,那就是72个鬼魂相聚的时节。坟茔之间啾啾鬼鸣,议论的仍然是国事天下事。

五个多月之后,也就是辛亥年九月,公历1911年10月,武昌起义成功。辛亥革命推翻了千年帝制,民国成立。

二

即使是结识历史人物,也需要缘分。

我长期居住在福州,几度搬家,每一处新居距离林觉民纪念馆都没有超过一公里。尽管如此,我对于这个人物从未产生兴趣。纪念馆是清代中叶的建筑,朱门,灰瓦,曲线山墙,三进院落。附近的高楼鳞次栉比,纪念馆还能在玻璃幕墙之间坚守多久?我对这一幢建筑物命运的关注远远超过了它的主人。一个有趣的历史问题始终没有进入我的视野:一个仅仅活了24

年的人有什么资格占有一个偌大的纪念馆？现在，历史已经被一大批骚人墨客调弄成下酒菜。他们或者钟情于帝王及其皇宫里的金枝玉叶，或者努力修补富商大贾的家谱。林觉民这种"拼命三郎"式的革命家显然太没情趣。可是，在我48岁的时候，那个仅仅活了24年的人突然闪出了历史著作站到跟前。林觉民这个名字鬼魅般地撞开了我的意识大门，种种情节呼啸着在脑子里横冲直撞，令人神经亢奋，夜不能寐。

生当人杰，死亦鬼雄，我终于从福州的子弟身上也看到了这种掷地有声的性格。

福州是东海之滨的一个中型城市，两江穿城，三山鼎立，长髯飘拂的大榕树冠盖如云。这里气候温润，物产富庶，江边的码头人声如沸，鱼虾的腥味随风荡漾；市区小巷纵横，炊烟弥漫于起伏错落的瓦顶之上。历史记载证明，福州人的祖先多半来自北方的中原。魏晋时期开始，北方的中原烽火连天，一些富庶的名门望族扶老携幼仓皇南逃，其中一部分陆续落脚在这里。可以想象，这些逃跑者的后代性情温和，血液的沸点很高，不到万不得已不会破门而出。据说福州许多女人的日子很惬意。她们戴着满头的卷发器到菜市场指指点点，身后自然有一个拎菜篮的男人跟上付账。另一种更为夸张的说法是，这些男人连涮马桶、倒夜壶也得亲自动手。总之，这些男人的骨头软，胸无大志，撑不起历史的顶梁柱。我在这个城市的一条巷子里长大，打架毁墙揭瓦片无所不为，但是，这种市井无赖的形象无助于证明福州男人的高大。现在，林觉民如同一颗耀眼的流星划过这个城市的漫长历史。仰天长啸，壮怀激烈，福州也有这等顶天立地的好汉。我母亲也姓林，一样的闽侯人，我或许可以大胆地将林觉民视为母亲这个谱系的一个先辈。

燕赵多慷慨悲歌之士。相形之下，福州人似乎有些心虚。为什么他们享受不到这种美誉？肯定存在某种偏见。当年林觉民从福州召集了一批乡亲赴粤，他们多半刚烈豪爽，精通拳棒。这些人的种子仍然撒在福州的肥沃土地上。他们的后裔常常四处奔走，抡起一对拳头打遍天下不平事。不少人通过不正规的渠道踏入日本岛国，或者漂洋过海来到美国。他们隐居在东京和纽约的唐人街，只听得懂乡音而不谙日语和英语。某些时候，他们会突然出现在街头，挥拳将不可一世的日本鬼子或者美国佬打得鼻青眼肿。美国的警车冲入唐人街哇哇乱叫，回答他们的一概是福州话。据说，纽约的警察局贴出了一条广告：招募懂得福州方言的警察。当然，我不愿意人们将我的乡亲想象成一伙莽汉。我的另一些乡亲文采斐然。牺牲在东辕门的林文工诗文，音节悲壮，沉郁顿挫："极目中原事，干戈久未安。豺狼当道路，刀俎尽衣冠。大地秦关险，秋风易水寒。《雪花歌》一曲，听罢泪漫漫。"如果不是用福州方言诵读，人们肯定会将作者想象成一个关西大汉。

我常常考虑，问题是不是就出在福州方言之上？语言学家可以证明，福州方言恰恰是来自中原的古汉语。那些南迁的名门望族带来了中原的口音，福州方言之中可以发现大量的古汉语用法。这些口音捂在南方的崇山峻岭之中，渐渐与北方中原割断了联系而成为方言。然而，自从中原文化被视为正统之后，方言似乎就是蛮夷之地的鸟语。福州方言多降调，而且保存了许多古汉语的入声，听起来叽里咕噜的一片。北京人说起话来抑扬顿挫，连骂娘的节奏都格外舒缓。他们的言辞之中可以加入那么多的"儿"化，福州人常常觉得自己的舌头笨得不行。

即使是能言善辩的福州大佬，遇到一口标准的京腔就像剥了衣服似的自惭形秽。我的想象之中，高大的英雄总是屹立在远处，嘴里肯定不会冒出土气呛人的方言。福州出过另一个大人物林则徐。道光年间，林则徐用漏风的国语命令：给我烧了！于是，虎门的鸦片烧成了一片火海；林则徐又用漏风的国语下达命令：抬出大炮！炮台上的大炮昂起头来，军舰上的英军相顾失色。所以，林则徐林文忠公是近代史上赫赫有名的大英雄，举世公认。尽管如此，福州还是有许多段子编排林则徐口音不准的小故事。这时的林则徐不是朝廷的钦差大臣，他只是福州人的乡亲，是我们祖上的一个可爱的老爷子。

林觉民是一个风流倜傥的才子。他20岁的时候东渡日本留学。谙熟日语之外，他还懂得英语和德语。林觉民比鲁迅小6岁，是一个现代知识分子，可以从容地出入国际性舞台。在我的心目中，林觉民的形象将英雄与乡亲有机地统一起来了。

三

辛亥年三月份广州的那一阵密集的枪声夹在厚厚的历史著作之中，听起来遥远而模糊。然而，时隔近一个世纪，这一阵枪声奇怪地惊动了我的庸常生活。我开始在历史著作之中前前后后地查找这一阵枪声的意义。

黄花岗烈士殉难一周年之后，孙中山先生在一篇祭文之中流露了不尽的悲怆之情："寂寂黄花，离离宿草，出师未捷，埋恨千古。"时隔十年重提这一场起义，孙中山先生的如椽大笔体现了历史伟人的高瞻远瞩。他在《黄花岗烈士事略》序言之中写道:"……是役也,碧血横飞,浩气四塞,草木为之含悲,风云因之变色。全国久蛰之人心,乃大兴奋。怨愤所积,如怒涛排壑,不可遏抑,不半载而武昌大革命以成。"

多年以来,清宫戏在电视屏幕之上长盛不衰。康熙、雍正、乾隆和慈禧太后带上他们的臣子和后宫登陆每一户人家的客厅,"万岁爷""娘娘""奴才谢恩"的声音不绝于耳。我常常在电视机前想起了辛亥革命。如果没有辛亥革命带来的历史剧变,这些皇帝老儿肯定还要从电视屏幕的那一块玻璃背后威严地踱出来,喝令我们跪拜叩首。辛亥革命如此伟大,以至于开始介绍福州乡亲林觉民的时候,我肯定要证明他在辛亥革命之中的位置。

令人遗憾的是,这个意图始终无法完整地实现。我似乎找不到广州起义与武昌起义之间的历史阶梯,二者之间不存在递进关系。没有证据表明,广州起义曾经重创清廷的统治系统,从而为武昌的革命军创造了有利条件。林觉民们的枪声响过之后,两广总督张鸣岐还是人五人六地坐在审判席上发号施令。

广州起义是孙中山先生在马来半岛的槟榔屿策划的。庚戌年十一月,他秘密召集南洋各地的同盟会骨干开会,决定再度在广州起事,并且指定由黄兴负责。会议之后半个月,孙中山先生即远赴欧洲、美国、加拿大筹款,他在起义失败的次日才从美国芝加哥的报纸上得到消息。总之,广州起义不像一场深谋远虑的战役镶嵌在历史之中,有时人们会觉得,这更像一件即兴式的行动艺术。

武昌起义的导火索必须追溯到清政府的"铁路干线国有"政策。清政府强行接收粤、川、湘、鄂四地的商办铁路公司,各地的保路运动沸反盈天。四川尤为激烈,成都血案。清政府急忙调遣湖北新军入川弹压,湖北的革命党乘虚奋勇一击,长长的锁链终于哗地解体。总之,广州起义与武昌起义属于两个不同的段落。孙中山先生所说的"久蛰之人心,乃大兴奋"云云,陈述的是舆论、声势或者气氛造成的影响——正如孙中山先生在另一封信里说的那样:"广州起义虽失败,但影响于全世界及海外华侨实非常之大。"

但是,我时常觉得"影响"这个评语不够过瘾。林觉民应当有更大的历史贡献,他付出的代价是自己的生命。一个24岁的生命仅仅制造了某种"影响",就像点一根爆竹一样?我期望能够论证,林觉民是辛亥革命之中的一个齿轮——哪怕小小的齿轮也是一部机器不可或缺的组成部分。然而,我的虚荣心遭到本地一位业余历史学家的批评。在他看来,将历史想象成一部大齿轮带动小齿轮匀速运转的机器是十分幼稚的。历史是由无数段落草草地堆砌起来,没有人事先知道自己会被填塞在哪一个角落。古往今来,多少胸怀大志的人一事无成。如果不是历史凑巧提供一个高度,即使一个人愿意将自己的生命燃成一把火炬,照亮的可能仅仅是鼻子底下一个极其微小的旮旯。广州起义之前,孙中山还在广东策划了九次失败的起义,屡战屡败,屡败屡战。九次的起义队伍之中可能藏有一些比林觉民更有才华的人,可是,他们早就湮灭无闻。广州起义再度受挫,然而,这是武昌胜利之前的最后一次失败——林觉民因此成为后来的胜利者记忆犹新的先烈。可以猜想,如果还有90次失败的起义,林觉民恐怕也只能像落入河里的一块瓦片无声无息地沉没。这个意义上,他已经是一个幸运者。这位业余历史学家劝我,不要为"历史贡献"这些迂腐之论徒增烦恼。我们的乡亲林觉民有血有肉，有情有义，他会心高气傲，会口出狂言，会酩酊大醉，也会愁肠百结。心存革命一念，他就慷慨无私地将自己的一百多斤豁了出去。做得到这一点的人就是大英雄。至于有多少历史贡献，这笔账由别人去忙活好了。

四

我曾经说过，林觉民是一个现代知识分子；现在，我又有些怀疑。林觉民的性格之中保存了不少侠气。豪气干云，一诺千金；仰天悲歌，击鼓笑骂；一剑封喉，血溅五步——这是林觉民的形象。

现代知识分子很少有这种颐使气指的性格。鲁迅对于正人君子的虚伪深恶痛绝。他的内心存有深刻的怀疑。既怀疑他人，也怀疑自己。他很难与哪一个人成为刎颈之交，并肩地挽起手臂临风而立。"两间余一卒，荷戟独彷徨"，这种孤独的确是鲁迅的精神写照。美国回来的胡适当然有些绅士风度。温和，大度，自由主义式的宽容，主张多研究些问题少谈些主义。他与陈独秀共同提倡白话文的时候流露出些许霸气，后来就是一个好好先生，闲暇时吟一些"两个黄蝴蝶，双双飞上天，不知为什么，一个忽飞还"之类的小诗。徐志摩呢？"我不知道风／是在哪一个方向吹——"，这个浪漫多情的诗人骨头轻了一些。当然，还有"我是一条天狗呀！我把月来吞了，我把日来吞了，我把一切星球来吞了，我把全宇宙来吞了"——那是一个沸腾的郭沫若，尽管他的激情有余而刚烈不足。另一些打领带的教授就不必逐一细数了吧。他们或者擅长背古书，或者擅长说英文，懂些理论，有点个性，不肯盲从或者迷信，推敲过"to be or not to be"，偶尔也不可避免地有些小私心、小虚伪、小猥琐或者小怪癖，总之都算现代知识分子。但是，他们身上统统删掉了林觉民的侠气。

所以，我倾向于将林觉民归入游侠式的知识分子形象系列。白袍书生，负一柄剑，沽一壶浊酒，行走于日暮烟尘古道，轻财任侠，急公好义，胸怀大志。他们肯定善于歌赋，荆轲当年信口就吟出了一曲千古绝唱："风萧萧兮易水寒，壮士一去兮不复返。"很难猜测他们的剑术如何，但是这些人无不因此而自夸。李白自称"十五好剑术"，辛弃疾"醉里挑灯看剑"，龚自珍"一箫一剑平生意"，谭嗣同"我自横刀向天笑"，一身中山装的林觉民手执步枪、腰别炸弹地闯入广州总督衙门的时候，人们联想到的多半是江湖上的大侠。

"少年不望万户侯"，这是林觉民13岁时在考场写下的七个大字。光绪二十五年，林觉民的嗣父命他应考童生。这个桀骜不驯的小子挥笔在试卷上写了七个字之后就扬长而去。他自号"抖飞"，又号"天外生"，显然是展翅翱翔的意象。他想去哪里？嗣父有些不安，只得安排他投考自己任教的全闽大学堂。然而，全闽大学堂是戊戌维新的产物，思想激进者大有人在。林觉民有辩才，纵议时局，演说革命，私下里传递一些《苏报》《警世钟》《天讨》之类的革命书刊。嗣父管不住他了，指望校方严加束缚。当时的总教习有一双慧眼："是儿不凡，曷少宽假，以养其浩然之气。"一个晚上，中学生林觉民在一条窄窄巷子里演说，题为"挽救垂危之中国"，拍案捶胸，声泪俱下。全闽大学堂的一个学监恰好在场。事后他忧心忡忡地对他人说："亡大清者，必此辈也！"中学生林觉民竟然在家中办了一所小型的女子学校，亲自讲授国文课程，动员姑嫂们放了小脚。尽管周围的亲人渐渐习惯了林觉民离经叛道的言行，但是，他们怎么也想象不到，五年以后的林觉民竟然敢手执步枪、腰别炸弹地闯入总督衙门。

至少在当时，周围的亲人并未意识到林觉民身上的侠气。他在福州结交的许多同盟会员都喜欢行侠尚武。黄花岗烈士之中，林文为自己镌刻的印章是"进为诸葛退渊明"；林尹民擅长少林武术，素有"猛张飞"之称；陈更新能诗词，工草书，好击剑，精马术；刘元栋体格魁梧，善拳术；刘六符目光如电，曾经拜名震八闽的拳侠为师；方声洞有志于陆军，冯超骧成长于军人世家。总之，这一批知识分子不是书斋里的人物。驳康有为，斥梁启超，林觉民与这一批知识分子崇尚行动，不仅用笔，而且用枪。如今，许多历史著作提到陈独秀、胡适或者鲁迅、周作人的启蒙思想，另一些风格迥异的知识分子群落往往被忽略了。

侠肝义胆的一个标志就是随时可以赴死。这种人往往不再儿女情长。真正的大侠只能独往独来；如果后面跟一个女人，一步三回头是要坏事的。缠缠绵绵只能消磨意志，多少英雄陷入温柔乡半途而废。英雄手中的长剑，一方面是格杀敌手，另一方面是挥断自己的情丝。儿女情长是柳永、张生、梁山伯或者贾宝玉们的故事，与行走在刀尖上的革命者离得很远。

然而，没有想到，福州乡亲林觉民同时还是一个情种。他不仅一身侠骨，而且还有一副柔肠。

五

现今我已经无从考证滨江楼位于香港何处，也没有这个兴趣。我愿意将滨江楼想象为一幢二层的小楼，楼上听得见隐隐的江涛和不时的虫鸣。辛亥年三月的一个夜晚,一个血气方刚的男子倚窗独坐,他在同伴的鼾声里总结自己的情爱历史。

　　林觉民的大丈夫形象已经得到了历史著作的公认,他的情种形象来自《与妻书》。"意映卿卿如晤",林觉民的《与妻书》是给他的妻子陈意映做思想政治工作。他要离开自己至爱的女人赴死,他希望陈意映明白他的心意,不要怨他心狠,不要悲伤过度;即使成为一个鬼魂,他也会依依相伴,阴阳相通。天下为公,坦坦荡荡;两情相悦,寸心自知。林觉民的《与妻书》既深情款款又凛然大义,既刚烈昂扬又曲径通幽。一个女作家深有感触地说,读《与妻书》犹如一次精神上的做爱,一波三折,最终达到了革命与爱情的双双高潮。我丝毫不觉得这种比喻有什么亵渎的意味。相反,这说明了革命的情操动人至深。

　　吾至爱汝,即此爱汝一念,使吾勇于就死也。吾自遇汝以来,常愿天下有情人都成眷属;然遍地腥云,满街狼犬,称心快意,几家能彀?司马春衫,吾不能学太上之忘情也。语云:仁者"老吾老以及人之老,幼吾幼以及人之幼"。吾充吾爱汝之心,助天下人爱其所爱,所以敢先汝而死,不顾汝也。汝体吾此心,于啼泣之余,亦以天下人为念,当亦乐牺牲吾身与汝身之福利,为天下人谋永福也。汝其勿悲!

　　福州的林觉民纪念馆即是林觉民出生的原址。这座大宅院坐西朝东,四面有风火墙,内分南院和北院,北院有一幢二层楼房和一座小花园,大门边即是福州著名的"万兴桶石店"。这座大宅院的主人最早可以查到的是林觉民的曾祖父。林觉民居住在大宅院之内的西南隅，一厅一房，一条狭长的小天井，天井的角落种一丛蜡梅。

许多人习惯于用恒久的时间证明爱情的不朽，海枯石烂，忠贞不渝。但是，真实的爱情要有一个存放的空间。如今，大宅院之中林觉民与陈意映的居室陈设如故。出双入对，同栖同宿，当年这里的一切都曾经烙上俩人的体温。林觉民的记忆之中收藏了如此之多陈意映的细节：笑靥，步态，娇语，嗔怒，凝神，含羞……想不到，这里即将成为伤心之地。物是人非，情何以堪？

汝忆否？四五年前某夕，吾尝语曰："与其使吾先死也，毋宁汝先吾而死。"汝初闻言而怒，后经吾婉解，虽不谓吾言为是，而亦无辞相答。吾之意盖谓以汝之弱，必不能禁失吾之悲，吾先死留苦与汝，吾心不忍。故宁请汝先死，吾担悲也。嗟夫，谁知吾卒先汝而死乎？吾真真不能忘汝也。回忆后街之屋，入门穿廊，过前后厅，又三四折有小厅，厅旁一室，为吾与汝双栖之所。初婚三四个月，适冬之望日前后，窗外疏梅筛月影，依稀掩映，吾与汝并肩携手，低低切切，何事不语？何情不诉？及今思之，空余泪痕。又忆六七年前，吾之逃家复归也，汝泣告我"望今后有远行，必先告妾，妾愿随君行"。吾亦既许汝矣。前十余日回家，即欲乘便以此行之事语汝，及与汝相对，又不能启口，且以汝有身也；更恐不胜悲，故惟日日呼酒买醉。嗟夫，当时余心之悲，盖不能以寸管形容之。

大宅院里住着林觉民父辈的七房族人。从曹雪芹的《红楼梦》、巴金的《家》《春》《秋》到曹禺的《雷雨》，人们可以在文学史上读到一批大家族的故事。那个时候,生活在大家族之中的年轻一辈压抑,无助,未老先衰。通常,他们只能像土拨鼠似地在长辈之间钻来钻去,竭力找到一个可以自由呼吸的缝隙。由于没有直抒胸臆的机会,这些年轻人往往多愁善感,神经纤细。如果套上一个不称心的婚姻,他们的下半辈子再也产生不了任何激情。大家族内部的不幸,林觉民都看见了。

林觉民的嗣父林孝颖是林觉民的叔叔。他饱学多才,诗文名重一时。考上秀才时,福州的一位黄姓富翁托媒议亲,招为乘龙快婿。不料林孝颖根本不乐意接受这一门父兄包办的亲事。他第一天就拒绝进入洞房,并且因为心灰意冷而从此寄情于诗酒。大宅院之中,黄氏徒然顶一个妻子的名分煎熬清水般的日子,白天笑脸周旋于妯娌之间,夜里蒙头悲泣,嘤嘤之声盘旋在几进院落的墙角。为了安慰黄氏,排遣她的孤单和寂寞,林孝颖的哥哥将幼小的林觉民过继给黄氏抚养。

随着年龄渐长,上一代人的嘤嘤悲泣始终缭绕在林觉民的耳边。他一辈子感到幸运的是娶到了陈意映。也是父母之命,也是媒妁之言,但是,老天爷却让他遇到了情投意合的陈意映:"吾妻性癖、好尚与余绝同,天真浪漫女子也!"

但是,情种林觉民就要离开这座大宅院,远赴疆场,九死一生。嗣父一定感到林觉民神色异常,再三询问。林觉民推说日本的学校放樱花假,他约了几个日本的同学要到江浙一带游玩。生母一定也察觉到了什么,但是问不出原因。死何足惧,真正割舍不下的是陈意映,然而她茫然无知——是不是八个月的身孕转移了她的注意力?林觉民肝肠寸断,欲说还休,唯有日复一日地借酒浇愁。所以,《与妻书》之中的这几段话既是说给陈意映,也是说给自己——不说服自己怎么能走得动?

　　吾诚愿与汝相守以死,第以今日事观之,天灾可以死,盗贼可以死,瓜分之日可以死,奸官污吏虐民可以死,吾辈处今日之中国,国中无时无地不可以死?到那时使吾眼睁睁看汝死,或使汝眼睁睁看我死,吾能之乎?抑汝能之乎?即可不死,而离散不相见,徒使两地眼成穿而骨化石,试问古今来几曾见破镜能重圆?则较死为尤苦也。将奈之何?今日吾与汝幸双健,天下人人不当死而死,与不愿离而离者,不可数计;钟情如我辈者,能忍之乎?此吾所以敢率情就死不顾汝也。吾今死而无余憾,国事成不成,自有同志者在。依新已五岁,转眼成人,汝其善抚之,使其肖我。汝腹中之物,吾疑其女也,女必像汝吾心甚慰。或又是男,则亦教其以父志为志,则我死后尚有二意洞在也。幸甚,幸甚!吾家后日当甚贫,贫无所苦,清净过日子而已。

　　吾今与汝无言矣,吾居九泉之下遥闻汝哭声,当哭相和也。吾平日不信有鬼,今则又望其真有;今人又言心电感应有道,吾亦望其言是实。则吾之死,吾灵尚依依伴汝也,汝不必以无侣悲!

　　吾平生未尝以吾所志语汝,是吾不是处,然语之,又恐汝日日为吾担忧,吾牺牲百死而不辞,而使汝担忧,的的非吾所忍。吾爱汝至。所以为汝谋者惟恐未及。汝幸而偶我,又何不幸而生今日之中国?吾幸而得汝,又何不幸而生今日之中国?卒不忍独善其身。嗟夫!巾短情长,所未尽者尚有万千,汝可以模拟得之。吾今不能见汝矣,汝不能舍吾,其时时于梦中得我乎?一恸!辛亥三月二十六夜四鼓,意洞手书。

　　家中诸母皆通文,有不解处,望请指教,当尽吾意为幸。

"巾短情长，所未尽者尚有万千"，无限的牵挂和负疚，可是林觉民不得不动身了。没有一个至爱的女人，林觉民的内心一定轻松许多；可是，没有一个至爱的女人，生活还值得喷出一腔的鲜血吗？"汝幸而偶我，又何不幸而生今日之中国？吾幸而得汝，又何不幸而生今日之中国？"长吁短叹，家国不可两全。就是在这一刻，历史无情地撕裂了这个男子。

六

盖棺论定。一个人做了该做的一切，然后问心无愧地进入历史。历史公正地铭记一切。可是，这种观点又一次遭到了那一位本地业余历史学家的哂笑。他认为，历史就是遗忘绝大多数人，保存极其个别幸运者的事迹。然而，奇怪的是，这些幸运者根本不能控制自己烙印在历史上的形象，也不清楚自己会在哪一天突然大红大紫，或者在另一天被骂个狗血喷头。

黄花岗烈士之中，福州乡亲有名有姓的计19名。林文、林觉民、林尹民号称"三林"，林文为首。"独来数孤雁，到处总悠悠""露枯野草频嘶马，水满荒塘不见花"，写得出这种诗句的人一定是不凡之辈。可是，除了些许零散的诗篇，林文不再为历史留下什么。福州已经找不到他的故址。他的亲戚后人杳无音讯。林觉民追随孙中山先生，秘密奔走于日本、福建、香港、广州之间，最终手执步枪、腰别炸弹地杀入总督衙门，然而，现在许多人记住他的原因是《与妻书》。

至少在网络上，革命家林觉民已经成为一个没有温度的称号，情种林觉民仍然炙手可热。我利用搜索引擎查到了虚拟空间的一次圆桌讨论,登录网络的众女士曾经深入研究"我生命中的男人"。林觉民榜上有名。当然,许多男人的名字都出现在这个圆桌讨论之中。曾国藩据说适合当父亲,因为他家教甚严;肖峰——金庸小说之中的人物——豪情磊落,适合当大哥;李白做一个浪漫的小弟挺好;周润发风度翩翩,是男朋友的理想人选;至于丈夫当然要找胡雪岩,因为这老儿有的是钱;如果有可能,再要一个比尔·盖茨做儿子,这娃娃脑子好使,孺子可教也,当妈的省心。也有人提出喜欢贾宝玉,原因是公子听话;另一个女士爱上了孙悟空,因为这猴儿能够七十二变,好玩。这些意见多少有些俗。另一个识见不凡的女士发来一个长长的帖子,她提出了三个理想的男子:项羽,林觉民,关汉卿。项羽显然不仅因为他破釜沉舟的豪迈,这个敢做敢当的男人与虞姬的生死之恋永垂千古;林觉民单凭一封《与妻书》就可以征服无数的芳心;关汉卿这家伙落拓不羁,是一粒"蒸不烂煮不熟捶不扁炒不爆响当当的铜豌豆",顽劣而又风流,叫人如何不想他。这份帖子赢得了不少掌声,尽管另一些女士表示了某种无关紧要的分歧,例如这些男人都过于霸气,如此等等。

必须承认,这些意见视野开阔,一些妙想甚至匪夷所思。即使林觉民再有想象力恐怕也料想不到,多年以后他可以在这种场合与曾国藩、周润发或者比尔·盖茨同台竞技。抱怨播下龙种而收获跳蚤肯定有些自以为是,但是,这至少可以证明,凡人很难预料,神秘莫测的历史会给未来孕育出什么。

大半个世纪之前,人们曾经从鲁迅的《药》中读出了深刻的悲哀——革命者上了断头台,一批无知的庸众竟然在兴高采烈地当看客,甚至吮他的血。可是,历史上的大英雄什么时候躲得开寂寞和孤愤？也许，是大英雄自风流，没有必要为这种遭遇而伤感。这时，我又想到那位业余历史学家的观点：人生一世，有幸来到天地之间走一遭，能够认定什么是真理，甚至可以将自己的头颅潇洒一掷，长笑而去，这就是幸运的一生、壮烈的一生。那些蝇营狗苟的凡夫俗子并不是天生猥琐——因为他们找不到值得豁出命的事业。一辈子能够有一回惊天地，泣鬼神，如此快意，夫复何求！做了就做了，至于红尘滚滚之中的后人如何指指点点，褒贬引申，那只能随他去了。留下的历史无非是一些印刷品或者象征符号，笑骂由人，没有必要斤斤计较。

可是，林觉民身后的陈意映呢？林觉民慷慨就义，功德圆满，他是不是将无尽的痛苦抛给了陈意映？

躲不开的一问。

网络上有一篇文章说，林觉民不负天下，但负了一人；他不知道天下人的名字，却恨不得将这人的名字记到来世。陈意映愿意追随林觉民上天入地，林觉民却深挚而残酷地替她选择了独生。铁肩担道义。无论什么时候，林觉民都是一个堂堂男子汉。但是，他挥挥手将陈意映抛在彼岸——他有这个权利吗？

道理说得出千千万万，痛苦依然尖锐如故。即使霓虹灯闪烁的歌舞厅、富有磁性的嗓音或者重金属打击乐也无法覆盖这种人生难题。童安格，这个绰号"学生王子"的歌手居然幽幽地唱起了林觉民，唱起了香港滨江楼的《诀别》：

夜冷清　独饮千言万语
难舍弃　思国心情
灯欲尽　独锁千愁万绪

烽火泪　滴尽相思意

情缘魂梦相系

方寸心　只愿天下情侣

不再有泪如你

是吗？"不再有泪如你"？齐豫——齐秦的姐姐——用一个女人的心情回应一首：《觉——遥寄林觉民》。她要问的是，刹那是不是永恒——能不能"把缱绻了一时，当作被爱了一世？"

……

觉

当我回首我的梦

我不得不相信

刹那即永恒

再难的追寻和遗弃

有时候不得不弃

爱不再开始

却只能停在开始

把缱绻了一时

当作被爱了一世

你的不得不舍和遗弃

都是守真情的坚持

我留守着数不完的夜和载沉载浮的凌迟

谁给你选择的权利

让你就这样的离去

谁把我无止境的付出都化成纸上的一个名字

如今
当我寂寞那么真
我还是得相信
刹那能永恒
再苦的甜蜜和道理
有时候不得不理

还能说什么呢，林觉民？即使知道一切如此沉重，即使满心负疚，依然生离死别，能够握在手里的仅仅是一管笔——《意映卿卿》。许乃胜一曲轻吟如诉：

意映卿卿
再一次呼唤你的名
今夜我的笔沾满你的情
然而
我的肩却负担四万万个情
钟情如我
又怎能抵住此情
万万千千
意映卿卿
再一次呼唤你的名
曾经我的眼充满你的泪
然而

我的心已许下四万万个愿
率性如我
又怎能抛下此愿
青云贯天
梦里遥望
低低切切
千百年后的三月
我也无悔
我也无怨

歌罢无言。我知道，即使那个业余历史学家也不会再说什么。这是历史上不会愈合的伤口，但是，这些问题不会出现在历史著作之中。

七

一个作家对我说过，她很喜欢"意映卿卿如晤"这句话。我想了想，的确，这句话具有私语性质。"意映卿卿如晤"，一个小小的、温暖的私人空间就会随着文字浮现。

陈意映，一个女人的名字，一个收信人，一个林觉民的倾诉对象。现在，她要从纸面上活起来了。那么，她能够走多远呢？

这时，我的叙述半径急剧地收缩。陈意映可能离开她的一厅一房，出去给公婆请安；偶尔也会走出大门，"万兴桶石店"总是那么热闹；是不是还会到门前的那条街上走一走呢？这是福州著名的南后街。一直到今天，这条街上还完整地传承了古街的格局。裱字画的，裁衣服的，卖寿衣的，编藤木器具的，做鞋的，各种小店一溜排开。正月十五过元宵，这条街上的灯笼糊得最好。带轮子的羊、马、牛、鱼，关公刀，小飞机，品种繁多。当然，大多数时光，陈意映肯定是待在她的一厅一房和狭小的天井里。儿子嗷嗷待哺，她离不开多长时间。陈意映出身书香门第，能诗文，父亲陈元凯是一个举人。所以，林觉民留在家里的几册书籍报刊已经足够她打发空闲的日子。她是不是零零星星地听到了革命、共和、光复这些概念？完全可能。但是，她抬起眼睛只能看到天井上方窄窄长长的天空。这是她的世界。历史在很远的地方运行，由丈夫林觉民以及他的一帮朋友操心。陈意映丝毫没有想到，突然有一天，历史竟然不打任何招呼就将如此沉重的担子搁在她的肩上。

"低低切切，何事不语？"陈意映生活在一个低语的小天地里。日子很扎实，只是因为有一个人绵绵情意，肌肤相亲。一个女人的耳边有了这些低语，她还有什么必要听那些火药味十足的大口号呢？

辛亥年的三月初，林觉民意外地从日本回到福州。他竟日忙于呼朋唤友，或者借酒使气，但是，陈意映从不问什么。林觉民是一个做大事的人，白天属于他自己。她已经习惯了将大日子搁在那个男人肩上，自己只管小天井里面的琐事，还有腹中八个月的胎儿。陈意映恐怕永远也不知道曾经酝酿的一个计划：林觉民本来打算让她运送炸药到广州。林觉民在福州西郊的西禅寺秘密炼制了许多炸药。他将炸药藏在一具棺材里，想找一个可靠的女子装扮成寡妇沿途护送。如果不是因为八个月的身孕举止笨拙，陈意映可能与林觉民一起赴广州，并且双双殒命。我猜想陈意映不会拒绝林觉民的要求。她甚至会认为，能够和林觉民死在一块，恐怕比独自活下来更好。

不知道摧毁她平静生活的凶讯是如何传递的？我估计只能是口讯而不是电报。广州起义的日子里，林觉民的岳父陈元凯正在广州为官。得到林觉民被捕的消息，他急如星火地遣人送信。赶在官府的追杀令抵达福州之前，林家火速迁走，偌大的宅院一下子空了。

避开了满门抄捕，陈意映与一家老小隐居于福州光禄坊一条秃巷的双层小屋。秃巷里仅一两户人家，这一幢双层小屋单门独户。陈意映惊魂甫定，巷子外面传言纷纷。一个夜晚，门缝里塞入一包东西，次日早晨发现是林觉民的两封遗书。"吾作此书时，尚是世中一人；汝看此书时，吾已成阴间一鬼。"天旋地转，泪眼婆娑。最后的一丝侥幸终于崩断。更深夜静，独立寒窗，一个女人的低泣能不能传得到黄花岗？

一个月之后，陈意映早产；五个多月之后，武昌起义；又过了一个月，福州起义，闽浙总督吞金自杀，福建革命政府宣告成立。福州的第一面十八星旗由陈意映与刘元栋夫人、冯超骧夫人起义前夕赶制出来。当然，革命的成功将归于众人共享，丧夫之痛却是由陈意映独吞。两年之后，这个女人还是被绵长不尽的思念噬穿、蛀空，抑郁而亡。

武昌起义成功之后的半年，孙中山先生返回广州时途经福州，特地排出时间会见黄花岗烈士家属，并且赠给陈更新夫人五百银元以示抚恤。至于陈意映是否参加，史料之中已经查不到记载。这个女人的踪迹此时已经淡出历史著作。她只能活在林觉民的《与妻书》之中。

八

我站在马路对面的一座天桥上,隔着车水马龙遥看那一幢建筑物:朱门,曲线山墙,曲折起伏的灰瓦曾经遮盖那么多的情节。主角早已谢幕离开,舞台和道具依然如故。民国初期,这幢建筑物旁边的巷子辟为马路,如今是福州最为繁闹的地段。这幢建筑物仿佛注定要留下来似的,它顽强地踞守在两条马路交叉的拐角,矮矮地趴在一大片高楼群落之中。人来熙往,这里始终是一个安静得有些蹊跷的角落。周围的精品屋一茬又一茬,这一幢建筑物忠心耿耿地监护历史,一成不变。

林家仓皇撤离之后,一户谢姓的人家旋即购下了这座大宅院。谢家有女,后来出落成一个大作家,即谢冰心。冰心79岁时写成一篇忆旧之作《我的故乡》,文中兴致勃勃地记叙了这座大宅院:门口的万兴桶石店,大厅堂,前房后院,祖父书架上的《子不语》和林琴南译著,每个长方形的天井都有一口井,各个厅堂柱子上的楹联,例如"知足知不足,有为有弗为",如此等等。两个近代的著名人物一前一后出入这座大宅院,犹如天作之合。然而,令人奇怪的是,冰心丝毫没有提及林觉民。先前读过《我的故乡》,丝毫想不到冰心说的就是林觉民的故居——仿佛是另一座大宅院似的。冰心对于这里上演的悲剧一无所知吗?对于一个如此渊博的作家,好像不太可能。一个小小的谜团。

林家这一脉后来也出过一个女作家,算起来大约是林觉民的远房侄女。她就是后来嫁到梁启超家的林徽因。林徽因出生在杭州,但是回到过福州。她的文字里也没有提到这一座大宅院,不知为什么。

历史的沧桑,世态炎凉,有些事就不必再费神猜想了。

■ 单霁翔

作者简介

研究馆员、高级建筑师、注册城市规划师。2012年1月,任故宫博物院院长。为第十、十一、十二届全国政协委员,中国文物学会会长。

毕业于清华大学建筑学院城市规划与设计专业,师从两院院士吴良镛教授,获工学博士学位。北京大学、清华大学等高等院校兼职教授、博士生导师。2014年9月,获国际文物修护学会"福布斯奖"。2005年3月,获美国规划协会"规划事业杰出人物奖"。出版有《文化遗产·思行文丛》等十余部专著,百余篇学术论文。

作家印象

  文章须得江山助。这句话放在单霁翔身上是不错的。早年在日本学习时,单霁翔便开始从事关于历史性城市与历史文化街区保护规划研究,此后主持故宫筒子河、圆明园遗址、明北京城墙遗址的保护整治,北京旧城、北京皇城、北京奥林匹克公园的保护、规划,辽阔而悠远的中华文明在支撑着单霁翔,他的文章有着非凡的底气和视野,纵横捭阖,浑然天成。

  近年来,单霁翔执掌国家文物局,入主故宫博物院,着手乡土建筑、文化景观、文化线路、工业遗产的研究和实践,这是中华文明的诞生之地,是中国历史的幽静渊薮,是中华民族以迈往之气、行正大之言的豪气底气所在,这让他的文章充满了非同寻常的凝重、深邃。

——李　舫

我的四合院情结

■ 单霁翔

经常有人问我：你是哪里人？每当此时我都要啰唆一番：我的籍贯是江苏江宁，出生在辽宁沈阳，成长在北京，您说我是哪里的人呢？

籍贯地、出生地、成长地，过去对于大多数中国人来说，都会十分明确地指向故乡，但是城市化进程加速以后，人们的空间归属发生了很大变化，过去一句就可以回答的简单问题，变得复杂起来。以我为例，江苏江宁是父亲的出生地，也就成为我的籍贯地，但是我一天都没在那里生活过；我出生在沈阳，但是出生仅3个月，便随着父亲的工作调动，被母亲抱着来到了北京，显然我成为不了真正的沈阳人；来到北京，一住就是60年，自认为是真正的北京人，但是从小到老，填写各类表格时，无论是籍贯一栏，还是出生地一栏，都不能填"北京"。

一

在记忆中，我们一家前后居住过四处北京的四合院。我是在四合院里学会了说第一句话,也是在四合院里学会了走第一步路。因此,我应该有资格被称为"北京人",而且是曾经居住在四合院里的"老北京"。

我在第一处四合院里居住了6年。1954年全家初到北京时,住在南城东四块玉的四合院民居里,那属于一座大杂院。在童年的记忆中,我们跟着大人们举着竹竿,上面绑着彩布条,满院跑着大声喊着轰赶麻雀。当时把麻雀列为"四害"之一,据说全城都在同一时间轰赶它们,麻雀飞累了就会掉下来,在我的印象里确实看到麻雀们在惊惶地飞,但是没有看到过它们掉下来的"战果"。如今随着北京雾霾天气的增多,麻雀不用轰赶就已经少了很多。

在第二处四合院里居住的时间最短。1969年我随父母去湖北沙洋财政部"五七干校"劳动,1970年底独自回京参加初中毕业分配,成为一名学徒工人,寄居在姐姐家。大门巷胡同在西长安街的北侧,是一处新翻建的独门独院,我与姐姐、姐夫的父母和弟弟妹妹们,一家十几口住在一起,热热闹闹,其乐融融。在这里,我感受到四合院氛围中最宝贵的家庭亲情。

在第三处四合院里居住的时间最长。1972年,母亲也从"五七干校"回京,单位分配了位于美术馆后街的住房。这是一组典型的传统四合院,分为前院、中院和后院。在这里居住期间,经历了一些令人难忘的事情。例如1976年唐山大地震,北京地区也有强烈的震感,我家居住的房屋后墙被震垮,垮塌下来的砖瓦封堵了邻院的巷道。为防余震,全院在院前的道路上住了一段时间,我也因此学会了搭建防震棚。在我们居住的四合院里，北京人民艺术剧院拍摄了8集电视连续剧《吉祥胡同甲5号》，据说这是第一部反映北京四合院生活题材的电视剧，由此可见这组四合院的典型性，这也使我们得以重新审视自己居住的空间。我和母亲住在前院的两间西房，加在一起只有20平方米左右。但是居住面积的狭窄，并没有影响我骑着自行车接回了新娘，我们在此院内举办了婚礼。两个星期后我去日本留学，4年之后再次回到这里，一切如旧，那时北京城区的变化是缓慢的。但是，儿子出生以后，生活空间骤然变小，房间里被大人和孩子的东西挤得满满的。庭院则比较宽阔。前院一共住了7户人家，邻里关系十分融洽，从未发生过口角。一棵大槐树的浓密绿荫，遮盖着半个院落。夏天的晚上，各家老人孩子都拿了竹躺椅、小板凳，围坐在院子中间，从世界大事到柴米油盐，有着说不完的话题，这也是北京四合院特有的交往方式。后来家家户户都有了彩电，大家在院落里聊天的机会大为减少。但是，院落仍然是邻里的共享空间，敬老爱幼、包容礼让等传统美德，始终洋溢在这座四合院的每个角落。

在第四处四合院居住的时间不长。这是一座小型四合院，北临辟才胡同，闹中取静。院中有两棵果树，一棵是柿子树，另一棵是枣树，使小院的环境充满生机。那时，我们的孩子刚刚一岁多，开始学习说话和走路，四合院的环境无疑非常适宜和安全。

长期以来，在不同地点、不同规模、不同邻里的四合院居住以后，再回过头来思考四合院生活的体验，最深刻的不仅仅是它作为物质的存在，而是文化方面的感受。四合院情结，是对那个成长空间的眷念，更承载着对父母、亲人、朋友的思念。

忘不了街坊们海阔天空的神聊，忘不了小伙伴们的嬉戏打闹，忘不了院里醉人的鸟语花香，忘不了胡同里走街串巷小贩们的叫卖声。这份情怀，只有久居胡同四合院才能获得。

二

实际上，在北京地区，四合院已经有800多年的历史，它集中体现出中华民族对待人居环境的态度，强调的是"天人合一"，是中国对世界文化所做的独特贡献。四合院中的每一细微之处，都有其丰富的文化内涵。四合院里的居民、房屋、内外环境，是一座历史文化宝库，可以供子孙后代们体验、享受和传承。离开四合院已有多年，但是每当看到或听到又有一条胡同、一座四合院消失，总有一种悲情涌上心头。在我的记忆深处，早已烙印上永远的四合院情结，甚至成为内心中对于城市记忆最柔软的地方。四合院建筑的消失只是一个方面，同样可惜的还有传统民俗文化和地域生活方式的消逝。据报道，1949年北京旧城共有胡同3050条，传统四合院1300万平方米。20世纪90年代以来，在大规模房地产开发和"危旧房改造"逐步升级的同时，胡同四合院被大量拆除，保留下来的不足半数。现存的四合院普遍得不到应有的修缮，造成大面积的房屋质量"人为衰败"，而人口密度高、生活条件不断恶化，也使居住在四合院内的居民缺少应有的尊严。

2008年在全国政协十一届一次会议上，我提交了《关于北京旧城胡同—四合院整体申报世界遗产的提案》，建议对北京旧城的胡同四合院实施整体保护，坚持循序渐进、有机更新的方针,采取小规模、微循环、渐进式的方法,防止"大拆大建"的行为,避免"运动式"的改造,有计划、有步骤地推进胡同四合院的保护整治工作。同时启动北京胡同四合院申报世界文化遗产工作,使全世界民众共享这一灿烂的文化。

的确,保护北京的胡同四合院,具有世界意义。这里一座座四合院相依,形成一条条胡同;一条条胡同相连,又构成一片片历史街区,从而形成既秩序井然又气象万千的特色风貌。胡同四合院体系,合理安排了每户居民的室内空间,保障了居民日常生活中的通风、采光、日照,利于防寒、避暑、防风沙,还满足了舒适性、安全性、私密性等居住需要。同时,又通过院落形成相对独立的邻里结构,提供居民日常的社交空间,创造和睦相处的居住氛围,体现出人与自然和谐相处的先进哲学思想。

如今我来到故宫博物院工作,可以说四合院是故宫古建筑群的历史原型。这里是世界上最大的四合院建筑群,每天行走在故宫内,仿佛找到了那种久违而又熟悉的惬意。壮美的紫禁城是中华文化的载体,记载着一代又一代人们的记忆、经历和情感,再过6年,故宫将迎来600岁的生日,将它完整地交给下一个600年,是我和同事们的光荣使命。

记得少年时代,小伙伴们一起登上景山,四下望去,成片成片四合院富有质感的灰色坡屋顶,庭院内高大树木的绿色树冠,形成一望无际的灰色和绿色的海洋,烘托着故宫红墙黄瓦的古建筑群,协调和联系着传统中轴线两侧建筑,极为壮观。这是历经数百年的发展、最具北京文化特色的城市景观,也是我心中真正意义上的古都北京。如今,我站在自家阳台上放眼望去，从高层建筑群的缝隙中，隐约可以看到太庙、国子监的金色屋顶，再远仿佛还能看到天坛祈年殿的轮廓线。想到在不久的将来，钢筋水泥筑就的城市景象可能将彻底挡住前方视线，心里就掠过一丝惆怅。

我今年61岁，也在北京居住了61年。今后如果有人再问我：你是哪里人？我不会再啰唆一番，将清晰而准确地回答：我是北京人，在四合院里长大。

■ 王充闾

作 者 简 介

当代作家,学者。辽宁省作家协会名誉主席,兼任南开大学中文系教授,中华诗词学会顾问。长期从事文学创作与学术研究。在国内外二十几家出版社出版有散文随笔集《淡写流年》《何处是归程》《成功者的劫难》《历史上的三种人》《沧桑无语》《龙墩上的悖论》《成功的失败者》《逍遥游》《国粹:文化传承书》等近50种,诗词集《鸿爪春泥》《蘧庐吟草》,学术著作《诗性智慧》《古文今赏》等;著有《充闾文集》20卷。散文集《春宽梦窄》获中国作家协会首届鲁迅文学奖,作品被译成英文、阿拉伯文。

作家印象

  杜甫有诗云：庾信文章老更成，凌云健笔意纵横。用这句诗来评论王充闾，恰如其分。沛然深似江海，方今谁能御之？

  王充闾是当代重要的散文家，更是一位学者型的作家。他幼年入私塾，饱读诗书，有着深厚的传统文化功底。粗缯大布裹生涯，腹有诗书气自华，此言不虚。王充闾的文章光明朗照、云卷云舒、包罗万象，展示了他丰赡、充沛、多元、宽阔的散文创作成就。他书写日常生活的片段感受，抒写清风绿水的恬淡情怀，令人过目难忘。他的文字里有仙风道骨也有人间冷暖，但他更沉迷的，还是几千年来的华夏本土文化历史，这些文字里有一个民族的精神血脉，有人文世界的日月星辰和江山万里。

——李　舫

遗编一读想风标

■ 王充闾

一

宋代杰出的政治家、改革家、文学家王安石写过一首《孟子》的怀古诗：

沉魄浮魂不可招，遗编一读想风标。
何妨举世嫌迂阔，故有斯人慰寂寥。

孟子（公元前372—公元前289年），名轲，邹人，战国时期伟大的政治家、思想家、教育家，被尊为"亚圣"。他是鲁国贵族孟孙氏的后裔；幼年家境贫困，父亲早丧，强毅而有卓识的母亲，"三迁择邻""断织劝学"，煞费苦心，将他抚养成人。孟子私淑孔子，为孔子之孙子思的再传弟子。《史记》本传称，他游说齐王，未能见用，转赴梁国，惠王认为他的主张"迂远而阔于事情"(远离实际,不合时用)。"当是之时,秦用商君,富国强兵;楚、魏用吴起,战胜弱敌;齐威王、宣王用孙子、田忌之徒,而诸侯东面朝齐。天下方务于合从(纵)连横,以攻伐为贤,而孟轲乃述唐、虞、三代之德,是以所如者不合。退而与万章之徒,序《诗》《书》,述仲尼之意,作《孟子》七篇"。

对于孟子,王安石是拳拳服膺、衷心景仰的。只是,"往事越千年",斯人早已成了"沉魄浮魂",无法"复其精神,延其年寿"(《楚辞·招魂》句),只能遥望其风标(品格、风致)于《孟子》遗编了。"何妨"一句,道尽了孟子也包括诗人自己雄豪自信、卓尔不群的气概与无所畏惧,"虽千万人,吾往矣"的坚定意志。诗人引孟子为知音与同道,最后以沉郁之语作结:毕竟还有这位前贤往哲足堪慰我寂寥!

说到孟子的风标,最显眼的是其政治抱负远大,高自期许,非常自负。他以孔子的继承人自任,指出:从尧、舜至于孔子以来,具有一条圣人、王者绵延相承的根脉;"五百年必有王者兴",尧、舜至商汤,商汤至周文王,周文王至孔子,都是五百余年,"由周以来,七百有余岁矣,以其数,则过矣,以其时考之,则可矣"。接下来,他直白地挑明:上天若是不想让天下治平,那就罢了;"如欲平治天下,当今之世,舍我其谁也?"

一次,门人公孙丑将他与管仲、晏婴相比。因为二人都是齐国著名的政治家,辅佐君主,富国强兵。孟子却大不以为然,说:你真是一个齐国人,只知道这个管、晏!当年曾子的儿子曾西,鉴于管仲得到齐桓公那么专一的信任,执政那么长久,功业却如此卑微,因而很不高兴同他相比。连曾西都不肯,你以为我就能愿意吗?其实,管仲辅佐齐桓公"九合诸侯,一匡天下"，就常理而言，功业并不能说卑微，只是由于他只兴霸业而不施仁政，所以，不为儒学宗师所认可。在另外场合，孟子还曾说过：齐王如果用我，何止是齐国人民可以安享太平，"天下之民举安"。时人景春认为魏国的纵横家公孙衍、张仪是真正的大丈夫："一怒而诸侯惧，安居而天下熄（兵戈止息）"。孟子同样不以为然，并斥之为"以顺为正（以顺从为正宗）者，妾妇之道也"。

  孟子雄强善辩，傲岸不群，在君王、权贵面前，尤其注重自己的身份，不肯屈身俯就。一天，孟子准备去朝见齐王，恰巧，齐王派了一个人来跟孟子说：我本应该来看你，但是感冒了，不能吹风，如果你肯来朝，我便也临朝办公。孟子觉得齐王是摆架子，"感冒"云云，不过是托词。于是，他对使者说：请你回去跟君王讲，我也闹病了，不能前去朝廷。第二天，孟子要到东郭大夫家里吊丧。公孙丑提醒他，说：老师，昨天您托词有病，谢绝齐王的召见，今天又要出去吊丧，这大概不好吧？孟子说，那有啥！昨天患病，今天好了。孟子出门后，齐王派人来探视，并带来了医生。这将如何处置？跟着孟子学习的孟仲子只好出面应付，说：先生的病今天好了一点，已经上朝了，不晓得他是否已经到达。接着，孟仲子就派人在孟子回家的路上拦截，告诉他不要回家，赶紧上朝。孟子没有办法，只好躲到齐国大夫景丑家去借宿。

  景丑便同他交谈，说：内则父子，外则君臣，这是重大的伦常关系。父子主恩，君臣主敬。可是，我只看见齐王对你很敬重，却没看见你怎么尊敬他。孟子说：在齐国人中，没有谁以仁义之道向齐王进言；他们并非认为仁义不好，而是觉得其王不足以谈仁义。这才是最大的不敬！我呢，不是尧舜之道不敢以之进言，所以，要说尊敬君王，没有谁能赶上我。景丑说：我指的不是这个。《礼》云：臣子听到君主召唤，应该立即动身，不能等待驾好车子再走。你本来准备上朝，一听说齐王召唤，反而不去了，这于礼不合吧？孟子引证曾子的话作答：晋、楚之富，不可及也。不过，他们凭的是富，我行的是仁；他们倚仗的是爵位，我抱持的是仁义。我为何会觉得欠缺什么？随之，孟子阐明：天下尊贵者有三：爵位、年齿、德行。在朝廷上，先论爵位；在乡里中，先论年齿；至于辅佐君王，当以德行为上。所以，大有作为的君主，一定有他不能召唤的大臣，遇有要事请教，应该亲自前去，以彰显其尊德敬贤之诚。

孟子清高自持，刚正不阿。齐国大夫公行子家里办丧事，右师（齐之贵臣，六卿之长）王驩往吊，一进门，就有人趋前与之交谈，入座后，还有人跑到他的旁边献殷勤。孟子当时也在场，他们原本相识，却"独不与驩言"。右师不悦，怪他有意简慢。孟子听了，说：《礼》云"朝廷不历（跨）位而相与言，不逾（越）阶而相揖也"，我是依礼而行。

也是在齐国，齐王馈赠百镒上好的黄金，孟子拒绝接受。弟子陈臻诘问，答曰：这笔钱送的没有理由。没有理由送钱，等于用贿赂收买我。哪里有君子可以拿钱收买的呢？

二

孟子这样做，不只是维护一己的身份与尊严，而是代表了士这一阶层的群体自觉，体现着士的主体性。当代著名学者牟钟鉴认为，孟子最大的贡献，是确立士人的独立品格，提升了他们的社会地位，也升华了士人的精神境界，为中国知识分子立身处世确立了一种较高的标准。在知识分子的操守、气节方面，孟子的影响似乎比先师孔子更大一些。

春秋战国时期，群雄竞起，列国纷争，为实现富强、完成霸业，不仅凭恃武力，还迫切需求智力的支撑，所谓"三寸之舌，强于百万之师；一人之辩，重于九鼎之宝"。这样，诸侯之间便竞相"养士"，为士的活跃与发展提供了强大推动力，也形成了剧烈的竞争态势，许多士人都趋之若鹜。士，作为道义的承担者、文化的传承者，以才智用世；但是，本身却并不具备施政的权势，若要推行一己的主张，就必须解褐入仕，并取得君王的信任和倚重，而这种获得，却是以思想独立性、心灵自由度的丧失为其代价的。许多士人为致身富贵不惜出卖自己的人格，"无礼义而唯权势之嗜"（荀子语）。与此相对应，孟子适时而有针对性地倡导并坚守了一种以仁义为旨归的士君子文化。所谓士君子，也就是士阶层中那类重节操、讲道义、有风骨的优秀分子。

孟子像先师孔子一样，十分厌恶"乡原"，对这类八面玲珑，四方讨好，不讲是非、原则的欺世盗名之辈，斥之为"阉然媚于世也者"。他要求士人，"穷不失义，达不离道"；当生命与道义不可兼得时，要"舍生而取义"。"志士不忘在沟壑（不怕惨遭杀戮，弃尸山沟），勇士不忘丧其元（不怕丢掉脑袋）"，以成就其完美人格。在中国几千年的文明史上，为了社会进步、民族振兴而"成仁取义"的志士仁人，灿若群星，他们的思想都不同程度地接受了孟子的影响。

论及士人的独立品格，在封建时代，首要的是如何看待与处理君臣之间的关系。孟子强调"道尊于势""德重于位";明君应"亲亲而仁民""贵德而尊士"。周游列国过程中,他常常不留情面地公开批评一些君主。在会见梁惠王时,当对方谈到"察邻国之政,无如寡人之用心者",可是,国内民众却不见增多时,孟子一针见血地直戳要害,说:"狗彘(猪)食人食而不知检(制约);涂(途)有饿莩(饿死者)而不知发(指开仓救济);人死,则曰:'非我也,岁(年成不好)也。'是何异于刺人而杀之,曰:'非我也,兵(凶器)也。'王无罪岁(不要归罪于年成不好),斯天下之民至焉。"这还觉得不够劲儿,紧接着,孟子又直面指斥梁惠王:"庖有肥肉,厩有肥马,民有饥色,野有饿莩。此率兽而食人也。"还有一次,他对弟子公孙丑说:"不仁哉,梁惠王也!"——为了争夺土地,驱使老百姓打仗,结果,尸横郊野,骨肉糜烂。

在齐国,尽管孟子出任那里的客卿,但是,对于齐宣王,他也毫不客气,竟然当面揭露其"恩足以及禽兽,而功不至于百姓"的虚假仁慈。他们还有这样一段对话:

孟子问齐宣王:如果您有一个臣子,他把妻子儿女托付给他的朋友照顾,自己出游楚国去了,等他回来的时候,却发现妻子儿女在挨饿受冻。您说:对待这样的朋友,应该怎么办呢?

齐宣王说:和他绝交!

孟子又问了:如果您的司法官不能管理他的下属,那应该怎么办呢?

齐宣王说:撤他的职!

孟子又问了:如果一个国家治理得很糟糕,那又该怎么办呢?

"王顾左右而言他"——齐宣王十分尴尬,只好左右张望,把话题扯到一边去。

在孟子看来,商汤流放夏桀、武王讨伐殷纣,都是合乎正义的。"君有大过则谏;反复之而不听,则易位(废弃他,改立别人)"。当齐宣王问:"臣弑其君,可乎?"他断然回答:"贼仁者谓之贼,贼义者谓之残;残贼之人谓之一夫(独夫),闻诛一夫纣矣,未闻弑君也。"他提倡"君臣有义",反对"愚忠",认为忠君是有条件的,要看值不值得为他尽忠,看他怎样对待臣下。孟子明确地说:"君之视臣如手足,则臣视君如腹心;君之视臣如犬马,则臣视君如国人;君之视臣如土芥,则臣视君如寇仇。"

他还说过:游说诸侯,要敢于藐视他,不要把他那一时的煊赫看得怎么了不起!他们的殿堂阶基几丈高,屋檐几尺宽;菜肴满桌;姬妾数百;饮酒作乐;驰驱田猎,跟随的车子上千辆。我如果得志,绝不会这么做。他们所有的那些腐化享乐的事,都是我所不为的;我所做的都符合古代的规制。我为什么要畏惧他们呢?

他的这些肆无忌惮的言论、主张,招致历代封建卫道者的口诛笔伐,刺孟、非孟、疑孟迭出,有的竟列出十七条罪状。宋代政治家司马光批评孟子,首要一项便是"不知君臣大义"。他说:"孔子,圣人也;定(公)、哀(公),庸君也。然定、哀召孔子,孔子不俟驾而行。"意思是,对于君主,哪怕他们是庸君,至圣先师孔子都是那样毕恭毕敬,而你孟轲却架子十足,真是不成体统!不过,最厉害的还是明朝开国皇帝朱元璋,他声言:"此老"(孟轲)要是活在今天,难免会遭受酷刑。同时指出,孟子的不少言论"非臣子所宜言",于是,对《孟子》原文进行删节,达八十五条之多;还下令将孟子逐出文庙,罢其配享。

孟子由坚守士人独立品格,进而发展为"民本"思想,为儒学理论树起了一面鲜明的旗帜——"政在得民"。他说:"得天下有道,得斯民斯得天下矣;得其民有道,得其心斯得民矣;得其心有道,(民之)所欲,与之聚之,(民之)所恶,勿施尔也。""乐民之乐者,民亦乐其乐;忧民之忧者,民亦忧其忧。乐以天下,忧以天下,然而不王者,未之有也!"

牟钟鉴《从孔子到孟子》一文中指出:在早期儒家代表人物中,没有哪一位比孟子更重视民众的社会作用和历史地位。孟子提出了一个超越同时代人的口号:"民为贵,社稷次之,君为轻。"这个口号一经提出,便使社会震动,响彻了两千多年,成为批判君主专制的有力武器。"民贵君轻"之说,在先秦诸子中是极为罕见的,它肯定了民众是国家的主体,对于君权至上的制度具有很大的冲击力。按照孟子这一思想来设立政治体制,至少能发展出开明君主立宪制。这是孙中山提出民权主义的思想源头之一。

三

孟子十分重视心性修养、价值守护与精神砥砺,体现了士这一群体的主体自觉。

一是"养气"。宋代理学家程颐说过:"孟子有功于圣门,不可胜言。""仲尼只说一个'志',孟子便说许多'养气'出来。只此二字,其功甚多。""我善养吾浩然之气",孟子指出,"其为气也,至大至刚,以直养而无害(用正义去培养而不加损害),则(充)塞于天地之间。其为气也,配义与道,无是,馁也(就疲软了)。"这种气是由正义的经常积累而产生的,不能靠突击的正义行为来取得,更不能揠苗助长。

浩然之气就是人间正气,表现为优秀的心性修养、道德情操和高尚的人格理想、精神境界。南宋杰出的民族英雄文天祥的《正气歌》,把爱国主义精神发扬到极致,彰显了作者坚贞的民族气节和死生不渝的崇高信念,可说是对于孟子浩然之气的最佳诠释。诗中列举了12位古人气贯山河、名垂竹帛的壮烈行迹,激情洋溢地歌颂了历史上为真理和正义而斗争的志士仁人,显现浩然正气所发挥的维系天柱、地维、人伦的巨大威力——"是气所磅礴,凛烈万古存。当其贯日月,生死安足论!"《正气歌》前面有个小序,特意标出孟子的"我善养吾浩然之气"。还说:"浩然者,乃天地之正气也。"就义之前,作为绝笔,他写了一个自赞,其文曰:"孔曰成仁,孟曰取义。惟其义尽,所以仁至。读圣贤书,所学何事?而今而后,庶几无愧。"

除了生死关头,激励广大志士仁人,舍生取义,临难不苟;在日常生活中,"浩然之气"也曾发挥出巨大的精神能量。台湾著名学者傅佩荣讲过一则故事:20世纪50年代,台湾大学经济拮据,办学条件艰难,师生生活十分贫困。傅斯年校长向学生推荐了两本书,其中第一本就是《孟子》。时值寒冬,又冷又饿,于是,大家就念《孟子》的"我善养吾浩然之气"。诵读着,议论着,就不感到冷了,肚子也忘记饿了。后来从这里走出很多知名专家、学者,他们身在域外,还经常忆起大学时代读"浩然之气"的情景。

二是"尚志"(使自己志行高尚)。孟子反复强调"从其大体"——"养其小者为小人,养其大者为大人""无以小害大,无以贱害贵""先立乎其大者,则其小者弗能夺也"。又说:"养心莫善于寡欲。"按照朱熹《集注》的解释:"贱而小者,口腹也;贵而大者,心志也。"可以引申为:大体,指道德修养、高尚人格,亦即居仁由义;小体,指声色货利、物质欲望。他把慕仁向义还是逞欲逐利看作是区分君子、小人的标志。当年子贡在谈到老师孔子的学问时,曾有"贤者识其大者,不贤者识其小者"之说,当与此同义。

宋代理学家陆九渊,总是教人"先立乎其大"。结果有人讥讽他:除了"先立乎其大"一句,全无其他伎俩(本事)。他听了不以为忤,反而说:这个人真了解我。

三是"反求诸己"(反躬自责)。孟子传承、发展了孔门关于"自省"的圣训,进而强调:出了问题,要从自身查找原因。他说:"行有不得者,反求诸己。""仁者如射,射者正己而后发;发而不中,不怨胜己者,反求诸己而已矣。"又说:"反身而诚(反躬自问,一切都是诚实无欺的),乐莫大焉。"

四是历经艰苦磨炼。孟子指出:"故天将降大任于斯人也,必先苦其心志,劳其筋骨,饿其体肤,空乏其身,行拂乱其所为(每一行为总是不能如意),所以动心忍性,曾(同增)益其所不能。"他特别强调忧患意识与危机感。"生于忧患而死于安乐",这是他的名言。他还说过:人的德行、聪明、道术、才智,往往来自危险的处境,亦即种种灾患。只有那些孤立之臣、庶孽之子,"其操心也危,其虑患也深",方能通晓事理,练达人情。

五是升华人生境界。孟子有言:"可欲之谓善,有诸己之谓信，充实之谓美，充实而有光辉之谓大，大而化之之谓圣，圣而不可知之之谓神。"这段话意蕴丰富，不太好懂，其实说的是人生的六种境界：第一层是善——值得喜欢，使人觉得可爱，这就是善（也就是好）；第二层是信——好处实实在在，令人信服、信任；第三层是美——那些好处充满他本身，当然美；第四层是大——不只充实，而且辉耀四方，发扬光大；第五层是圣——大而能化，融会贯通，是为化境；第六层是神——圣德到了神妙不可测量的高度，此乃至上境界。

四

孟子很看重士君子的社会责任，说：士人出来任职做官，为社会服务，就好像农夫从事耕作一样，这是他的职业。士之出仕，"天下有道，以道殉身（政治清明，道为己所运用）；天下无道，以身殉道（政治黑暗，不惜为道献身）"；士君子应该"居天下之广居（仁），立天下之正位（礼），行天下之大道（义）；得志，与民由之（偕同百姓循着大道前行），不得志，独行其道。富贵不能淫，贫贱不能移，威武不能屈，此之谓大丈夫"。

与列国争霸、以攻伐为能事形成尖锐的对立，孟子坚持仁政学说、德治思想，把修身与为政、伦理与政治、仁政主张与民本思想结合起来，走"仁者爱人""以德服人"之路。倡导省刑罚，薄税敛，使民以时，取民有制；以"老吾老以及人之老，幼吾幼以及人之幼"的推恩办法治民施政，这样才能得民心，无敌于天下。呼吁君王"贵德尊士""尊贤使能，俊杰在位，则天下之士皆悦，而愿立于其朝矣"。强调重教育，"觉斯民""善政不如善教之得民也。善政，民畏之；善教，民爱之。善政得民财，善教得民心"；他把"得天下英才而教育之"，奉为人生至乐。

为了推行自己的政见，建立理想型社会，孟子终其一生，宣扬教化，尚志笃行。学成之后，先是在邹国授徒设教；过了40岁，开始其政治生涯，出邹、游齐、过宋、适梁、访滕、入薛、至鲁，为卿于齐，最后归邹。期间，他曾会见过齐威王、宋王偃、滕文公、邹穆公、鲁平公、梁惠王、梁襄王、齐宣王等多位君主。每至一国，都曾积极建言、热情论辩、肆意批评，但其政见、主张终竟未得施行，不免到处碰壁；最后，只好黯然归隐，20多年致力于教育与著述。这一经历，与先师孔子相似，但二者相较，还是孔子的际遇差强一些，毕竟出任过中都宰、司空、大司寇，还曾代理过相职；而孟子只当过短期的客卿，空有壮志宏图，未曾得偿于百一。在致力于帮助各国诸侯结束战乱、实现统一、实施仁政，亦即推行其王道主义的理想政治方面，无疑他是彻底失败了。

当然，若从长远和根本上看，他同孔子一样，立德立言，垂范后世，功在千秋，又确是伟大的成功者。已故著名哲学家金岳霖先生说过："一位杰出的儒家哲人，即便不在生前，至少在他死后，是无冕之王，或者是一位无任所大臣，因为是他陶铸了时代精神，使社会生活在不同程度上得到维系。"在讲学、著述中，孟子总结前代与当世治乱兴亡的规律，在如何对待人民这一根本性问题上，提出了"民贵君轻""保民而王"、以仁政与民本为核心的富有民主性精华的思想，首倡心性之学，确立士人独立品格，发展了孔子的思想、学说，为后世留下了宝贵的精神财富。

■ 熊育群

作者简介

1962年5月出生于湖南汨罗。同济大学工业与民用建筑专业毕业,任过工程师、高级编辑,一级作家,中宣部"四个一批"人才。现任广东文学院院长、同济大学兼职教授。获第五届鲁迅文学奖、郭沫若散文奖、冰心文学奖等。出版诗集《三只眼睛》《我的一生在我之外》,长篇小说《连尔居》《己卯年雨雪》,散文集及长篇纪实作品《春天的十二条河流》《西藏的感动》《路上的祖先》等19部。《己卯年雨雪》《西藏的感动》等在德国、俄罗斯、意大利、匈牙利等国翻译出版发行。

作家印象

　　熊育群出生于20世纪60年代，这个年代出生的人有着他们独特的审美追求、思想情感和道德情操。20世纪80年代，中国文学面临着一次大的转型，出生于湖南汨罗，身为建筑工程师的熊育群，却怀着对文学的敏锐和热爱，转而投身文学。相对于一直在文学领域攫采爬梳的作家，熊育群有着更多的曲折，也有着更深的思考；有着更多的通融，也有着更深的真诚；有着更多的敏锐，也有着更深的宽恕。

　　熊育群左手执衡，右手执剑——左手是散文，高蹈轻扬，以深邃的思考度量历史、考评天下；右手是小说，剑拔弩张，以尖锐的语锋刺破谎言、缝合创伤。他的文字，扎实，厚重，不讨巧，不投机，每一字背后都看得出他的用力。正因为独特的经历、独特的个性，熊育群的作品都有着异常坚硬的质地，尤其对于中国历史的回溯和伫望，对于现实的艰难与精神的惨烈，都有着深刻的挖掘。

——李　舫

路上的祖先

■ 熊育群

  岭南与西部边地,无数的山脉与河流,高耸、密集,只有靠近海洋的地方出现了大平原,山谷中的河流开始向天空敞开胸膛,于大地上交错在一起……多少年来,我在这片巨大的土地上行走,葱茏与清澈中,心如乡村之夜一般静谧。岭南的三大民系——客家人、潮汕人和广府人,在与他们长期生活中,总要谈到中原的话题。那是有关遥远历史的话题。而在西南的大山深处,众多民族的聚集地,在我的出发与归来之间,偶尔遇到的一个村庄会提及中原,这些至今仍与外界隔绝的村庄,有的说不清自己是汉人还是边地的少数民族。但在云南的怒江、澜沧江下游,说着生硬普通话的山民提起的却是蒙古高原。

  一次次,中国地图在我的膝盖上或是书桌上打开,我寻觅他们祖先当年出发的地方,感觉脚下土地在岁月深处的荒凉气息,感受两千年以来向着这个地方不停迈动的脚步,他们那些血肉之躯上的脚板,踩踏到这些边远的土地时,发出的颤抖与犹疑,想象岁月中一股生命之流像浮云一样在鸡形版图上,从中原漫漫飘散，向着边缘、向着荒凉，生命的氤氲之气正漫延过来——一幅流徙的生存图是如此迫近，令眼前的线条与色块蠢动！

中国地图，北方草原生活着游牧民族，他们是马背之上的民族，从事农耕的汉人不愿选择北移。东面是浩瀚海洋，发源黄土地的汉民族从没有与海洋打交道的经验。于是，古老中国的人口流向就像一道道经脉，从陕西、河南、山西等中原地带向着南方、西北、西南流布。一次次大移民拉开了生命迁徙的帷幕，它与历史的大动荡相互对应——东晋的五胡乱华，唐朝的安史之乱、黄巢起义，北宋的"靖康之乱"，就像心脏的剧烈搏动与血液的喷射一样，灾难，让血脉喷射到了边缘地带。广袤的荒凉边地开始染上层层人间烟火。迁徙，成了历史的另一种书写，它写出了什么才是真正的历史大灾难——不是宫廷的政变，不是皇宫的恩怨情仇，而是动乱！大灾难首先是黎民百姓的灾难。

岭南是南蛮之南。两千年的岁月，迁徙者总是一批批上路，向着荒山野岭之地走来，成群成族的迁徙，前仆后继，他们身后，大灾难的阴影，如同寒流。

与岭南大规模的氏族迁徙不同，西南，更多的是个体的迁徙。似乎是脱离大历史的个人悲剧的终结地。岭南的迁徙可以寻找到最初的历史缘由，可以追寻到时间与脚步的踪迹。而西部的个人迁徙却像传说，一个有关生命的神秘传奇，缘由被遮蔽得如同岁月一样难以回溯。我在面对大西南山地时，总是想到，大西南的存在，也许，它使获罪者有了一种生存的可能，当权者可以靠抹去他从前的生活而保全他的性命，可以把威胁者流放而不是处死。受迫害者有了一个藏匿的地方。害人者有一个自我处置悔过自新的机会。文化人有一个思想可以自由呼吸的空间,不被儒家的文化窒息。多少文人吟叹与向往过的归隐,在这片崇山峻岭随处可见。这里提供了另一种生活的可能。这是历史苦难在大地边缘发出的小小痉挛。从此,生活与这苍山野岭一样变得单纯、朴实、敦厚。

我深深关注这种神秘的个人迁徙,这种不为人知的历史秘密,就像与岁月的邂逅,它是我在西部山水之中行走所遭遇到的,它激起了我对于人生灾难的感怀,对于生命别样图景的想象。

隐蔽峡谷

听说过遥远而神秘的夜郎国,它与外界的隔绝,仅凭"夜郎自大"这个至今流行的词语就可以相见。贵州石阡县,就曾经是古夜郎国的土地,土著是仡佬人,他们的先民最早被称作濮人。在仡佬人生活的群山中走,山峰横陈竖插,蜂拥、澎湃、冲撞,只见满眼的绿在一面面山坡上鲜亮得晃眼。巨大的群山中,木楼的村庄藏在深谷,只有像烽火台的炊烟偶尔升空,才泄露村庄的踪迹。

正是这片土地,这一天,一个名叫周伯泉的人,走到了石阡,走到了一条叫廖贤河的峡谷。沿着河流爬到山腰上,峡谷里从没有升起过炊烟,山下清澈的河水,只偶尔飘过落叶,一大堆奇形怪状的云朵浮满了那些深潭,峡谷被喧哗声装满,像装着他的寂寞,无边,无助。

一座龟形山突然出现,向它踩出一条路时,鸟兽们惊吓得纷纷逃往密林深处。

抬头，峡谷对面一堵刀削般的岩壁，裸露着，不挂一枝一木。一幅让人惊叹又绝望的风景，但这个汉人周伯泉却喜欢了。长时间暴走的双脚停了下来。

他停下来的地方奇迹般向峡谷伸展开来，像一个巨型舞台伸出，一块坪地出现了。这坪地，在森林之下、河流之上，隐没于峡谷之中。这就是他的村庄，也是他人生寻觅的最后栖息地。

这是1494年，明朝弘治六年。这一年没有什么特别值得一提的大事。但历史对于个体，譬如这个迁徙的汉人，这一年却是石破天惊的一年，仅仅这一年在他一个人脚下所进行的艰苦卓绝的长途跋涉，就是我这样坐着小车长途奔波的人所不能想象的。但这只是他自己的历史，他走到了任谁怎样呼喊也不会喊醒历史的黑暗地带。深深的遗忘就像误入了另一个星球。这一年周伯泉为发生在自己身上的事件给了一个很抽象的命名——"避难图存"。至于"难"是什么，他深埋在自己的心里。这只是一个人的灾难，这灾难让他从南昌丰城出发，穿过三湘四水的湖南，其中崇山峻岭的湘西也没有让他停下脚步，他像劲风吹起的一片树叶，一路飘摇，人世间的烟火几近绝灭。

他悄悄停伏下来，在言语不通的仡佬人的土地收起了那双走得肿痛甚至血肉模糊的脚板。在那些孤独的夜晚，一个人抚摸着脚背，看着自己熟悉的生活变作了遥远的往事。那巨大的灾难于是在群山外匿去了它深重的背影。他像一个原始人一样，带着自己的家人，在这个无人峡谷里开荒拓地，伐木筑屋。廖贤河峡谷第一次有了人发出的响声。

我沿着周伯泉当年走进峡谷的方向走到了廖贤河，山腰上已经有了一条路，汽车在泥土路上向山坡下开，大峡谷就在一块玉米地下送来河流的声音。拐过一道道弯，古寨突然出现在眼前。地坪上一座残破的戏楼，戏楼下却站满了人，衣服也大都是破烂的。一张张被阳光暴晒的脸，黧黑、开朗，绽开了阳光一样的笑。他们是周伯泉的后人，已传到了十九代。正是他们，生命有了传承，才使历史某一刻一个微不足道的小事件留存了下来。

村口栽满了古柏，参天的树，蓊郁苍翠。树冠上栖满了白鹭。白鹭在树的绿色与天的蓝色之间起起落落，并不聒噪。坐落在山坡上的寨子，触目的石头铺满了曲折的街巷与欹斜的阶梯，黄褐一片，参差一片。木条、木板穿织交错，竖立起粗犷的木屋。

通向寨内的鹅卵石铺砌的小径，太极、八卦和白鹤图案用白色石子拼出，极其醒目。它是中原汉人的世界观与吉祥观念的刻意铺陈。而村口树木搭建的宫殿、观音阁、戏楼、寺庙、宗祠、龙门，保存的罗汉、飞檐翘角、古匾、楹联，则是周伯泉教育后代传承文化的结果，儒家文化于荒岭僻地的张扬，在仡佬人的世界里显得特别孤独，它们自顾自地展现、延伸、生长，文化之孤立，更放任了它释放的能量。村庄的面貌就是周伯泉脑海里意志、记忆、想象的客观对应物，一代又一代人沿着同一个梦想持续努力，逼近梦想。

一种孤独的力量，一种梦境般的世外桃源景象。周伯泉远离了故土，却决不离弃自己的文化，像呼吸，他吐纳的气息就是儒家文化的顽强生殖力。汉人漂洋过海了，也要在异帮造出一条中国式的唐人街，这是文化的生殖力量！

周伯泉不会是一介布衣，他饱读诗书，那些四书五经在他的童年就熟读了。古寨造型精致的雕花木门窗，图案为花鸟、走兽、鱼虫，雕刻刀法娴熟，线条流畅，富含寓意，它表达了主人求福安居的心态，尽管这是他后人雕的，但思想的源头在他那里。

古寨遵从着勤、俭、忍、让、孝、礼、义、耕、读的家训，家家善书写，民风古朴，礼仪有加。而家门口粗犷狰狞的傩面具，是对荒旷峡谷神鬼世界的恐惧联想，是苗族、仡佬族对他们启示的结果。

只有一户人家改变了寨子木楼建筑的格局，他们用砖和石头砌了楼房。楼下窗口挂着几串红艳艳的辣椒，两位老人在门口打量着来人。他们坐的矮凳用稻草绳编织。水泥地坪上，两只鸡正在追逐、疯跑。老人站起来招呼人进去坐。一位中年妇女闻声从猪栏里出来，朝人笑了笑，她正在喂一头野猪。一个多月前，她的男人从山上捉了它，不忍心杀掉就圈养了起来。野猪哼哼的声音比家猪凶狠得多。

山坡下一眼山泉，泉边建有一个凉亭，这是山寨人接水喝的地方。当年周伯泉也许是在捧喝了这眼山泉时收住了心，要把自己的生命之根扎于此地。在炎热的夏天，捧一捧山泉水，一股凉意沁入肺腑，甘洌、清香。

离泉边不远是一座连体坟墓，葬着一对夫妻，他们有一个凄美的爱情故事在山寨留传。而在离这不远的一处峭壁上，周伯泉整日面对着空荡荡的大峡谷，听风吹松叶声、流水声，虚无的空想早如这空气一样散去，只有坚硬的墓碑从那个远逝的时空站到了今天。

吃午饭的时候，来了寨子里的几个姑娘，她们来敬酒，围着桌子对着客人唱歌，双手举杯，直视着来客，眼里隐隐柔情闪烁。她们的敬酒歌不同于仡佬人，是改造后的古典诗歌。古代诗歌由口头传诵的模样让人唏嘘，那意境、情思比泉水还纯，令人回味。歌声在古柏间缭绕时，竟涌起了一阵阵薄雾。

喝过周伯泉当年喝过的水，听过了他后人的歌唱，再在他的墓地前良久驻足，眼前的大峡谷，就像他当年的灾难被岁月隔断了，让我向前一步也绝无可能，他的后人没有一个知道那"难"是什么"难"，我只能对着一座空荡荡的峡谷凝思潜想……

神秘墓碑

这是一个夏天，是哀牢山、无量山的夏季。那些蒙古高原沿横断山脉高山峡谷向南迁徙的羌氏后裔，历经千年的迁徙，不知哪个年月，来到了这里。这是有别于汉人中原大迁徙的另一路迁徙，蒙古高原是这些散落成南方各个弱小民族的出发地。

汽车在群山中翻越，我的脑海在以镇沅的偏远来想象哀牢山、无量山，也在以哀牢山、无量山的荒旷雄奇来想象镇沅的偏僻。原始部落苦聪人祖祖辈辈就居住于此。简陋的木杈闪片房或竹笆茅草房由树木与茅草竹片搭建，立在陡峭的山腰上，像一个个鸟巢，多少世纪，它们向着狭窄的天空伸展，偶尔有人从茅屋下抬起鹰一样的眼睛，看到的永远只有面前的黑色山峰。他们不知道山之外世界的模样。祖先来到了这片深山老林，深山就像魔王一样锁住了后人飞翔的翅膀。生活，几千年都像大山一样静默、恒常。

又是一条大峡谷，汽车群山中疯转，白天到夜晚，没有止境。峡谷山脉之上，一个叫九甲的地方，山低云亦低。海拔三千多米的大雪锅山，云中青一片绿一片，深不见底的峡谷在脚底被一块石头遮挡，又被一条牛遮挡。移动一步有一个不同的景致。

在九甲的第二天，随着赶集的苦聪人走进大峡谷中的一条山径，浓密的树林中只听得到人说话的声音、脚踩踏泥土的声音，却看不到近在眼前的人。站在石头上，放眼峡谷，那空旷的幽蓝与天空相接。远处的寨子却清晰可见。那里有木瓦做的楼房。一位背背篓的老人说，那里是寨子山、领干、凹子几处山寨，住了一百二十多户熊姓人家。很久以前，他们的祖先一个人从江西迁来。

又是一个汉人来到一个原始而遥远的世界，在今天，乘飞机、坐汽车，也得几天几夜，它至今仍与现代社会隔绝。

在一座大山又一座大山出现在他脚下又从他脚下消失的时候，他为什么没有想到停留？寒来暑往，多少年的行走，只要从睡梦中醒来，他的脚步就迈动了，那是一种怎样的心境？他也许相信自己的脚步再也停不下来了。是什么缘由，他在九甲这样的地方停下来了？是原始部落人让他感觉安全，还是哀牢山大峡谷如同天外一般的仙境，再也闻不到人间的气息？或者是闻不到了汉人的气息，汉文化的气息？他是要背叛？行走如此之远，若不是非同寻常的大灾难，他不会离自己的文化如此遥远。当文化也远如云烟，那是安全的最大保障。也许，他是一个不屈者，人性中出走的情结、反叛的情结、离经叛道的情结，让他只想走到天之尽头。

在寨子山的高山之上，守着自己的后人，一块神秘的石碑立于一座坟边。这座坟留下了他人生的秘密。

石碑鲜为外人所知,几乎没有人进去过。九甲有镇政府的人去了,面对深奥难懂的古文,什么也读不懂,只认出了他的名字——熊梦奇。

突兀的寨子取名文岗。悬倾于峡谷的木楼高两层宽三间。长而宽的峡谷,只有它兀立于森林与陡坡之上,一种决绝的气息,从大峡谷中凸显,强烈,分明。

想走近它。也许,石碑刻下了一个寨子的秘密。

走过一段路,天色暗下来了,无奈之中,只得在密林中的小道返回。无边森林的飞禽走兽在暮色中发出了阵阵奇怪的叫声。

晚上看苦聪人表演苦聪"杀戏"。早早地,地坪上搬来了大刀、花灯、红旗和粗糙简陋的头饰。纸扎的头饰造型奇特,尖角很多,有的帽顶上插了三角旗,有的还在后面做了花翎。纸做的各种不规则的几何形灯箱,写上毛笔字,用长杆立在坪地四角,做了演出场地的装饰物。一群苦聪青年男女在地坪换戏装,女的穿上了红裙,戴了花帽,男的穿花的长袍,有的围白毛巾。他们寡言少语,脸上表情僵硬。

铜的钹、铜的小锣敲起来了,杀戏开演。只有喊叫,偶尔的唱腔也像在喊,没有弦乐伴奏,拿刀枪的男人穿着碎花长袍或拖着两条长布,在锣钹声中跳跃着,锐声说上一段话,就拿着刀枪,左手高举,双脚高高起跳,表演起来像道士在做道场。乐器只有锣和钹,用来敲打节奏,节奏并不狂野,也不紧迫,像西南少数民族生活那样不急不缓,永远让心在一边闲着。快节奏的时候,有人吹响了牛角号,还有西藏喇嘛吹的一种拖地长号,放在地上呜呜地响。他们不断重复跳跃、打斗。我终于看出来了，他们表演的不是自己的生活，而是三国里的人物。

汉文化还是传播到了哀牢山中。这也许与熊家寨不无关系。这么山高水远的逃避之路，不会是一个大字不识的平民百姓所为。为生计或者躲避平民百姓所遭遇的灾祸是用不着跑这么远的。也许，是他内心深处已经嗅不得一丁点汉文化的气息？这熟悉的气息不消失，他就会感到威胁。他只有走到一个连汉文化气息一丝一毫也没有的远方，心灵才会真正安宁下来。只是，他自己身上散布出去的汉文化气息是可以例外的，他不会感到不安和威胁。他不自觉地把汉人的历史汉人的文化带到这个原始部落。也许，他的身后有一个重要的事件，也许，他是倾国家之力追捕的要犯？正是他给历史留下了一个千古悬念？

然而，他最终还是不得不回到汉文化，用汉文字写下自己的墓志铭。一个讳莫如深的人，当他走到生命的尽头，他愿意讲点人生的秘密，他害怕自己被历史埋没得无声无息没有半点踪影，生命结束得如同草寇，一抔黄土掩埋于荒野之地，生命就永远消失于荒芜时空了。但他必须用莽莽群山来隐藏，他仍然害怕，他也许想到了后人，他不希望被自己累及。他于是用古文字，以汉文字最隐蔽的表意功能，写下了谜一样的墓志铭。他只想等待朝代更替后遇到高人，他可以来破解他的秘密，墓碑上的铭文至少给自己的身世留下了一份希冀。

晚上，月亮从峡谷升了上来，又大又亮，把天空云彩照得如同大地上的冰雪。大山却沉入更深的黑暗。

大西南偏僻之地，自古的化外之地，直到明代建文四年镇沅才有文字记录历史。据县志载，乾隆三十四年，镇沅发大水、地震，上空有星大如车轮或自北飞南，或自南飞北数次。又载，乾隆五十四年十二月,恩乐天鼓鸣,黑雾弥空,有巨星自东陨于西北。1922年,有人从北京带回一架脚踏风琴,事情记入县志大事记,成为那年唯一的一桩事件……

雨后的山风吹来,人轻得像飘浮起来了,一种奇异的感觉,山拱伏于足下,呼吸透明,心亦空明一片。头上硕大的月亮,好像在飞,而幽黑峡谷中的熊家寨好像沉入了永恒的时间之海。

在山脊的水泥路上徘徊,直到一阵越来越密集的雨在树林里落出了声音。走进房子里的时候,我在想,一个人的决定,有时影响的不只是他的一生,是世世代代。他在做出人生的决定时,经过冷静思考吗?一个人走向西部,这是一条多么荒凉的路!它一闪念出现在想象中,心里就像爬过一条冰冷的蛇。我想,这不是一时冲动的结果。他们一定认为自己对社会与人的深切体悟与认识,是最接近真理的。因而,在漫长岁月的考验中,他们绝少翻悔后退。他们在异地僻壤获得了心灵的安宁。

一个人,数百年前迈开的一双脚,多么微不足道,多么渺无音讯,何况飘散在时间的烟雾中,早已泯去了痕迹。然而,西部的山水,偏僻而森然的风景,却将岁月的一缕悠远气息飘来,如时间深处的风拂过,带来了那些微小的但却与人生之痛紧紧联结的瞬间。

在南方的一些古老村落,正如祖先预料的那样,世世代代,事情一直沿着他们的想象前进,直到今天。在隔绝的环境里,时间的魔法把一个人变成一个连绵的家族,如同一棵南方的榕树在大地上独木成林。譬如湖南岳阳的张谷英村,张谷英就是六百年前从江西翻山越岭而来的人,他憎恨官宦生涯,辞官归隐，寻找到一个四面山岭围绕的地方，过起与世隔绝的生活。这个以他名字命名的村庄，两千多人全都是他的子孙。当年日军也没有找到他的村庄。

又譬如，贵州贞丰县北盘江陡峭的悬崖下，隐蔽的小花江村，当年一户梁姓人家从江西迁徙到了这里，他的石头屋前是湍急的江水在咆哮，屋后静默着屏幕一样的山峰，鸟翅也难以飞越。当年红军找到这个隐藏的险地，在峭壁间架设悬索，从这里渡过了北盘江。他们都是一个人的决定，却影响了一个氏族的去向与生存。这不能不说是生命的一个奇迹！

天刚放亮我就起床了，峡谷里被云填满，像一个雪原晶莹透亮，这天我去千家寨看一棵两千年的老茶树。几千米的大山都在原始密林下攀登，这不只是在挑战人的体力，也是在挑战人的毅力，一切都到达了极限的状态。晚上回到九甲，腿脚连迈过门槛的力气也没有了，小腿、大腿都酸痛得抬不起来。去熊家寨的愿望再也没有可能了。

熊梦奇，留下一座墓碑给了历史。在苍茫的岁月中，它的神秘将一直穿越时空。

一户汉人

西部，让我陷入一个人的幻想——

他正坐下来休息，他太累了。在时间的深处，你看不到他。但他的确在休息，摸出一张小纸片，再从袋里捏出一丛烟丝，把它裹了，吐吐唾沫黏合好，一根喇叭状的烟就卷好了。随着长长的一叹，一口乳白色的烟如雾一样飘向空中，瞬息之间就没了踪影。

这是一种象征，很多事物就是这样只在瞬息。无踪无影的事物遍及广袤时空。好在上帝给了人想象的能力，虚无缥缈之想其实具有现实的依据。他就是这样，一个微不足道的事件，烟一样消散。但后人可以想象他，塑造他。这可以是迁徙路上的一个瞬间。他或许是流民，或许是避难者，或许是流放的人，或许还是一个有梦想的人……但毫无疑义，他是一个村庄、一群人的祖先。

他的后人卷起那支烟时，那烟已经叫莫合烟了。

莫合烟只有西部的青海、新疆才有，他要去的方向就是那里。这是一次向着西北的迁徙。

他来自陕甘，他有西安出土的兵马俑一样的模样。

往西北，天越走越低，树越走越少，草也藏起来了，石头和砂刺痛眼睛。他走过一片沙地，出现了一小块绿洲，但是没有水。他只是在一袋烟的工夫就穿过了这片绿洲。更广大的沙地，他走了一天才把它走完。

绿洲再次出现的时候，这里已经有了先到者。他在渐渐变得无常和巨大的风里睡过一夜，再次上路。

他走了三天才遇到一块绿洲。绿洲已经有一座村庄，这是一座废弃的村庄，被风沙埋了一半。他用村庄里的锈锄头扒开封住门的沙土，住进了别人的村庄。他一住半年，这个村庄里的人又回来了。这情景西部常有。

他又遇到一片绿洲的时候，已经走了7天。晚上住在一堵土林下，听到有人在喊他，又听到了哭声，他也喊，他的喊声无人答理。哭声越来越大，拂晓时变成了哭号。

太阳出来时，一切平静如常，广阔的荒野什么也见不到，一片苍凉。夜幕降临后，喊声、哭声又起，天天如此。他想到了自己村庄被剿杀的人，想到了这些灵魂也许跟着他一起到了逃亡的路上。他害怕。他不知道大漠上的魔鬼城，风沙是能哭泣的。他不得不再次上路。

他得与风打交道了，有时是顺着它们，有时是横穿过它们，有时是逆着它们，风中的沙石越来越多，打在脸上有点痒。他被一团风裹进去，里面只有微弱的光，他再也无法看到远方，看到方向。他不知道沙尘暴，第一次与它打交道，他以为自己从此进入了另一个世界。以前，变化是一点一点的，他还可以联想到远去的世界，现在，沙尘暴像一股洪水冲断了这样的联系，他以为再也回不到从前的世界了。他开始惊恐。

几天之后，太阳出现了，远方的地平线也出现了，他才知道这是一阵风，一阵长长的比梦境还长的风，不同于以往任何时候见到过的风。他从此要与这样的风打交道了。

沙漠是怎样出现的，他又是怎样走到了沙漠的深处，是怎样又找到沙漠深处的一片绿洲，这样的信息在他的后代传递着生命的过程中消失了。

大西北沙漠中那些把一个满天石头或沙子的地方取名叫作汉家寨、宋砦或是别的标明自己汉人身份的地名，至今住的不过几户、十几户人家，干打垒的房子，都是泥土与红柳条筑起的土房。这是来自陕甘的迁徙者最终落脚的地方。他们的生命在与严酷的自然环境搏斗中，一个接一个殒没了。但生命依然在继续。

千年历史中，他们陆续迁徙到了这里。与南方一个人的迁徙繁衍出一个大家族不同，塔克拉玛干沙漠严酷的环境抑制了生命的繁殖力量。他们在大漠深处的生存如同芨芨草，在适应与抗争的过程里生命的火种不能燎原，却持续不灭。

他们与北方的走西口、闯关东不同，那种迁徙大多与灾荒和生存有关，而他们长途迁徙与战争和围剿相关，与异族、宗教相关。血腥的历史浸染了这块土地。常常是一个民族或一批人居住，之后，杀戮到来，这里又变成了另一个民族另一批人的居住地。甚至，佛教与伊斯兰教也在这里更替。

这几乎就是那条丝绸之路，也是当年玄奘西去取经的路。我在昆仑山下塔克拉玛干南面行走，我看到了公路上踽踽独行的人。就在这个人从我车窗一闪而过的瞬间，我看到了他迈出的脚——一双粗布鞋包裹的脚。在这样广大的沙漠世界，这迈步的动作多么微不足道。但这个与我相遇的人仍然立场坚定，交替举步。百里外的村庄，得靠人的意志和毅力抵达。

沙漠里生活的人，都得有这样顽强的意志。

一阵风沙袭击，沙暴像白色云雾飘过黑色路面，紧随后面的黑暗如墙移动，只在片刻吞灭了一切。车子急刹中差点翻下公路。这是车灯也射不穿的黑暗之墙。车外的世界不见了，那个踽踽独行的人也被风沙吞没。车窗关死，我还是闻到了浓厚而呛人的沙土腥味。嘴唇紧闭，牙齿里仍然有砂粒嚓嚓磨响。

沙暴过后，千里戈壁是现实的洪荒时代，阳光下的砂石，泛出虚白的光，灼伤人的目光。抬头看见一片片的绝望，不敢相信这片地球上灼伤的皮肤，会有穷尽的一刻。它被天穹之上狂暴的太阳烤干了、烧毁了。黄色、褐色、白色，一条条伤痕从昆仑山斜挂着泻了下来，大地向着沙漠腹地倾斜，石头的洪流，大海一样宽阔，没有边际。

云朵，躲在地平线之下，与戈壁一样从地平线上冒出来。它们紧挨大地的边缘，没有胆量向辽阔而靛蓝的苍穹攀升。迁徙者也许曾朝着天边的云朵迈步，相信云朵之下的雨水和绿洲。

地平线是一条魔线，把布匹一样的戈壁抖落出来。太阳的火烈鸟向着地平线归巢。车朝向浑圆的太阳鸟跑，弯曲的地球微微转动。太阳被追得落不了山，悬在前面，落像未落。

一座水泥桥，桥下石头汹涌，在人的咽喉里涌起一阵焦渴。桥在干渴里等待昆仑山冰雪融化的季节。它在沙里已经有些歪斜，像渴望到无望的人萎靡了精神。一年一度，夏季浊黄的雪水裹带着山坡上的砂石，从这里冲进沙漠，一直盲目地冲进塔克拉玛干沙漠腹地，这是沙漠绿洲生存的唯一原因。

前方出现了沙枣、杨树。这是于田的地盘，一个村庄出现。

进村里，去寻找水源。一排杨树后，一口篮球场大小的水塘，塘里的水发黄。于田人叫它涝坝水。它是昆仑山冲下来的雪水贮存起来的，一年的人畜饮用就靠这塘水了。

走进一户人家，男的是这个维吾尔村唯一的汉人，姓刘，许多年前他从一个汉人的村庄迁来。正是维吾尔人的古尔邦节，他们一家人围坐在土炕上，吃着炖羊肉。女主人下了炕，把地窖里藏着的冰取出来，放上糖，端给我。这是天然的冷饮。它那杏黄的沙土颜色，让我感到不安。茫茫戈壁，黄色是让人陷于绝望的颜色。绿色，只是幻觉。白色是缥缈梦想——那是昆仑山上的积雪、天空中的云朵。在黄色泥土的平房里，如同走进了泥土的内部。泥里的光幽暝、暗晦。黑暗中发亮的黑眼睛，汉人的黑眼睛，是两个怯生生的孩子朝我打量。

男人不吭声，一个奇怪的人，几乎不会说话。出于什么禁忌，他家院门经常落着一把挂锁，到节日才打开一下，平常出入须翻一人高的围墙。停在院内的自行车也从围墙上扛进扛出。院内的一棵杏树是用洗手水养活的。树下两个铁皮箱，用来取水，由毛驴把装满水的铁皮箱运回家。水，也从围墙上抬过来。

吃过饭，男人去看他种在沙地上的哈密瓜。一根拇指大的塑料管，相隔十几公分伸出一节草根大的短叉管，从水塘抽上来的水，从这短管里滴落几滴，哈密瓜就能发芽了。生存的智慧用在了对水的精确计量上。

这个祖先从陕甘迁来的人，已经忘记了还有一条日夜奔腾的黄河，忘记了那土地上灌溉的水渠。他融进了沙漠，不再知道沙漠外的事情。不知道这里的土地是大地上最干渴的土地。祖先的迁徙，已海市蜃楼一般飘远。

他坐下来休息，摸出一张小纸片，再从袋里捏出一丛烟丝，把它裹了，吐吐唾沫黏合好，一根喇叭状的莫合烟就卷好了。相同的动作，多少世纪在一双双男人的手上传递。他递烟给我，我摇了摇头。他自己点着了火，随着长长的一叹，一口乳白色的烟如雾一样飘向空中，瞬息之间就没了踪影。

姓刘的男人在我起身告辞的时候，问到了西海固，那是他祖先居住的地方。他问那个黄土高原上水是不是也很金贵。

午后，一场风暴从北方的沙漠深处刮来，空气从灼热开始转凉，沙尘如同云雾在远处的地面上浮动，很快将吞没这个只有十几户人家的村庄。这个叫托格日尕孜的地方，曾经有一个叫库尔班·吐鲁木的老人骑着一头毛驴去了北京。他走到策勒县时被家人追了回来。后来他又上路了，到了北京，见到了毛主席。

我抬眼作最后的打量，高高的杨树就像梦境里的事物一样不能真切。我在逃离风暴的车里，看到它瞬息间卷进了风沙中，像梦一样消失。

大地上又变得空空荡荡。而村庄没有一个人逃离。汽车在沙尘暴前面狂奔，这个在沙漠像南方雾天一样习见而平常的事物，在南方人眼里却像沙漠怪物。其实，在它的面前，我无处可逃。它就像时间的烟雾，把世间的一切抹去。

■ 徐　可

作 者 简 介

　　江苏如皋人。北京师范大学文学学士、文学硕士、哲学博士；中国作家协会会员，启功研究会理事。《文艺报》副总编辑，高级编辑。以散文写作和研究为主，兼及小说、评论、报告文学等。作品散见各大报刊，被《新华文摘》《小说选刊》《散文选刊》《中华文学选刊》等转载，作品入选多种选本和语文课本，并被多地作为中考高考范文。结集出版有《三读启功》《为了我们的明天》《三更有梦书当枕》《三更有梦书当枕（之二）》《现代名家小品赏析》等，译著有《汤姆·索亚历险记》《六个恐怖的故事》《热水河》等。曾获中国新闻奖、丰子恺散文奖、中国报人散文奖、中国海洋文学奖等。

作家印象

徐可是谦谦君子,他的文章也如其人般温润如玉。

白居易说:"感人心者,莫先乎情。"冰心也说过:"你的感情只要有一点儿不真实,读者一下子就会念得出来。所以要对自己真实,要把自己的真情实感写出来。"这是徐可最喜欢的两句话,他常常把它们作为写作的座右铭。徐可的每篇散文都是用心写出来的。所谓"用心",第一当然是指态度认真,不马虎,不将就;第二更是指感情真挚,发自内心。

不论在生活还是在写作中,他都不允许有欺骗——欺骗读者,欺骗作者,欺骗文学,欺骗自己。正因为如此,他的散文真实,饱满,真诚。他将他的作品和读者当作朋友,他与他们推心置腹,谈天说地,毫无保留,他将自己坦荡地交给读者,交给未来。

让我们同他一起等待他所期待的美好明天。

——李 舫

司马迁的选择

■ 徐 可

一

汉武帝天汉二年（公元前99年）的秋天，一股肃杀之气弥漫在京都长安城内。秋风萧瑟，草木枯槁，寒意袭人。

这一年，对太史令司马迁来说，是黑色的，他的人生从此堕入无尽的寒冬和黑夜；而这场灾难，又如凤凰涅槃一般，成就了人类文明史上一位百科全书式的文化巨人。

这年夏天，"飞将军"李广之孙——西汉名将李陵率领五千步卒，从居延出塞，向北行军三十余日，进展顺利，最后深入浚稽山一带扎营。可是不久，李陵所部遭遇匈奴大军围攻。他身先士卒，智勇果敢，杀敌过万。但由于叛徒告密、矢尽粮绝、后无援军，终于战败被俘。消息传来，武帝大怒，大臣们也见风使舵落井下石。就在这一片讨伐声中，司马迁站了出来，勇敢地为李陵做了辩护：

"夫人臣出万死不顾一生之计，赴公家之难，斯已奇矣。……

且李陵提步卒不满五千,深践戎马之地,足历王庭,垂饵虎口,横挑强胡,卬亿万之师,与单于连战十有余日,所杀过当。虏救死扶伤不给,旃裘之君长咸震怖,乃悉征其左右贤王,举引弓之民,一国共攻而围之。转斗千里,矢尽道穷,救兵不至,士卒死伤如积。然李陵一呼劳军,士无不起,躬流涕,沫血饮泣,更张空弮,冒白刃,北首争死敌者。"

"李陵素与士大夫绝甘分少,能得人死力,虽古之名将不能过也;身虽陷败,彼观其意,且欲得其当而报于汉;事已无可奈何,其所摧败,功亦足以暴于天下矣。"

在司马迁看来,李陵置生死于度外,赴国家之难,这已经是非常难得的英雄壮举了。他深入匈奴腹地,以五千步卒对抗八万骑兵,并杀敌万人。如今事情已经无可奈何,但如此卓越战功,也足以向天下显示他的本心了。虽然他最后投降了,但我相信,只要一有机会,他还会重新报效汉朝的。

这一番话条分缕析,入情入理,有节有据。司马迁讲这些,没有丝毫私心。"仆窃不自料其卑贱,见主上惨凄怛悼,诚欲效其款款之愚。""欲以广主上之意,塞睚眦之辞。"他想用这番话宽慰皇上的心胸,并堵塞那些攻击、诬陷李陵的言论。没想到,他的几句话如同一勺凉水倒进沸腾的油锅里,不仅没有降温,反而点燃熊熊烈火。汉武帝认为,司马迁为李陵辩护,实是讽刺汉武帝的宠臣贰师将军李广利的庸懦无能,而讽刺皇帝宠幸的人,也就是讽刺皇帝本人。汉武帝大怒之下,当即把司马迁投入大牢。不久,又误传来李陵为匈奴练兵的消息,震怒的汉武帝下令杀了李陵全家,并判处司马迁死刑。

这一年,司马迁37岁,正在全力著述的《太史公书》(《史记》）已经进入第七个年头。如果司马迁此时被杀,将是中华文明史上的巨大损失。

二

司马迁的童年是在故乡左冯翊夏阳县（今陕西韩城市）度过的。在父亲的指导下,他刻苦学习,"年十岁则诵古文"。20岁的他已研习了当时所能见读的今、古文典籍,学问具备了坚实的根底。汉武元鼎元年（公元前116年）,司马迁开始壮游天下。他从长安出发,足迹遍及江淮流域和中原地区,所到之处考察风俗,采集传说。在汨罗江畔,他凭吊屈原投水自杀处,深为诗人的伟大人格与不幸遭遇所感动:"余读《离骚》《天问》《招魂》《哀郢》,悲其志。适长沙,观屈原所自沉渊,未尝不垂涕,想见其为人。"（《屈原贾生列传》）"想见其为人"这句话,在《史记》中至少出现了两次。还有一处是:"余读孔氏书,想见其为人。适鲁,观仲尼庙堂车服礼器,诸生以时习礼其家,余祗回留之,不能去云。"（《孔子世家》）当司马迁与屈原、孔子等古圣贤相遇时,他的脑海里浮现出传主的音容笑貌,不禁潸然泪下,低回不能去。他把自己的感情直接带入文中,丝毫不掩饰自己对先贤的追慕和怀想。他是带着感情来写传主的,而不是冷冰冰的。

元封元年（公元前110年）,司马迁的父亲司马谈不幸逝世,弥留之际,要求儿子在他死后一定要接任太史的职务,一定要完成他生前未能实现的宏愿:继续孔子的事业,作第二部《春秋》。"余死,汝必为太史;为太史,无忘吾所欲论著矣。"面对赍志将终的父亲，司马迁俯首流涕，对父亲立下了庄严的誓言：

"小子不敏，请悉论先人所次旧闻，弗敢阙！"

司马迁深深地理解父亲的心愿。面对父亲的重托，他做出了庄重承诺，也做出了他人生中的第一次选择。这次选择，确定了司马迁的人生目标和价值标准。他立志要当一名历史学家，要写出一部伟大的史书。

元封三年（公元前108年），司马迁继任太史令。他"紬（读）史记、石室、金匮之书"，开始了庞大而浩繁的资料整理编辑。太初元年（公元前104年）正式开始著述。

正当司马迁全心全意撰著《史记》的时候，一场飞来横祸使他深陷于生命的绝境之中。

三

司马迁被投入监狱后，很快以"诬上罪"被判处死刑。

据汉朝的刑法，死刑有两种减免办法：一是拿50万钱赎罪；二是受"宫刑"。如果这两条路都走不通的话，就只有死路一条了。

司马迁又一次面临人生的选择，而且是生死抉择：是选择生还是选择死？

求生避死，是人之本能。司马迁受到冤屈，当然也有活下去的权利。为了活下去，现在他有两条路可走。

第一是花钱赎罪。司马迁官小家贫，当然拿不出这么多钱赎罪。"家贫，财赂不足以自赎。"不唯如此，往日的亲朋好友就像对待瘟疫一样避之唯恐不及，没有谁敢去为他说上一句好话,没有谁肯出资为他赎罪。"交游莫救,左右亲近不为一言。"这条路显然是走不通了。

二是接受"宫刑"。宫刑是肉刑中最重的一种刑罚,也是最惨无人道的一种徒刑,仅次于大辟(死刑)。接受宫刑之后,一个正常的人就变成废人,与太监无异。孔夫子强调:"身体发肤,受之父母,不敢毁伤,孝之始也。"一个人的身体发肤尚且不能受到损伤,何况是阉割生殖器这样的极刑?所以受过宫刑的人,被视为对祖先大不孝,生前受人歧视,死后不能入祖坟。宫刑不但给当事人的身体造成巨大伤害和痛苦,而且残酷地摧残人的精神,极大地侮辱人格,这是士大夫万万不能接受的奇耻大辱。作为一个深受儒家思想影响的知识分子,司马迁比一般人保有更高的个人尊严,当然不愿意忍受这样的刑罚。他说:"祸莫憯于欲利,悲莫痛于伤心,行莫丑于辱先,诟莫大于宫刑。"

既然无钱赎罪,又不愿苟且偷生,那么,现在就剩下最后一条路了:接受死刑。中国古代文人特别重视个人名节,把它看得比个人的生命都重要。宁可丧失生命,不能丧失名节。司马迁不怕死,事实上他也考虑过接受这一选择。"人生实难,死如之何!"牺牲生命,以"全其名节",这是司马迁最好的选择。

然而,如我们所知,司马迁最终选择的是第二条路:接受宫刑。他接受了阉割,接受了奇耻大辱,从此成了一个与太监一样的废人,成为一个苟且偷生的废人,终生生活在奇耻大辱中,生活在别人的白眼和鄙夷中。

难道他忘了先贤的教诲吗?难道他贪生怕死吗?

不。司马迁没有忘记先贤的教诲,他也不怕死。他之所以在这生死关头选择屈辱地活下来,是他想起了自己肩负的使命:

他还有大业没有完成。他的心里有一个伟大的任务,有一个伟大的理想,他要写一部在他之前还没有过的、贯通千古的史书。这不仅是他的目标,也是他父亲的目标。他不能死,他的生命已经不属于他自己,他得为这个目标而活着。

接受宫刑,司马迁经受了痛苦的灵魂挣扎。他在《报任安书》中详细叙述了当时自己的心理纠结:"夫人情莫不贪生恶死,念亲戚,顾妻子;至激于义理者不然,乃有不得已也。……仆虽怯懦,欲苟活,亦颇识去就之分矣,何至自沉溺缧绁之辱哉?且夫臧获婢妾,由(犹)能引决,况仆之不得已乎?"遥想司马迁在牢狱里的那段日子,应该度过了多少个不眠之夜。生存,还是死亡?这是一个问题。这个问题折磨得司马迁犹如万箭穿心,痛苦不堪。他的心在生与死的选择中备受煎熬,他要努力说服自己坚强地活下去。

接受宫刑,司马迁遭受了残忍的肉体虐待。"身非木石,独与法吏为伍,深幽囹圄之中,谁可告愬者!""今交手足,受木索,暴肌肤,受榜箠,幽于圜墙之中,当此之时,见狱吏则头抢地,视徒隶则正惕息。"除了被阉割生殖器之外,司马迁在监狱中还受到了非人的虐待,以至于他看见狱吏就叩头触地,看见牢卒就恐惧喘息。这样的情景想起来就令人揪心!

接受宫刑,司马迁承受了沉重的精神压力。"仆以口语遇遭此祸,重为乡党戮笑,污辱先人,亦何面目复上父母之丘墓乎?虽累百世,垢弥甚耳!是以肠一日而九回,居则忽忽若有所亡,出则不知其所往。每念斯耻,汗未尝不发背沾衣也。"

受宫刑对司马迁是一种难以忍受的侮辱,是对司马迁精神和肉体的无以复加的折磨和摧残。

当他的身体和精神备受摧残和凌辱的时候，为了维护人格的尊严，他曾多次萌生自杀的念头。但一想到《史记》尚未完成，他便涣然清醒了，他告诫自己：他无权选择自尽！"(《史记》)草创未就，会遭此祸，惜其不成，是以就极刑而无愠色。"他从古圣先贤发愤著书的榜样中获得力量，终于战胜了人生的大灾难、大痛苦、大屈辱，为自己寻求到了一条未来的战斗道路：隐忍苟活，发愤著书。"所以隐忍苟活，幽于粪土之中而不辞者，恨私心有所不尽，鄙陋没世而文采不表于后世也。""发愤著书"，是司马迁选择"隐忍苟活"的唯一目的、唯一动力。为了实现父亲的遗嘱，为了实现自己的承诺，他以沉雄果毅的大勇主动申请接受奇耻大辱。宫刑对司马迁的肉体和精神都是一种莫大的摧残；但是对于司马迁思想的升华，却起到了莫大的推动作用。

司马迁虽自认"怯懦"，但实际上他是个有血性的人，他赞赏那种有作为、有骨气的汉子，而瞧不起那种浑浑噩噩、庸庸碌碌的人物。但是他也认为大丈夫抱有命世之才，自当暂忍一时之困辱，以图后日之功效。"向令伍子胥从奢俱死，何异蝼蚁？弃小义，雪大耻，名垂于后世，非烈丈夫孰能致此哉？"(《伍子胥列传》)他是用这个尺度来衡量古人的，也是用这个思想来指导自己的行动的。"假令仆(当时)伏法受诛，若九牛亡一毛，与蝼蚁何以异？而世又不与能节者，特以为智穷罪极，不能自免，卒就死耳。何者？素所自立使然。"司马迁的这种生死观，是推动他忍辱著书的巨大动力。

同时，司马迁对于自己事业的正义性是充满自信的。他是个历史学家，他要通过写历史的方法，寓褒贬、别善恶，用自己的《史记》来显示自己的社会理想，他要用写历史的手段来达到改良社会、实现理想的目的。正是对事业这样的无比自信，促使他如此坚定地"述往事，思来者"，才使他如此急切地渴望着"藏之名山，传之其人"。如果一个人缺乏明确的理想，对自己所从事的事业没有坚定的信念，那他还会有什么行动的力量呢？

四

司马迁接受宫刑后，仍系狱服刑，直到太始元年（公元前96年）"夏，六月，赦天下"，司马迁方有机会被赦出狱。他以极大的毅力忍受着巨大的屈辱，全力以赴、争分夺秒地撰写《史记》。

李陵之祸，让司马迁重新审视他的撰述工作。他对汉武帝、对汉王朝有了新的认识，《史记》的编纂主旨也发生了重大变化，由原来的为汉武帝歌功颂德改为"究天人之际，通古今之变，成一家之言"。他秉笔直书，在称赞汉武帝功德的同时，也斥责了汉武帝"内多欲而外施仁义"，《史记》成为真正意义上的第二部《春秋》。

征和二年（公元前91年），司马迁终于完成了《史记》这部巨著。这年十一月他在《报任安书》中向知己任安通报了这个消息。现在，他已没有遗憾，没有牵挂，可以坦然走向死亡了。

这是司马迁人生中的第三次重大选择，也是他最后一次选择：死亡！他的使命已经完成，现在他可以慷慨赴死了，以死抗争，以死明志，以死洗刷汉武帝带给他的耻辱！第一次选择，是遵父嘱而做，确立人生目标。第二次选择，是被汉武帝所逼，在生死关头他选择了隐忍苟活，发愤著书。而第三次选择，则是他主动做出的，在没有任何外力的情况下，他主动选择了死亡。他不怕死，但是要死得其所，死得有价值，死得"重于泰山"。

《报任安书》是司马迁的一次总爆发，也是他勇敢地面对死亡的挑战！"要之死日，然后是非乃定。"司马迁决心用死来洗清那么多年来所受的屈辱，他要用壮烈的死来表明自己的心迹，让他和《史记》的价值真正地被人们认识。所以现在，死，对他来说并不是一件可怕的事情，而是他心甘情愿接受的结局。"仆诚已著此书，藏之名山，传之其人通邑大都，则仆偿前辱之责（债），虽万被戮，岂有悔哉！"学界多数认为，正是这篇《报任安书》再一次触怒了汉武帝，致使他最终杀死了司马迁。

多年来，我曾多次阅读《史记》，我是把它当成伟大的教科书来读的。书中那些英雄给我无尽的遐思和启迪。"人固有一死，或重于泰山，或轻于鸿毛，用之所趋异也。"在中国，这句话因为一位伟人的引用而深入人心。在生与死、义与利、荣与辱之间，司马迁做出了人生正确的选择，他用自己的抉择完美地诠释了生命的价值。

（本文有删节）

■ 叶兆言

作者简介

　　1957年出生，南京人。1974年高中毕业，进工厂当过四年钳工。1978年考入南京大学，1986年获得硕士学位。80年代初期开始文学创作，主要作品有八卷本《叶兆言中篇小说系列》，三卷本《叶兆言短篇小说编年》，长篇小说有《一九三七年的爱情》《花煞》《别人的爱情》《没有玻璃的花房》《我们的心多么顽固》《驰向黑夜的女人》，散文集有《流浪之夜》《旧影秦淮》《叶兆言绝妙小品文》《叶兆言散文》《杂花生树》《陈年旧事》等。

作家印象

　　从小便顶着祖父叶圣陶、父亲叶至诚光环的"听话的老实孩子"叶兆言，从来没想到过要做一名作家。祖父和父亲作为知识分子的戏剧化命运，让他对文字爱恨交加。然而，缪斯却因此更加偏爱他。他出生时，父亲听从拆字先生的点拨，将自己姓名中的"诚"字拆出"言"，将母亲姓氏中的"姚"拆出"兆"，组合为他的名字，这便有了"叶兆言"。

　　20世纪80年代末期，凭着一鸣惊人的中篇小说《枣树的故事》和"夜泊秦淮"系列，叶兆言以一个"世故而矜持"的叙事者形象登上中国文坛，一发而不可收。

　　叶兆言说："我从不过高估计自己，每一次写作，我都把它当作对以往作品的拯救。"时至今日，"新历史主义""新写实主义""先锋派"，仍无法准确描述叶兆言的创作风格。评论家、史论家既推崇他的文人情怀和文化包容，也不得不承认他的创作给"热衷于归类的研究者出了难题"。不管是饱蘸笔墨，追忆秦淮遗事，还是淋漓抒怀，编织市井传奇，叶兆言的内心里都有着一股"撮身凌青霄，松风拂我足"的傲岸。然而，喜欢叶兆言的人却懂得，无论写什么说什么做什么——谈历史，谈生命，谈神佛，谈祖先，谈未来，谈灵魂——他傲岸的内心却有着一种不同寻常的匍匐，对普通人平凡生活的尊严总有着忍不住的关怀。这让他的作品始终充满了超越凡俗的悲悯与救赎。

——李　舫

清新庾开府,暮年诗赋动江关

■叶兆言

公元581年,诗人庾信的生命走到尽头。这一年是开皇元年,中国历史上一个重要王朝开始了,隋文帝杨坚建立隋朝。隋唐并称,没有隋,便没有盛唐。隋唐又与秦汉相似,秦灭六国,为后来的强汉奠定基础。隋清除了南朝的陈,结束南北朝分裂,再次统一华夏,为后来的大唐铺平道路。庾信没能见到统一,他年轻时是南朝的官员,后半生又在北方做官,是个很容易让文化人感兴趣的文化人。

庾信生前在北朝做过不小的官,头衔很多。他当过洛州刺史,当过骠骑大将军,当过开府仪同三司。究竟哪个头衔最大,哪个待遇更高,恐怕要请专家来解释。能肯定的一点只是,若要较真讨论官职,似乎在北朝的官更大,级别更高,"高官美宦,有逾旧国"。清新庾开府,我过去一直觉得"开府"是个小官,后来才明白开府能够仪同三司,可以享受"三公三司"待遇,或者说级别相当于"三公三司"。

不较真不知道,一较真吓一跳,就算是个没有实权的闲官,那级别那待遇,也是一般老百姓无法想象、望尘莫及的。三公三司是正一品,庾信是"从一品",什么叫一品大员,对照一下你身边的领导吧。因此所谓"庾信平生最萧瑟",也不过后人说说而已,供落拓的文化人用来聊以自慰。庾信文章老更成,暮年诗赋动江关,这是事实,沉沦穷巷埋没荆扉,采葛或者食薇,都只是诗人自说自话,千万不能当真。当然,说他左右逢源也好,四处讨巧也罢,大家印象最深,还是货真价实的文章。据说隋文帝对他的死感到很悲伤,下诏"追赠庾信原职,并加赠荆、淮二州刺史,由其子庾立世袭爵位"。

凌云健笔意纵横,始终弄不明白自己对庾信的真实情感,是真喜欢,还是真不喜欢。我向来是个矛盾的人,忽东忽西,一会左一会右。曾经很不喜欢屈原的《离骚》,为什么呢,因为他老人家没完没了地在文章中自我表扬。满招损,谦受益,虚心使人进步,骄傲使人落后,自小接受的文化教育,让我有充分的理由不喜欢吹嘘自己的人。对庾信的态度也如此,我知道他最好的作品是《哀江南赋》,把这文章列为六朝文章之首,怕是也不会有什么大错。

读庾信文章,意味着你要面对那些骈四俪六,要与那些花哨的句式做不懈斗争。用词美妙让你赞叹,典故生僻让你痛恨,有时候,你还不能不服气,不佩服真不行。你不得不投子认负,拜倒辕门。葵藿之心,庶知向日,犬马之意,何足动天。有时候,你又会猛然醒悟,特别赞同五四精神,会想到革命,想到文章有必要这么写吗,钱玄同先生曾气呼呼地给胡适写信:

玄同年来深慨于吾国文言之不合一,致令青年学子不能以三五年之岁月，通顺其文理，以适于用。而彼"选学妖孽"与"桐城谬种"，方欲以不通之典故，与肉麻之语调，戕贼吾青年。

批判的眼光看，骈文各种毛病，庾信一应俱全。也用不着等待五四青年出来造反，早在宋朝的苏东坡学士就已经看不下去。文起八代之衰，表面上赞扬了排名唐宋八大家之首的韩愈，实质上是痛斥无文不骈，忍受不了无语不偶。记得我上大学时，一位自认或公认成绩不错的同学说起作文诀窍，是他最喜欢用四个字的句子，所谓四个字，不外乎就是成语，就是对偶形式的骈句。很多同学都看好他，觉得他有才，结果证明大家都错了，除了掉书袋，除了才子气，这家伙写不出一篇像样的文章。

我曾听汪曾祺先生转述过沈从文先生的文章体会，这就是写小说，最好不要使用成语，可以取成语的意思，千万不要直接引用，否则会丧失鲜活之灵气。事实上，才子气和才华是两个完全不同的玩意。因此，无论阅读还是写作，我对才子气都始终保持一种警惕。清水出芙蓉，文章体制本天生，好诗不过近人情。坦白地说，我并没有读过多少骈文，庾信的文章看得也不多，印象深刻的只有《哀江南赋》和《枯树赋》，还有就是他的《拟咏怀诗》。

行家观点肯定看好《哀江南赋》和《拟咏怀诗》，也就是说老杜说的"暮年诗赋"代表作。我更熟悉的则是《枯树赋》，原因和"文化大革命"有点关系，在"文革"后期，也不知通过什么途径，传递出一条消息，说毛主席他老人家喜欢《枯树赋》，当时也不懂他为什么喜欢，心里开始惦记这件事。再后来"文革"结束,常常听父亲说起俞平伯先生的字好,怎么好,他临过什么帖,也不清楚,无意中看到黄裳文章,说俞喜临褚河南的《枯树赋》,于是多个心眼,找到这篇文章,死记硬背下来。背了也就背了,学而时习之,前些天聊到"树犹如此,人何以堪",我将《枯树赋》背给太太听,太太说不错,竟然还能背这个,基本上蒙对了。

还是回到前面说的那层意思,虽然能够背诵,我仍然不觉得《枯树赋》有多么了不得。它的优点和缺点都太明显,譬如说文字趣味,免不了因文害义,免不了僵硬强求,逻辑上屡屡说不太通。然而你又不得不承认它的文字优美,像一串串美丽的玻璃球,玲珑剔透。我们常说鲁迅文章有"魏晋风度"和"建安风骨",这个风度和风骨,既应该是内容,也可以是形式,最著名的句子莫过于写章太炎:

既离民众,渐入颓唐,后来的参与投壶,接收馈赠,遂每为论者所不满,但这也不过白圭之玷,并非晚节不终。考其生平,以大勋章作扇坠,临总统府之门,大诟袁世凯的包藏祸心者,并世无第二人;七被追捕,三入牢狱,而革命之志,终不屈挠者,并世亦无第二人:这才是先哲的精神,后生的楷范。

什么叫会写文章,什么叫文章写得漂亮,为什么鲁迅能有那么高的文学地位,多读几遍这样的文字,就一定能够想明白。凌云健笔意纵横,也不是什么人想玩就能玩的。土豪任性是有钱,文豪呢,文豪是你必须有一手好的文字功夫。有了好的文字,一棒一道痕,一掴一掌血。有了好的文字,你文章中的思想才能飞扬。有了好的文字,你的锦绣文章才会真正有思想。文采有时候很有可能害义,然而没有了文采,基本上就谈不上什么太大意义。

好吧,还是老老实实地承认自己喜欢《枯树赋》,我喜欢"小山则丛桂留人,扶风则长松系马"那样铿锵的句式,喜欢"建章三月火,黄河万里槎"那样的长吁,喜欢"若非金谷满园树,即是河阳一县花"那样的短叹。我也说不清楚自己为什么会喜欢这些,就算是小资情调吧,当然更喜欢结尾那几句,虽然盗版,虽然引用了别人的话,一旦背诵到那里,总会有种水到渠成的酣畅:

桓大司马闻而叹曰:昔年种柳,依依汉南。今看摇落,凄怆江潭。树犹如此,人何以堪!

毛主席他老人家为什么会喜欢《枯树赋》是个谜,在古代文学方面,毛的趣味不太像革命者。他不喜欢写出"朱门酒肉臭,路有冻死骨"的杜甫,喜欢说大话的李白,喜欢玩朦胧的李商隐和李贺。喜欢庾信更有些说不清道不明,在政治上,这人是个失节的"贰臣",在文体上,是形式大于内容花里胡哨的四六文。更具体地说,《枯树赋》中的那种人生失意、那种扭捏的没落情绪,根本不应该让身为领袖的毛泽东赏识。

感时花溅泪,恨别鸟惊心,也许文学欣赏本身就是复杂的,《枯树赋》中一头一尾写到了两个人物,一是风流儒雅海内知名的殷仲文,一是战功累累权倾朝野的桓大司马,撇开文章不谈,以人说事,这两位都没什么值得赞赏,都不应该成为后人榜样。

事实上，就像大家的观点一样，庾信也未必真欣赏这两位南朝人物。文章是写出来的，随手写到这两位，只是为了行文的开头和煞尾。

有这两个历史名人出场点缀，文章便起得漂亮收得干净，顿时有种来无影去无踪的特殊效果。殷仲文看着庭中挺立的槐树，发出"此树婆娑，生意尽矣"的感叹，桓温的感慨是"树犹如此，人何以堪"。初读时都有些突兀，然而没有这两人的前后响应，没有这些基本意思打底，《枯树赋》中再多金句，文字再怎么漂亮，也还是沙滩上建的七宝楼台，虽然炫人眼目，终究戳穿不得。

■ 阎晶明

作 者 简 介

1961年出生，山西人。中国作家协会副主席。长期从事中国现当代文学研究与评论。出版有著作《批评的策略》《鲁迅的文化视野》《我愿小说气势如虹》《鲁迅还在》等10余种。

作家印象

阎晶明首先是鲁迅研究专家，其次才是评论家。正因如此，"鲁迅"在他的文章中，永远有着不一般的存在，那不是冰与火而是灵与肉的关系。

面对鲁迅这样一位经典作家，永远有很多阐释的空间。表面上看，"吃鲁迅饭"的不在少数，然而，真正能与鲁迅心心相印的，其实并不多。我以为，阎晶明就是其中之一。他博古通今，这让他的鲁迅研究有着目不斜视的正大气象。数十年来，他怀着义不容辞的文化责任和学术担当，将鲁迅的思想、精神、创作、人生，以活的形态表达出来，努力让鲁迅形象成为中华民族的文学高峰、文化骄傲。

鲁迅的思想丰富复杂，阎晶明敏锐地体察到了这种茫无边际的丰富和五味杂陈的复杂。他将对鲁迅的研究扩展到鲁迅生活的方方面面。在《起然烟卷觉新凉——鲁迅的吸烟史》中，阎晶明曾写道："那些透着感情和思想，充满力道的文字，是在一种怎样的环境和心境中写出的？……而时常浮现在我眼前的鲁迅，是一位暗夜里的思想者……"阎晶明以深情细腻又客观冷静的笔触，一笔一画、认认真真地书写着他心中的鲁迅，努力还原鲁迅生活的每个瞬间。正因为如此，他笔下的鲁迅不再是冷冰、刻板，而是生动鲜活、有血有肉。

那是真正的鲁迅，是从纸页间喷薄而出的鲁迅。

——李　舫

一次"闪访"引发的舆论风暴

——鲁迅与萧伯纳

■阎晶明

不独是人心,世间发生的很多事情一样剪不断、理还乱,评说的人越多,纷乱程度甚至反而越高。萧伯纳1933年2月17日来访中国这件事,我已从准备到梳理经历了好几年,到现在还没有把握说整理清楚了当时的情形,包括事情的流程、在场的人员到底是怎样的,等等。这件事已经过去八十多年了,议论和说法都难得清晰,要说当时能见到萧伯纳的人,毫无疑问都是上海滩顶尖的文化名人了,怎么连这件事情的本来面目也说不清楚呢?

也许有人认为,一次来访,而且不过是个作家而已,值得这么"推敲"吗?的确,这一百年来,仅就诺贝尔文学奖获得者,从罗素(访时尚未得奖)到泰戈尔、萧伯纳,从勒·克莱齐奥到帕慕克,来中国访问的人数实在不算少。然而,没有一次访问能像萧伯纳一样,引发出如此强烈、长久的反响。如果说泰戈尔的访问是现代中国的一次文坛佳话,那么,萧伯纳的到访就是一次猝不及防的风暴。他登陆上海不过就大半天时间，去了两三个地方，与十几个或略多一点的人进行了交谈，甩下若干句幽默俏皮的话，然后就旋风般离开了。可是，就是这八个多小时，被中国的文人们谈论了八十年；就是那么几句话，被争论了半个多世纪；就是那么一段有多名记者追踪、包围，用笔、用照相机记录的过程，却成了一个无法复原的被撕裂的故事。

所有这些故事的发生及其后果，都与一位那天本是半道赶去的人有关：鲁迅。

由于梳理故事"流程"之难，在写此篇文章的时候，我甚至想到，旧上海的消失带来一个很大的遗憾，即我们无法沿着萧伯纳走过的路径重走一遍，去想象当年的那段故事了。资料，只有文字资料中的破碎、纠缠、矛盾，可以帮助我们尽可能磕磕绊绊地重述这件文坛往事。

先来看几个与故事有关的"情节"闪回。20世纪60年代初，邵洵美在上海监狱里与文学史教授贾植芳关在一起，有一次他对贾说："贾兄，你比我年轻，你还可能出去，我不行了，等不到出去了。""他郑重交代我，将来出来的话，有机会要为他写篇文章，帮他澄清两件事。第一，一九三三年英国作家萧伯纳来上海，是以中国笔会的名义邀请的。邵洵美是世界笔会中国分会的秘书，萧伯纳不吃荤，吃素，他就在南京路上的'功德林'摆了一桌素菜，花了四十六块银圆，是邵洵美自己出的钱。因为世界笔会只是个名义，并没有经费。但是后来，大小报纸报道，说萧伯纳来上海，吃饭的有蔡元培、宋庆龄、鲁迅、林语堂……就是没有写他。他说：'你得帮我补写声明一下。'还有一个事，就是鲁迅先生听信谣言，说我有钱，我的文章都不是我写的，像清朝花钱买官一样'捐班',是我雇人写的。我的文章虽然写得不好,但不是叫人代写的,是我自己写的。'他的嘱托,我记住了。"(贾植芳《我的狱友邵洵美》)

——可是,出钱订餐这件事除了贾植芳先生的"掭话"外,仍然没有一个确实的定论。

戏剧家洪深受一家团体(中国戏剧及电影文化团体)、一家报社(《时事新报》)委托前往迎接并采访萧伯纳,不想这样一位文艺大家,二月十六日下午跑到码头上,"向昌兴轮船公司打听了四次,小火轮几时开出;四次所得到的答复,都不相同","昌兴公司的主持人说,今天至少拒绝了两百个新闻记者,因为萧老先生怕麻烦,所以一切闲杂人等,船长命令不许登舟。我想蛮干一下,我说,'我上了小火轮,你未必能把我推下水去'。外国人说,'我至少可以把你推上岸去'"(洪深《迎萧灰鼻记》)。

——谁能见到萧伯纳,气氛从一开始就很紧张。

萧伯纳行程里还有访问北京,与上海的热烈"造势"相比,北京的情形却显两样。身在北京的胡适就有过俏皮的声明:"胡适之于萧氏抵平之前夕发表一文,其言曰,余以为对于特客如萧伯纳者之最高尚的欢迎,无过于任其独来独往,听渠晤其所欲晤者,见其所欲见者云。"(1933年3月20日路透社电讯)

——分歧在每一个层面和细节上都会产生!

一 "萧在上海不到一整天,而故事竟有这么多"

这个标题是鲁迅事后的感慨(《〈萧伯纳在上海〉序》)。萧伯纳是爱尔兰人,生于1856年7月26日,1925年获诺贝尔文学奖。他的身世和鲁迅有一点相像,父亲是贵族,母亲是乡绅世家,但幼年时父母离异(从此"家道中落"),父亲嗜酒(鲁迅父亲也一样)是主因之一,他随母亲来到伦敦生活(少年鲁迅去南京求学),失去受上等教育的机会而过着清苦的生活。他的创作道路也十分坎坷,但他最终以对黑暗现实的批判、对上流社会的讽刺,同时对英国戏剧艺术的革新而被世人称道(鲁迅创作的意义甚至更具划时代色彩)。很长时间里他自己的生活面临诸多困难,却把诺奖奖金八千英镑捐给了瑞典的穷苦作家们(鲁迅从经济上扶持了众多文学和美术青年)。他活了94岁,不知道是晚年时看透了人世,还是历来就持有自己的人生观,其生死观也和鲁迅有相近之处,他的墓志铭上只有一句话:"我早就知道无论我活多久,这种事情迟早会发生的。"这和鲁迅的遗言之一"赶快收殓,埋掉,拉倒"在心境上有如中英文对译。

1933年,77岁的萧伯纳偕夫人乘"英国皇后"号游轮周游世界。2月12日到达香港,在那里就发表了一大通针对中国政治和社会形势的言论,其中的一些句子已经开始在上海传播。鲁迅为萧到上海所作的第一篇文章,就写于他到上海前两天的2月15日,发表于他到上海的那一天,即17日的《申报·自由谈》上,文中所举萧氏言论,正是其在香港时对当地青年所讲。萧要来上海了,这消息在那一刻比文章中的观点更重要。

17日凌晨,萧伯纳所乘坐的游轮到达上海,据说是因为船吃水太深,所以停泊在了吴淞口。萧伯纳此行虽是"家庭豪华游",但所经之处受邀上岸从事活动也是正常不过的事,至少在印度、香港都有过。萧伯纳"离开香港时曾致电宋庆龄。宋以萧伯纳年老,且初次来华,特偕两位朋友乘小轮至吴淞登轮往访"(《宋庆龄选集》[上卷]第93页)。萧与宋同是世界民权保障同盟名誉副主席,宋庆龄正是依此身份登上"英国皇后"号的。与她同登游轮的"两位朋友",是宋的秘书及杨杏佛。

故事其实在此之前就已经很热烈地开始了。从16日下午起,操持各种语言的记者早已在岸上迎候萧伯纳了。假如文字也是镜头,就聚焦一下人潮中的洪深吧。这位中国现代剧作大家,也在迎候着来自英国的更著名的剧作家同行,还兼着为一家报纸做记者。然而,他当晚写了一篇文章,标题却很尴尬:《迎萧灰鼻记》。这位中国的剧作名家,至少在17日凌晨两点就开始在码头上等候机会,他远远地看到宋庆龄、杨杏佛等来了,便再三向杨请求捎他上船,然而终不得。这简直让人联想到铁杆球迷守候在球场门口渴望一张球票的情形。他除了"散步观潮",什么也没见到,只能以"据说"为小标题记述这次"灰鼻行"的结束。其他种种记者,恐怕就更没有机会了。

我综合了各种能读到的文章,最大限度地将萧伯纳那一天的"沪上行"描述一下,这里的最大限度,就是凡有文章提到他去过哪些地方,做了些什么,说了些什么,尽量罗列出来,然后再来看看这一路上究竟产生了多少歧义和不确定。

"英国皇后"号"晨六时抵吴淞口。晨五时,宋庆龄偕杨杏佛等乘海关小轮前往吴淞口欢迎,并上'英国皇后号'访萧伯纳,相见甚欢。后应萧伯纳的邀请,宋庆龄与其在餐厅共进早餐"(《宋庆龄年谱》第489页)。宋邀请萧登岸访沪,萧先是推辞的。据爱泼斯坦在《宋庆龄——二十世纪的伟大女性》一书中记述,他对宋庆龄说:"除了你们,我在上海什么人也不想见,什么东西也不想看。现在已见到你们了,我为什么还要上岸去呢?"但宋庆龄强调了既是环游世界,到上海而不下船能算来过吗?萧因为很满意回答,便同意了。而萧的夫人因身体不适没有随行。

小火轮来到了位于杨树浦的码头,萧、宋、杨等上岸,那一堆还在等候的记者应该没有得到采访和拍照的机会吧,至今我们没看到名人登岸的照片。萧、宋、杨等"先赴外白渡桥理查饭店与同时来沪各游历团团员相见,稍作寒暄"(《宋庆龄年谱》第489页)。(那么,萧的夫人要很孤单地在船上待一天了。)接着又驱车到了亚尔培路(今陕西南路)331号,在那里拜访中央研究院院长蔡元培。那一定又是一通有趣的寒暄。接着又是坐汽车,这回是莫里哀路29号(今香山路7号)宋庆龄的居所举行欢迎宴会。离开蔡元培办公地的同时,另一辆车也已同时出发,去接鲁迅先生直赴宋宅。大家坐定已是正午12点,大约一个小时后的一点钟,鲁迅赶到了,看见大家正在吃素餐。桌上应该已经坐了七个人,他们是萧伯纳、蔡元培、杨杏佛、林语堂、伊罗生、史沫特莱以及主人宋庆龄。鲁迅加入后,八人共聚。宴会可谓足够高大上,上海滩的文化名流和诺奖获得者,在孙中山先生的故居里小范围聚会,这场景恐难再出现第二次。

宴会期间,宾主们肯定谈论了很多话题。但宋庆龄本人曾回忆:"当时林语堂和他(萧伯纳)滔滔不绝地谈话,致使鲁迅等没有机会同萧伯纳谈话。"也就是说,有之后用英文创作长篇小说《京华烟云》、编辑《当代汉英词典》的林语堂在,其他人与萧直接对话的机会就大大减少了。鲁迅写了那么多关于萧的文字,但提到席间谈话内容的也就一句:"在吃饭时候的萧,我毫不觉得他是讽刺家。谈话也平平常常。例如说,朋友最好,

可以久远的往还,父母和兄弟都不是自己自由选择的,所以非离开不可之类。"(《看萧和"看萧的人们"记》)

宴会在下午二时结束。在宋宅的门口,还有照相环节。萧、宋、蔡、林、鲁及伊罗生和史沫特莱的"七人合影",鲁迅与萧、蔡的"三人合影"。接下来,至少有蔡元培、杨杏佛、鲁迅三人陪同驱车(有说是宋子文的车)到福开森路(今武康路)世界学院参加国际笔会中国分会的欢迎会(车子总是满员)。行前,宋宅外仍然有一大堆等候已久的记者,大家一齐围上来,要采访,要记录,要拍照。这时候,我们又看到整个通宵"灰鼻""迎萧"、一无所获的剧作家兼临时记者洪深了。他没有机会参加室内的宴会,这时却当起了翻译,由他告诉大家,四点钟再回到宋宅,萧先生答应接见记者,可有六名代表来参加"新闻发布会"。

等候在世界学院"大洋房"(鲁迅语)的,据鲁迅观察有50多人,其中就有梅兰芳、叶恭绰、张歆海、谢寿康、邵洵美等沪上名流。鲁迅是这样描述迎候者们的:"走到楼上,早有为文艺的文艺家,民族主义文学家,交际明星,伶界大王等等,大约五十个人在那里了。"(《看萧和"看萧的人们"记》)而张若谷的记载是:"有戴眼镜穿马褂的蔡元培,团圆面孔静若好女子般的梅兰芳,鬍髭象刺猬的鲁迅,还有叶恭绰,杨杏佛,林语堂,张歆海,谢寿康,邵洵美以及其他与政治文艺都有关系的名媛与要人。"(张若谷《五十分钟和伯纳萧在一起》)

萧伯纳入场后,和大家热情握手,可以想象场面何等热烈。萧伯纳的演讲时间很短,鲁迅说是"演说了几句"。鲁迅记录了"诸君也是文士,所以这玩意儿是全都知道的。至于扮演者,则因为是实行的,所以比起自己似的只是写写的人来,还要更明白。此外还有什么可说的呢。总之,今天就如看看动物园里的动物一样,现在已经看见了,这就可以了罢。云云"(《看萧和"看萧的人们"记》)。

发生在现场的还有两个重要环节。一是萧伯纳同梅兰芳进行了简短交流。萧指认梅是自己的同行(其实洪深更是),张若谷记说,梅兰芳"自然极客气地说了许多景仰和不胜荣幸一类的答词"。张若谷继续记述说,萧还问了梅兰芳,"我有一件事,不很明白。我是一个写剧本的人,知道舞台上做戏的时候,观众是需要静听的,为什么中国的剧场反喜欢把大锣大鼓大打大擂起来,难道中国的观众是喜欢在热闹中听戏吗?梅兰芳很和婉地回答道,中国戏也有静的,譬如昆剧,从头到底是不用锣鼓的"。也有人说,站在旁边充当翻译的叶恭绰还补充道,梅兰芳先生的戏也有静的,如有声音也是音乐。同时萧伯纳还满怀惊讶地赞叹了梅兰芳的"驻颜术"。

第二件事是向萧伯纳赠送礼物。张若谷在他那篇俏皮的、"民国"味道十足的文章《五十分钟和伯纳萧在一起》里描述说"笔会的同人,派希腊式鼻子的邵洵美做代表,捧了一只大的玻璃框子",那里面放置着十几个五颜六色的京剧脸谱,"萧老头儿装出很有兴味的样子",指着其中一个长白胡须的脸谱问道:"这是不是中国的老爷?"回答他的正是张若谷本人:"不是老爷,是舞台上的中国老头。"(据说这是张有意讽刺萧的)如此一来二去,一群人围着"争看那个小玩意儿"。张若谷特别注意到了现场的鲁迅:"鲁迅一个人,似乎听不懂英国话,很无聊地坐在一旁默默不语,一忽儿他安步踱出到外面另一间里去了。"的确,那样的场合下,依鲁迅的性格定不会找个翻译去酷评脸谱之类。一屋子人在喧闹，独有一个人坐在幽暗的角落里冷冷地看着，也许这个人就是有故事或最可能记述故事的人了。

这似乎是个礼貌的见面会，萧伯纳这部《大英百科全书》得让更多人翻看一下。几位同来的人又陪着萧伯纳乘原车回到宋庆龄的住宅。一大群记者，或守候或追随着挤在门外。洪深仿佛很主事地又提及了六位记者可以入场的"指标"，但备受拥戴的萧伯纳突然改变了主意，同意所有记者进来。记者见面会在宋宅外的草地上举行。记者会时间并不长，大约从三点开始，45分钟后结束。上海当时有多种语言的报纸，萧伯纳对同一问题的回答，或是语言原因，或因其他更深缘故，反映到各家报纸上竟然大相径庭。这是后话。

见面会后，奔波了大半天的萧伯纳在宋宅稍事停留，又乘车离开。这里要先加一个"镜头"，张若谷似乎很关注鲁迅的动态，他纵是提前离开（"三时二十五分许"），却也不忘临出门前看一眼鲁迅。"我看见戴眼镜穿马褂的蔡元培，和刺猬须发的中国老作家鲁迅，他们二人正静穆地站在草地一旁，仰头望着天空看云，我行色匆匆，也来不及问他们对于萧老头儿有什么意见了。"时年52岁的"老作家"鲁迅，因此又成了一道特殊的风景线。

离开宋宅后的萧伯纳算是完成了上海的"文学之旅"，按照《宋庆龄年谱》等记述，宋直接用车将萧送回到吴淞口船上。但也有论者认为萧其实还去了一个地方，那就是"一·二八"淞沪抗战遗址。率部驻守闸北的翁照垣将军，虽不在上海，但已事先写好一封给萧伯纳的信，发表在2月18日的《申报》上。萧伯纳是否去观了遗址是一方面，另一方面，此信佐证了萧伯纳的上海行,其实并非是临时商讨的结果,而是事先已由"邀请方"做了周密的计划。

有一点可以确信,傍晚时分,萧伯纳已重新回到"英国皇后"号上。《宋庆龄年谱》没有提及曾经参观遗址,只记载了宋庆龄"至八时许始返寓所"。游轮当晚十一点起程,一路北上,萧伯纳夫妇从秦皇岛上岸,乘火车进入北京访问,继续他的环球旅行。

二 萧伯纳所说与鲁迅所见

萧伯纳来上海,说了什么,怎么说的,简直是一部解构式文本。中文报纸说法不一,从日文、俄文、英文、法文等报纸翻译过来的对同一问题的回答,竟然也多有互相抵触的答案。萧伯纳离开上海一个月后的3月,上海野草书屋就出版了鲁迅与瞿秋白编辑而成的《萧伯纳在上海》一书,编者署名"乐雯"。这本书并非是萧伯纳上海行的全程实录,而是他这一次访问的各方反应。萧伯纳究竟说了什么?

1933年3月1日出版的《论语》第12期,刊登了署名"镜涵"(史沫特莱的笔名)写的《萧伯纳过沪谈话记》,据作者称:"本文手稿曾经孙中山夫人审阅,所载孙夫人谈话部分,皆经孙夫人手订无讹。"《宋庆龄选集》收录了宋庆龄与萧伯纳的对话,爱泼斯坦在《宋庆龄——二十世纪的伟大女性》一书中,也对此做了记录,可以视为是二人对谈的可信版本。萧宋二人的对话先后发生在船上以及宋的家中,他们的对话鲁迅基本上不在现场。我们选摘两人对话的一些片段于此:

萧：请明确告诉我，为对付日本的侵略采取了什么办法？

宋：几乎没有……南京政府把最精良的军队和武器用来对付中国红军而不是日本人。

…………

萧：到底国民党是什么？南京政府又是什么？

宋：国民党……执政党……同南京政府是一回事。

…………

萧：……请告诉我，孙夫人，关于国民党和这个政府，你的立场是什么呢？

宋：当革命统一战线（1927年）在汉口解体时，我就同国民党脱离关系到国外去了，从此我就同国民党不相干了，因为它屠杀人民，背叛革命……

萧：你真是个天不怕地不怕的人。当然，你说的话他们是会害怕的……请告诉我，南京政府有没有想收回你的"孙夫人"的称号。

宋（笑）：现在还没有，不过他们会要这样做的。

因为当时各国记者们未被允许上船或进屋，这些对话相对完整，歧义也最少。萧伯纳在午餐期间、在世界学院、在记者见面会上的谈话都是支离破碎并被任意理解发布的。在世界学院，除了与梅兰芳的对话以及询问邵洵美送上来的礼品外，据张若谷记述，还有就是：

不知道是哪一位先生，叶恭绰呢还是林语堂，问道：

"先生为什么理由，不吃肉？"

"我不喜欢吃,便不吃,没有理由,也没有什么主义。"

这一对话或许没什么意义,但根据现场人们"反而哈哈大笑起来"的反应,可以见出萧伯纳在当时中国文人们眼里的神圣性。

在记者见面会上,萧伯纳极尽其幽默的天赋和本领,或俏皮或尖刻地回答了所有问题。张若谷描述说,记者们"老是那样地提出了许多很严肃的问题,要他发表关于远东、中国、东北、社会……各种的意见。他也老是用着他习惯对付新闻记者的方法,像调侃又像讽刺说了一大篇谈话(详见今日各报所刊伯纳萧谈话)"。不能说张若谷偷懒,没有为我们记下准确的笔录,实在是连他也说不清楚到底讲了什么,意指何处。萧的答问肯定是非常有效果的,旁证之一还是张若谷的记述:"宋庆龄女士脸上表现满足的神情,站在草地石阶前,闭紧着将要笑出来的嘴唇,很有兴味地倾听萧老头儿巧妙的议论。"

在两个对话现场默默观察的人还有一位,这就是鲁迅。我们说过,鲁迅是大约中午一点钟到达宋宅的。鲁迅见到了什么?1933年2月17日的《鲁迅日记》记载:"午后汽车赍蔡先生信来,即乘车赴宋庆龄夫人宅午餐,同席为萧伯纳、斯沫特列女士、杨杏佛、林语堂、蔡先生、孙夫人等七人,饭毕,照相二枚。同萧、蔡、林、沫、杨往笔社,约二十分钟后复回孙宅。绍介木村毅君于萧。傍晚归。"有些事,真如同魔咒一样,歧义不独是两类人、两个人的不同,即如鲁迅,17日的日记里说看见宋宅里就餐者为"七人",可是到了2月23日写成的《看萧和"看萧的人们"记》里,又说看见萧"和别的五个人在吃饭"。

鲁迅知道自己要去参加这场活动是萧伯纳到上海的前一天。"16日的午后,内山完造君将改造社的电报给我看,说是去见一见萧怎么样。我就决定说,有这样地要我去见一见,那就见一见罢。"改造社是日文报纸,内山给他这个信息,其实是这家报纸想通过鲁迅获得采访萧的机会,其记者木村毅就是在鲁迅关照下进入现场的。但毕竟,这只是信息提供而非正式邀请。"那就见一见罢"的无所谓一直到第二天并未见得能实行。"这样地过了好半天,好像到底不会看见似的。"正式邀请鲁迅的是蔡元培,虽然接鲁迅的车子早已出发,但鲁迅"到了午后,得到蔡先生的信,说萧现就在孙夫人的家里吃午饭,教我赶紧去"。

"跑到孙夫人的家里去"以后,鲁迅就开始了他的个人叙述。先是就餐的基本格局,"一走进客厅隔壁的一间小小的屋子里,萧就坐在圆桌的上首,和别的五个人在吃饭"。接着是对坐在"上首"位的萧伯纳的印象:"因为早就在什么地方见过照相,听说是世界的名人的,所以便电光一般觉得是文豪,而其实是什么标记也没有。但是,雪白的须发,健康的血色,和气的面貌,我想,倘若作为肖像画的模范,倒是很出色的。"前几句猛一看鲁迅要对来自大英的所谓顶着诺贝尔文学奖光环的洋人给什么"差评",结果笔锋一转,认为"倒是很出色的"。而这"出色",实是因为鲁迅早已先入为主地对萧抱着好感,因为两天前已经完成了《萧伯纳颂》的文章。接下来是对午宴"盛况"的简述:"午餐像是吃了一半了。是素菜,又简单。白俄的新闻上,曾经猜有无数的侍者,但只有一个厨子在搬菜。"这里已经印证了一件事,的确吃的是素餐,纠正一个歧义,只有"一个侍者"而非"无数"。鲁迅聚焦的当然还是萧伯纳,首先是吃相:"萧吃得并不多,但也许开始的时候,已经很吃了一通了也难说。到中途,他用起筷子来了,很不顺手,总是夹不住。然而令人佩服的是他竟逐渐巧妙,终于紧紧的夹住了一块什么东西,于是得意的遍看着大家的脸,可是谁也没有看见这成功。"妙趣的描述,可见现场的人们如何专注,竟然无暇欣赏萧伯纳如何使用中国筷子。鲁迅尽量克制对萧的夸赞:"在吃饭时候的萧,我毫不觉得他是讽刺家。谈话也平平常常。"

用过午餐后,萧伯纳与在场的主人们"照了三张相"。鲁迅说,"并排一站,我就觉得自己的矮小了。虽然心里想,假如再年青三十年,我得来做伸长身体的体操……"到了世界学院以后,鲁迅记述了梅兰芳与萧的对话,还提到了"由有着美男子之誉的邵洵美君拿上去的,是泥土做的戏子的脸谱的小模型,收在一个盒子里"的赠礼环节。再接下来是回到宋宅后的记者提问环节,鲁迅的描述我们会在下面一节再谈。总之是"试验是大约四点半钟完结的。萧好像已经很疲倦,我就和木村君都回到内山书店里去了"。鲁迅离开了,闹哄哄的现场也平静了下去。

三 "一面大镜子":鲁迅为什么要"颂萧"

我们知道,鲁迅对弱小国家的文学充满介绍的热情,而对来自大英帝国的主流作家并不表示多大兴味。他对莎士比亚也多是在讽刺中国的文人学士时才与"黄油面包"相配而提及,对于萧伯纳的格外好感的确有点令人诧异。从鲁迅自己的表述中我们看到,从现场的表现上他还是有一点刻意的谨慎和淡然的,何况现场又有很多英语极好的人,如林语堂、杨杏佛等。

鲁迅与萧伯纳交流了吗？鲁迅自己说："我对于萧，什么都没有问；萧对于我，也什么都没有问。"很多人据此认为，鲁迅其实和萧伯纳根本就没有说过一句话。但鲁迅在致台静农的信中又说："萧在上海时，我同吃了半餐饭，彼此讲了一句话，并照了一张相。"鲁迅自我矛盾吗？其实，鲁迅强调的是自己并没有主动向萧问什么，也就是说，尽管心存好感，却并没有去主动搭讪。这与他"有这样地要我去见一见，那就见一见罢"的心理是相符的。而后面所说的"彼此讲了一句话"，则与好奇的"问"无关，这句话是：

萧：他们称你为中国的高尔基，但是你比高尔基更漂亮！
鲁：我更老时，将来还会更漂亮的。

鲁迅在致台静农信中特别提到，萧在餐桌上"谈天不少，别人皆不知道，登在第十二期《论语》上"，"我到时，他们已吃了一半饭，故未闻，但我的一句话也登在那上面"。可见他对萧和自己讲了一句话是确认的。除此之外，鲁迅与萧伯纳似乎并没有说更多的话。

如果没有蔡元培，单凭内山完造的一条信息，纵有改造社的请托，鲁迅是不会像洪深那样去主动"迎萧"的，他当然也没有当场表明自己已经写了一篇《萧伯纳颂》。他称萧伯纳为"文豪"，为"伟大"，那是另有原因。

鲁迅在《〈萧伯纳在上海〉序》里，并不是强调萧伯纳到访的文学意义，而是他的社会批判力量，特别是针对中国。他把萧伯纳视为一面镜子，照出了中国文人、记者的真面目。虚伪，是鲁迅一生所批判的，而萧伯纳的到来，恰恰是反映这些虚伪的一面大镜子。鲁迅特别强调，萧是"一个平面镜。说萧是凹凸镜，我也不以为确凿"。在鲁迅眼里，萧伯纳的到来，简直是一块试金石，人的本来面目，"要是在大庭广众之前自己脱去了，或是被人撕去了，这就叫作不像人样子"。而不同的人，出于虚伪的目的，会对萧伯纳的同样一句话做刻意的自我歪曲，各自的"希望""耳朵""批评"，"也不同起来了"。萧伯纳来访让鲁迅看到了这一切，正是在这个意义上，鲁迅认为"萧的伟大可又在这地方"。他不但认为萧伯纳是一面大镜子，照出一切眼前的虚伪，而且是平面镜，照出的不是变形而是本来面目，而且是"一面大镜子的大镜子，从去照或不愿去照里，都装模作样的显出了藏着的原形"。他如此看重萧的来访，并且不惜用"伟大"来"颂萧"，是与这样的先入为主的看法、事实上的印证完全吻合的。鲁迅还把萧伯纳比喻为《大英百科全书》，大家都抢着来翻检，找不到答案或答案与自己的预设不符，就又摇头失望。在《谁的矛盾》一文里，鲁迅彻底对此做了批判："萧并不在周游世界，是在历览世界上新闻记者们的嘴脸，应世界上新闻记者们的口试，——然而落了第。"这里所说的是"世界"，更多指的是上海，是中国。那真是一连串精妙的比喻，索性搬来赏读一下。

他不愿意受欢迎，见新闻记者，却偏要欢迎他，访问他，访问之后，却又都多少讲些俏皮话。

他躲来躲去，却偏要寻来寻去，寻到之后，大做一通文章，却偏要说他自己善于登广告。

他不高兴说话，偏要同他去说话，他不多谈，偏要拉他来

多谈,谈得多了,报上又不敢照样登载了,却又怪他多说话。

他说的是真话,偏要说他是在说笑话,对他哈哈的笑,还要怪他自己倒不笑。

他说的是直话,偏要说他是讽刺,对他哈哈的笑,还要怪他自以为聪明。

他本不是讽刺家,偏要说他是讽刺家,而又看不起讽刺家,而又用了无聊的讽刺想来讽刺他一下。

他本不是百科全书,偏要当他百科全书,问长问短,问天问地,听了回答,又鸣不平,好像自己原来比他还明白。

他本是来玩玩的,偏要逼他讲道理,讲了几句,听的又不高兴了,说他是来"宣传赤化"了。

有的看不起他,因为他不是一个马克思主义文学者,然而倘是马克思主义文学者,看不起的人可就不要看他了。

有的看不起他,因为他不去做工人,然而倘若做工人,就不会到上海,看不起他的人可就看不见他了。

有的又看不起他,因为他不是实行的革命者,然而倘是实行者,就会和牛兰一同关在牢监里,看不起他的人可就不愿提他了。

他有钱,他偏讲社会主义,他偏不去做工,他偏来游历,他偏到上海,他偏讲革命,他偏谈苏联,他偏不给人们舒服……

于是乎可恶。

身子长也可恶,年纪大也可恶,须发白也可恶,不爱欢迎也可恶,逃避访问也可恶,连和夫人的感情好也可恶。

然而他走了,这一位被人们公认为"矛盾"的萧。

然而我想,还是熬一下子,姑且将这样的萧,当作现在的世界的文豪罢,唠唠叨叨,鬼鬼祟祟,是打不倒文豪的。而且为给大家可以唠叨起见,也还是有他在着的好。

因为矛盾的萧没落时,或萧的矛盾解决时,也便是社会的矛盾解决的时候,那可不是玩意儿也。

萧伯纳在英国是个"异数",不受"绅士"们欢迎,鲁迅却偏要称他为"伟大"。在《看萧和"看萧的人们"记》里,鲁迅坦言:"我是喜欢萧的。这并不是因为看了他的作品或传记,佩服得喜欢起来,仅仅是在什么地方见过一点警句,从什么人听说他往往撕掉绅士们的假面,这就喜欢了他了。还有一层,是因为中国常有模仿西洋绅士的人物的,而他们却大抵不喜欢萧。被我自己所讨厌的人们所讨厌的人,我有时会觉得他就是好人物。"态度极其任性。早在1927年《读书杂谈》里,鲁迅就说过,"萧是爱尔兰人,立论也不免有些偏激的",而偏激的态度,也许在某一点上正与鲁迅相吻合。比如,鲁迅对林语堂主办的《论语》所持"幽默"观评价并不高,但他说:"然而,《萧的专号》是好的。"鲁迅是最早介绍易卜生的中国作家,但他更同意列维它夫的评价,"易卜生是伟大的疑问号(?),而萧是伟大的感叹号(!)。""易卜生虽然使他们登场,虽然也揭发一点隐蔽,但并不加上结论,却从容的说道:'想一想罢,这到底是些什么呢?'绅士淑女们的尊严,确也有一些动摇了,但究竟还留着摇摇摆摆的退走,回家去想的余裕,也就保存了面子。"而"萧可不这样了,他使他们登场,撕掉了假面具,阔衣装,终于拉住耳朵,指给大家道,'看哪,这是蛆虫!'连磋商的工夫,掩饰的法子也不给人有一点"(《论语一年》)。

鲁迅力挺萧伯纳,正是由此取其一点而不及其余的故意"偏激"。他在致魏猛克的信中说过,自己因为看到萧伯纳在香港大学的演讲而支持他,他认为谁在这种时候反对萧伯纳,谁就是在支持"奴隶教育"。其实,鲁迅并非不知道萧伯纳的创作成就究竟有多高,他也没有专门去评价萧的艺术成就,在《关于翻译》(下)里,他却坚持认为人无完人,对萧伯纳的作品也应坚持"剜烂苹果"的方法,把坏的去掉,把好的留下来。而"烂苹果"的另一层含义,是指它们是穷苦人可以享用的食粮,虽不及绅士贵族们享用得高级,却颇有价值。

鲁迅把萧伯纳在宋宅里的答记者问称作"试验",因为不但记者的主观好恶让人生厌,即使是"在同一的时候,同一的地方,听着同一的话,写了出来的记事,却是各不相同的"。他还举了一个例子,"关于中国的政府罢,英字新闻的萧,说的是中国人应该挑选自己们所佩服的人,作为统治者;日本字新闻的萧,说的是中国政府有好几个;汉字新闻的萧,说的是凡是好政府,总不会得人民的欢心的"。

这就是鲁迅的"颂萧"观。他不是去见一个诺奖获得者,求对话,求签名,骨子里,他是去见证眼前的萧伯纳跟他想象中的一样,至少没让他失望。萧伯纳的确没有让他失望,从面相到谈吐都没有,连同与梅兰芳的对话也是"问尖答愚",这就足矣。新闻记者的围堵和接下来所见的报道,更让他确认萧是照出虚伪世界的"一面大镜子"。

四 考证不完的争议

萧伯纳在上海的种种言行,在其后的报道和记述中出现了太多不一致，留下太多争论。比如在宋宅吃饭的究竟是几个人，连鲁迅的说法也有"六个"和"七个"的区别，"侍者""只有一个"也属于纠错。还有午餐后的照相，鲁迅参加了"七人合影"，也有与萧伯纳、蔡元培的合影。"七人合影"的站立者都是午餐时的就座者，唯缺杨杏佛，可以想见杨是拍摄者（其子杨小佛也如此推断）。这张照片因为有林语堂在其中，若干年后拿出去陈列时居然被剪成了"五人合影"，少了林语堂和伊罗生，甚至还有"四人合影"（又少了蔡元培）。为此，唐弢先生专门写过文章予以纠正。现在，我们从不同的鲁迅画册中，还可以看到人数不等的同一张合影。周海婴先生所编《鲁迅家庭大相簿》中，可以看到被修剪过的两张照片。鲁迅与萧、蔡的"三人合影"其实也有两张，站位相同，区别是萧伯纳的脸分别向左和右侧着。张若谷说记者会因为萧伯纳的大度，所以放进了所有记者，但鲁迅说是允许差不多一半记者进入。连记者见面会的开始时间也不一样，有说三点钟的，也有说四点钟的，似乎大家的手表有一个小时的时差。

争议更大的是那一桌菜的埋单人。开头所述，邵洵美坚持说是自己出钱到"功德林"订了一桌素菜，但因没有人提及所以变成一桩冤案。综合多种说法判断，以宋庆龄因公因私的条件，以邵本人并未参加午餐而只是在世界学院赠送了礼品，邵洵美坚称的那46元钱，或许是花在了购置礼品而非订餐上（可参阅薛林荣《邵洵美遗愿：为招待萧伯纳正名，纠正捐班说法》观点）。也许是他记忆有误，或愤愤于人们对他的漠视，但这实在也赖不着鲁迅这个半道赶去的客人，至少鲁迅是不可能未收请柬却去订餐的。因为没有确实的记载，所以这桌饭钱的来历就成了不可考评的"悬案"。当代学者朱大可在《殖民地鲁迅和仇恨政治学的崛起》一文中还说过"作为自由撰稿人的鲁迅的收入,这时已经超过他作为京师公务员的两倍""从设宴款待作家泰戈尔、萧伯纳、记者史沫特莱和斯诺夫人的情景,我们可以约略窥见主宰殖民地的文化领袖的风范"。这虽不过虚拟戏说,却可见出歧义之多。几人吃饭,几人照相,放进来多少记者,如果这些细节还可以考订或不必全部考订的话,萧伯纳究竟说了些什么也是一团乱麻。鲁迅与瞿秋白合编的《萧伯纳在上海》一书里,整理了"萧伯纳的真话"专辑,算是萧在香港、上海、北平的主要"名言"和观点,既是"真话",相对可信。歧义颇多的另一原因,是萧的来访在当时和其后引发了许多人的评说,每个人的评说都带有鲜明的先入为主的态度。仅就名人而言,宋庆龄、鲁迅、林语堂、郁达夫、废名、许杰、邹韬奋是"颂萧"派,洪深、张若谷等可谓"中间派",胡适、张资平、傅东华、傅斯年以及梁实秋等则属于"吓萧"派。这么多人谈一个英国的戏剧家,而且根本就没有讨论文学和戏剧,是萧对中国、中国的抗战、中国的青年、中国的未来前景的评说引发了无休止的争论。逐渐地,"萧伯纳"成了一个虚拟的符号,一个不属于萧伯纳本人的"萧伯纳"。举个细节吧,当时的报纸上关于他的称呼,我大概列数了一下,不少于20个,这也可说是创了纪录。我相信萧本人回到英国后不会再关心和回应这一切,但不知不觉中,诚如鲁迅所说,萧其实成了"一面镜"。

纷纷扰扰中,萧伯纳总算离开上海了。他在北京行程的报道比上海的少之又少,这当然与胡适事先的"不接待"论有关。但不管怎么样,他还是以游客的身份参观了多处胜迹,并狠狠地感叹了一番中国文化的博大。然而,他关于长城的论断却颇有"鲁迅风"。萧在行前是决定要看长城的,待来到香港,却又质疑道:"长城对于中国有什么用处呢?"我想,鲁迅读到此处,一定有一点会心吧,或许会想起自己多年前的那篇杂文《长城》里的观点。萧伯纳和鲁迅的相惜相近,在当时已有议论和比较,张资平、傅东华的嘲讽文章里曾经谈及,连郁达夫也都说过这样的玩笑话:"在我们中国,幸喜还有一位鲁迅先生——可以和萧伯纳对对。片语杀人,人家都在骂他是绍兴师爷的故技,但萧伯纳总不至于是萧山人罢?"(郁达夫《萧伯纳与高尔斯华绥》)

  文章已经足够长,说实话,我见到的相关材料、各种文集的记载很庞杂,读到的相关文章各取所需,信息也并不统一。我知道,我这里的表述仍然不可能达到整合、定说、确评的程度。然每见到外国作家来访,轻轻来,悄悄去,我总会想起"萧伯纳在上海"这个词。作为一次"试验"性的"闪访",作为一个舆论风暴事件,萧伯纳在上海的八小时,可以说是中国文坛上不可能再次出现的众声喧哗的佳话。虽然什么都不会改变,但风生水起中让人看见了许多平日里看不到的景象。我愿意借废名的文章《关于萧伯纳》的结尾做这篇文章的收束来感慨一下:

> 可惜萧伯纳先生和他的夫人来上海的时候,正是冬寒乍退的初春,如果是在万木落叶的秋天,我倒可以用一句唐诗来欢迎他们了:无边落木萧萧下,不尽长江滚滚来!

■张胜友

作者简介

1948年出生,福建永定人。第十一届全国政协委员,中央文史研究馆馆员,国际笔会中国中心副会长,中国作家协会报告文学委员会主任,中国报告文学学会副会长。曾任作家出版社社长、总编辑,中国作家出版集团党委书记、管委会主任,中国作家协会党组成员、书记处书记。出版有《穿越历史隧道的中国》《父亲——张胜友语文教材作品集》《张胜友影像作品文存》(三卷本)等散文、报告文学集20部;撰写《历史的抉择——小平南巡》《风帆起珠江》《闽商》《百年潮·中国梦》等电影、电视政论片40多部。荣获全国优秀报告文学奖,徐迟报告文学奖,冰心散文奖,纪念改革开放30年中国纪录片经典作品奖,电影、电视星光奖等20多项国家级奖项。

作家印象

　　张胜友的文章是有重量的。就像一个人,假如我们从他的背后注视他,我们会发现,他迟早会张皇失措地回头,四处张望,寻找到底发生了什么——目光是有重量的,这种重量形成了压力。

　　张胜友的重量在于他对于历史的熟稔、文化的反思、社会的关注,从闽西山村的一名"小裁缝",成长为中国当代知名记者、具有代表性的作家、引领中国出版业改革的出版家、中央文史研究馆馆员,他的传奇人生值得关注。

　　中国上下五千年所形成的华夏古文明是至今唯一没有中断的文明样式,之所以能够流传至今,是因为其所形成的中华优秀传统文化具有巨大的包容性。永定客家人从中原一度南迁至此,隐居于深山之中,虽然形成了自己的客家文化,但这种文化仍然忠诚于祖先的中华优秀传统文化,原生态地延续了中华优秀传统文化,是中华文明和华夏文明的托付人和守护者。《百转岁月　万里江山》是张胜友一篇至性至情的佳作,他热情讴歌故乡,讴歌客家文化的传统的磅礴、深邃,这是对岁月和山河的深情回望——目光是压力,更是动力。

——李　舫

百转岁月　万里江山
——客家，华夏文明的守护者

■张胜友

客家，一个神奇的汉族族群，永远"在路上，再出发"——被誉为东方世界的"吉卜赛部落"。

时序越千年，五胡乱华，朝纲倾裂，战祸频仍。中原汉民饱受生灵涂炭，颠沛游离，"人慌慌而游走，风飒飒以南迁"，举家携儿带女，跨黄河、过长江，万里迁徙，天远路长，一直向南、向南、向南……

武夷山脉，一道天造地设的绿色屏障，成为东南沿海丘陵与江南丘陵的自然地理分界线。

闽之西者，客家祖地也！

八闽最西端的丘陵山地，似奔似兀山峦游走，如涛如涌林海滔滔，奇幻秘境，世外桃源，几乎与世隔绝。西晋太康三年置县，唐开元二十四年设汀州府，辖上杭、永定、连城、武平、长汀、清流、宁化、明溪八县。这一方人间乐土，演绎了一部客家神话和文化传奇……

一

"天下水流皆向东，唯有汀水独往南。"

武夷山脉南麓、宁化木马山北坡，奇峰兀立，茂林森列，涓涓流泉飞瀑而下，从北向南汇成一溪碧水，按八卦方位，称为丁水，丁加水谓之汀，故名曰：汀江。

汀江全长328公里，穿峡走谷，似一条若隐若现的玉带，流经永定峰市镇暨入广东，至大埔县三河坝与梅江汇合为韩江，直奔南海。

自东晋以降，客家先民历经五次大规模辗转徙居，择河谷，逐水草，拓荒垦殖，发展农业、采矿业、手工业，汀江流域处处呈现兴旺发达景象：土楼林立，肥田沃野，物阜民康，人烟稠密。

汀州，因汀水而得名。筑城垣，建州城，引汀水绕城为濠池，古城枕山临水，北户水南流。宋代汀州太守陈轩曾留下佳句："一川远汇三溪水，千嶂深围四面城。"

汀州，地处闽粤赣三省的边陲要冲和物资集散地，自盛唐至清末均为州、路、府治所。文脉兴盛，富庶殷实，明宣宗年间，官府曾上书朝廷曰："汀州府所积粮可供一百余年之用矣。"汀州府历千年而不衰，因而有"客家大本营"和"客家首府"之称谓。

漫步今日长汀城，千年古汀州的历史文化遗存举目可见：巍峨耸立的唐代城楼三元阁，唐代大历四年修建的古城墙，唐宋"双阴塔"古井，唐、宋、明、清的古城门，雕梁画栋的天后宫，集奇山、碧水、古木、桥洞、亭台于一体的云骧阁，以及试院、府学、文庙、宗祠，处处弥漫着汉唐遗风中华神韵——1994年1月4日，由国务院正式颁布为国家级历史文化名城。国际友人路易·艾黎曾由衷地赞叹说：中国有两座最美丽的小城，湘西的凤凰和闽西的长汀。

二

汀江上下流贯通，水运繁忙，自宋代始800年长盛不衰。尤以进入上杭境内的112公里航道，被誉为"黄金水段"。以县城为界分为上下河，每日数千运载大米、黄豆、竹、木材、土纸的小船顺流而下；从广东韩江运载海盐、布匹、煤油、日用百货等的数百艘大船，则集结于县城码头"接驳"。于是，上杭城内码头林立，各式粮行、纸行、药材行、瓜果行、木材行等转口商行多达三百多家，可见当年商贾云集与航运之盛。

当地民谚："自有上杭城，便有瓦子街。"上杭城的北门街曾是繁华的商业街，百姓筑房，烧砖铸瓦，"断砖可用，碎瓦弃之"，人们在废瓦墟上来来往往踩着、踏着，成了"瓦子坪"；"瓦子坪"两旁盖起一座座民宅，成为"瓦子巷"；天长日久，"瓦子巷"联片成街，便成了"瓦子街"。

客家人崇尚慎终追远、勿忘根本。2011年1月1日，上杭城举办瓦子街开街仪式。复原后的瓦子街长420米、宽36米，街区文物资源丰富：流芳牌坊、太忠庙、王阳明《时雨记》碑，以及丘逢甲师范传习所、紫阳书院、丁状元旧居等古建筑群鳞次栉比。

这里曾是客家先民的避风港，温馨而安宁；休养生息，客家后裔又上路了，迁往两广、两湖、江西、四川、台港澳等地者计千万之众。千百年来，在客家民系孕育、成型、发展、播迁的时间隧道里，从宁化石壁村到上杭瓦子街，当之无愧地成为海内外客家人固化的历史标志。

似乎是历史久远的呼唤，距离"瓦子街"仅几步之遥，便是一座祠堂式建筑的"客家姓氏谱牒馆"。谱牒馆收藏以上杭县为主、涉猎闽粤赣三省客家地区及海内外客家后裔编撰的客家族谱，计有115个客家姓氏的近千种版本（逾万册族谱）。

上杭"客家姓氏谱牒馆"堪称一部"世界客家人的宗族史"。族谱记载和口口相传编织成了一张纵横交错的客家千年迁徙路线图：一路烽烟滚滚，黄尘漫漫，书写和记录着无数客家先民的艰辛与传奇……

武平中山镇，号称"客家百姓镇"。中山镇方圆不足十里，户不盈千、人不逾万，却聚居着108个客家姓氏（至今尚存102个姓氏）；每逢婚嫁节庆，各家各姓，均在大门两侧或厅堂两边贴出族氏联，追述开基始祖籍贯、封号，颂扬祖先恩德、功名，此客家习俗一直延续至今。

综观客家地区，以聚族而居为特征，往往"一村一楼多属同宗"。因而，中山镇这一有悖客家习俗的人文景观，引起海内外学术界极大好奇，纷纷前往探幽、解密，才逐一撩开神秘的面纱。

明洪武二十四年，朝廷以武功定天下，遂在全国各地分设卫、所兵制。中山镇地处闽粤赣边陲，自古为兵家必争之地，故筑城设武平千户所，军队源源不断从各地奉调前来，驻兵屯田，繁衍生息，众多姓氏的军籍后裔，与先期南迁而至的客家人混居于此，便有了"百姓镇"之说。中山镇因此独有另一文化奇观："军家话"与"客家话"兼相并用。

三

连城冠豸山,被誉为"客家神山"。冠豸山丰隆而起,逶迤绵延,天工造化,獬豸峰雄伟挺拔,石门湖碧水幽幽,其阴阳双绝的意境:"生命之根"与"生命之门",昭示客家人对生命的敬畏与膜拜。

冠豸山驰名于世久矣!其记载可追溯至北宋淳化年间,上杭城开埠,乡绅雅士在石门湖筑亭建阁,遍植松竹。历代遗存的摩崖石刻、楼台、亭阁、书院等人文景观,拾步可见。今尚存有半云亭、松风亭、邱氏书院、东山书院、修竹书院、灵芝庵等二十多处。弥足珍贵者,首推悬挂于东山草堂的林则徐手书横匾"江左风流",以及清代饱学之士纪晓岚题写的"追步东山"真迹,印证了"山不在高,有仙则名"。

冠豸山下的培田村,被称作"客家庄园"。这是一座栉风沐雨800余年的客家古村落:中轴线对称布局,连片成群,蔚为壮观,30幢高堂华屋、21座古祠、6家书院,错落有致,尊卑有序,豪放而优雅;一条千米古街仄仄穿村而过,俗称"秀才街",一代代客家学子沿着这条古街的石板路,步行前往汀州府考取功名;深深庭院,幽幽小巷,熙熙商铺,蔼蔼田畴,村中设一古戏台,楹联曰"几出戏情历百转岁月,数尺舞台容万里江山",女学馆天井照壁书"可谈风月"四字,均凸显客家人的宽广胸襟和开明风尚。

尤为培田人所津津乐道的是,村口与村尾各赫然矗立着一座跨街牌坊:村口是清廷正四品御前侍卫吴拔桢的"恩荣"牌坊,村尾为济美堂主吴昌同的"乐善好施"牌坊。

客家人崇文重教、兴学育人，无论为官或从商、何等荣华富贵，都秉持一种品行：回馈乡梓，叶落归根，光耀祖宗。

连城四堡，原名"四宝"——纸、墨、笔、砚文房四宝。四堡雕版印刷业始于明，兴于清，至乾隆、嘉庆年间为鼎盛期，建成一百余座大小印刷书坊、三百余间"印房里"，"家家无闲人，户户有书香"。至今，四堡仍保存着完好的古雕版印刷文化遗址，以及不可再生的古书坊、古雕版、古书籍、古印刷工具；而与之比肩的北京、汉口、扬州三大雕版印刷基地，却早已淹没在历史的烟尘中。

与四堡印刷业相媲美的，是连城姑田的宣纸业，历四百多年而不衰。明嘉靖年间，连城一带已生产竹料纸和皮料纸；至明天启年间，形成连城宣纸独特的制作工艺。"片纸非容易，措手七十二"，极表连城宣纸竹丝天然漂白工艺之烦琐，其制作工序多达72道，耗时8个月，保证了连城宣纸的高品质，号称"百年不褪色，千年不变黄"。民国初年，连城宣纸业达至顶峰，拥有手工纸槽一千余户，工人一万多人，年产量6万担，纸庄商号50多家，产品远销全国各地，并流布日本、越南、泰国、缅甸等周边国家，成为当时全国五大宣纸产地之一。时至今日，连城宣纸仍然是沈阳故宫博物院等保存和修复史籍的上乘用纸，也是当代传统书画界的首选用纸。

四

客家人春播秋收，经年劳作。当春之信息翱越蛰伏的冬季，山乡大地便扇动起欢乐的翅膀：四千多人扛着一条巨龙穿过长长的田埂,穿过弯弯的山峦,穿过一个个村寨,穿过古旧的和崭新的屋宇……浩浩荡荡,腾挪欢舞,挂毡式地逶迤3公里长,神龙见首不见尾。

2012年2月6日,新千年第一个龙年客家元宵节,连城姑田791.5米长的客家大龙,成功刷新了由台湾客家人创造的世界吉尼斯纪录,被誉为"天下第一龙"。

2008年7月6日,对于全球客家人来说,无疑是一个盛大的节日。加拿大魁北克城,第三十二届世界遗产大会上,来自全球41个国家的47个候选项目展开激烈角逐。最终,"福建土楼"一举申遗成功,被正式列入《世界文化遗产名录》。

永定客家土楼产生于宋元,成熟于明末、清代,民国时期蔚成大观,有方形、圆形、八角形和椭圆形,如珍珠般洒落在绿水青山间,并随着客家人的播迁足迹遍布闽西、赣南、粤东等周边区域。聚族而居是根深蒂固的中原儒家传统观念,聚集力量,共御外敌。每座土楼都居住着十几户甚至几十户人家,几十个、上百个房间环形排列,厅堂、水井、粮仓、畜舍、厕所、澡房、私塾、厅堂等一应俱全,可谓"一楼一世界,一户一乾坤"。

永定境内现有各式土楼两万三千余座,其中圆土楼360座,最古老的直径66米的集庆楼已届600岁"高龄",最年轻的直径31米的善庆楼仅有30多年历史。

许多土楼按八卦图设计,中华传统文化烙印深深地铭刻其中。遵循"天人合一"的东方哲学理念,选址或依山就势或沿循溪流,建筑风格古朴粗犷,形式优美奇特,尺度适宜,功能齐全,与青山、绿水融为一体,不啻为一幅"天人合一"的乡村风俗图画。

土楼是客家文化的积淀和物化,成为客家文化固有的不可替代的符号。气势磅礴的大型交响诗篇《土楼回响》,原生态客家风情歌舞集《土楼神韵》以及歌剧《土楼》等,沿袭中原文脉的客家文化大放异彩。

"漫漫黄尘兮山高路长,诉说着一曲千年惆怅。依依土楼兮圆圆方方,珍藏起多少客家梦想?"

闽西、赣南客家后裔一拨又一拨南下粤东,聚居更为开阔的梅州盆地,客都梅州又演绎成客家迁徙的新驿站,填四川,下南洋,闯世界。据统计,烙印着远古黄河文明气息的客家人,分布于地球上亚洲、欧洲、非洲、美洲、大洋洲一百余个国家和地区,约有一亿两千万人之众……

■宗仁发

作 者 简 介

1960年出生,吉林辽源人。现为吉林省作家协会驻会副主席,《作家》主编、编审。中国作家协会第五、六、七、八、九届全国委员会委员,散文委员会委员,中国当代文学研究会理事,中国诗歌学会常务理事,吉林省委省政府第三批、第四批高级专家,吉林大学文学院、东北师大文学院兼职教授。编发的短篇小说《哺乳期的女人》《厨房》《白水青菜》分获第一、二、四届鲁迅文学奖,长篇小说《江南三部曲》获第九届茅盾文学奖。主编的《作家》杂志获第三届中国出版政府奖期刊奖,个人获第三届中国出版政府奖优秀人物奖。著有文学评论集《寻找"希望的言语"》、随笔集《思想与拉链》、诗集《追踪夸父》等。

作家印象

宗仁发喜欢引用黑格尔的一句话:"只有在天黑以后,密涅瓦的猫头鹰才会起飞。"其实,不妨用这句话来讲述宗仁发的故事。

20世纪80年代,在中国改革开放的大潮下,宗仁发主持被誉为"中国的《纽约客》"的《作家》杂志。三十多年来,虽然偏居东北一隅,但是,这个杂志却成为中国当代文学的一块热土,中国当代文学创作的"第一现场"。宗璞的《我是谁》、韩少功的《文学的根》、史铁生的《奶奶的星星》、苏童的《已婚男人杨泊》、刘震云的《温故一九四二》、莫言的《祖母的门牙》、池莉的《一夜盛开如玫瑰》、赵本夫的《天下无贼》、徐坤的《厨房》、格非《江南三部曲》等一批有影响的作品,都出自这本杂志。

充沛的题材、新颖的技巧、丰厚的思想……在这个意义上,文学主编的眼光本身就是一种创造力,是他对文学的千言万语。莫言说:"《作家》总让我联想到长白山上的森林和白雪。"是的——天黑以后,猫头鹰不仅在莫斯科的密涅瓦,也在长白山上森林、白雪的上空盘旋。

作为主编的宗仁发,还有着很多身份:诗人、作家、评论家。他用诚恳真挚的作品,将内心世界的瑰丽想象与现实生活的朴素存在融会贯通,在高速行进的现代化、全球化的喧嚣中,用文学给整个世界保留足够的温暖和静谧。

——李 舫

靖康耻与宋高宗的心思

■宗仁发

站在阿城大金王朝上京会宁府宫殿的遗址上,我四顾茫然。除了能看到两排寂寞的白杨树外,周围只是齐腰深的一片荒草。难道九百多年前就是这里的"蛮夷"把我大宋给欺负得一塌糊涂吗?早年在岳飞的《满江红》中知道了有"靖康耻"这个说法,但究竟是怎么个"耻",并不甚了了,以为不过至多是大宋被北方的少数民族女真人打败,徽钦二帝被掳到北方而已。2014年6月下旬去阿城采风,借机补上了这一堂历史课,说起来这一课补得还真不是滋味。

按说我的父系姓宗,依百家姓的说法,应是中原的汉人。而我的母系姓佟,按满族人的说法,应是女真人的后裔。恰好宋朝有个抗金大将就是姓宗,名泽,也可以说,这宋、金的战争就是咱家父母两边先人的龃龉。要是这么说这也算是民族融合过程中的"家丑"吧。

靖康是宋的年号,徽宗逊位把皇位让给钦宗赵桓,将年号改为靖康元年。实际上靖康之耻,肇始于宋金的"海上之盟"。

当时，女真人开始反辽，宋徽宗听信辽国降将马植（降宋后徽宗赐姓赵，即赵良嗣也）所献与金联手之策，在1118年遣马政、呼延庆、高药师等以买马为名，从山东过海到金，传递徽宗欲与金"复通前好""共伐大辽"之意，此间宋金使者在海上几次往返洽谈，第一次形成文件时，宋用的是诏书，金太祖认为这是对金的轻侮，要求宋改用平等的国书。1120年盟约签订，宋金联手夹攻辽，金取中京，宋取燕京一带。宋同时要按原来给辽的数目岁币等转给金。并还明确如宋不能如约夹攻契丹，则已许诺的条款即属无效。结果是宋兵两次攻燕受挫，不得不派人请金兵攻燕，最后金兵攻克燕京。这样宋已违约，只好以巨额的"燕京代税钱"赎回六座空城。此前宋的算盘是借金伐辽，以夷制夷，可现在与辽反成了唇亡齿寒的局面。1126年，也就是靖康元年，金兵渡过黄河，围困汴京，宋军在李纲的率领下保卫汴京。在还看不出宋军必败的情况下，钦宗就派人向金请罪、请求议和。金提出的苛刻条件：宋须交犒师的钱和物是金500万两，银5000万两，绢彩各100万匹，还有马驼驴骡若干；称金朝皇帝为伯父；割太原、中山、河间三镇之地给金，以亲王、宰相为人质等。宋一一应允。将康王赵构、少宰张邦昌为人质，上誓书、地图给金：称侄大宋皇帝，伯大金皇帝（等到了1165年南宋与金隆兴和议时，给钱、割地不说，连大宋的"大"也不敢再写上了，自称为侄宋皇帝再拜奉书叔大金皇帝，只保留放在金前面的"大"字了）。料提出这些条件的金朝首领宗望也不会想到宋会这么乖乖的同意，但既然答应了，那就退兵吧。到了年底，金还是找到借口攻陷了汴京。1127年，金将徽钦二帝废为庶人，并将他们和皇后、太子、宗戚及官吏、内侍、工匠、倡优等三千余人掳而北去，结束了北宋。徽钦二帝被押到阿城后，金人拿他们戏耍取乐，让他们披上羊皮在金太祖庙前行"牵羊礼"，然后在乾元殿跪在金太宗脚下，接受降封，一个被封为昏德公，一个被封为重昏侯，倒也是名副其实。

堂堂大宋皇帝，在此时此刻，就是任人宰割的羔羊，毫无反抗意识，一丁点的尊严都丧失殆尽。这二位都不如一个女人，宋钦宗的妻子朱后，不堪忍受如此羞辱，当晚回到住处就自缢了，不料让人发现后救了下来，但她还是去意已决，又乘人不备投水自尽，也算是刚烈。

再说说继徽钦二帝之后主政的宋高宗，在金与宋战场形势发生有利于宋的情况下，不但不一雪前耻，反倒主动与处于不利地位的大金去议和，肚里揣的小心眼是如果大获全胜的话，势必要迎回钦宗，此时徽宗已死，钦宗一回，皇位恐怕就得归钦宗。这对宋高宗来说是比其他事情都更麻烦的事情。当然，高宗的担心也不是自己多虑，此前曾发生过一场政变，就是质疑他的皇位问题，史称"明受之乱"，虽未成功，但还是吓得高宗心惊肉跳。可叹的是像岳飞这类不懂政治的人对皇帝的心思是把握不准的，他在1130年打败金兀术后写下的《五岳祠盟记》中还提什么"迎二圣归京阙"的事呢。只有秦桧之流懂得皇帝要什么，不要什么。秦桧在为高宗救急的同时，也将高宗变成了"药笼中物"，高宗在他面前抬不起头来，他等于是在独揽朝政。南宋还有一个叫胡铨的人，曾在1138年反对议和，给高宗上过一个密折《上高宗封事》，此文言辞激烈，是抱着死谏之决心的。文中说："夫天下者，祖宗之天下也；陛下所居之位，祖宗之位也。奈何以祖宗之天下，为犬戎之天下，以祖宗之位为犬戎藩臣之位?"不光是质疑宋高宗的议和,还直接批评皇上说:"而陛下尚不觉悟,竭民膏血而不恤,忘国大仇而不报,含垢忍耻,举天下而臣之甘心焉。"假如议和成了,那后世将会把皇上看作是一个怎样的皇帝啊。胡铨在这个折子中说,自己和皇帝重用的主张议和的秦桧、王伦、孙近三人不共戴天,"愿斩三人头,竿之槁街"。胡铨的这封密信,据说被女真人花千金觅去,读过后大惊失色,大呼"南朝有人!"宋高宗看过这个折子后,意见再对也是不会采纳的,但秦桧也没敢主张杀胡铨,不过是把他贬官、流放处之。后来秦桧死后,胡铨还得到了平反,又在朝廷做了高官。相比之下,岳飞的遭遇就没这么幸运了。尽管岳飞在战场上屡建奇功,但他还是没法明白皇帝的心思。一会儿让他打,一会儿又一天发十二道金牌让他撤。他对战场的形势分析得明白,但却不知宋高宗的分寸在哪。高宗想的是战场上打得够和谈就行了,不需要大获全胜。于是,就有了1141年的绍兴和议,这个和议别的不说,最重要的一个条款是不提要金送还钦宗了,要求还回徽宗与太后、皇后的梓宫及高宗的生母韦氏。等到1142年,因按和议宋仍向金称臣纳贡,金派人来册封宋高宗为大宋皇帝。这出保皇位的戏算是告一段落。后来宋高宗甚至为达议和之目的,答应金兀术给秦桧的信中提出的杀岳飞,议和方成的条件,以莫须有的罪名,把岳飞害死。实际上,早期岳飞总提要迎回徽钦二帝,后来多少明白点高宗的想法了,说法也改为"迎还太上皇帝、宁德皇后梓宫,奉邀天眷以归故国,使宗庙再安,百姓同欢,陛下高枕无北顾之忧"了。这个说法已把钦宗模糊在"天眷"一堆里面了。其实迎回徽钦二帝也不是岳飞自己提出的，本是高宗即位之初在诏书中提出的政治口号，岳飞的问题不过是明白高宗的曲折之心慢了节拍罢了。宋孝宗在绍兴三十二年（1162年）即位后，当年七月就追复岳飞原官。诏云："故岳飞起自行伍，不逾数年，位至将相，而能事上以忠，御众有法。履立功效，不自矜夸，余烈遗风，至今不泯。去冬戍鄂渚之众，师行不扰，动有纪律，道路之人，归功于飞。飞虽坐事以殁，而太上皇念念不忘，今可仰承圣意，与追复元官，以礼改葬，访求其后，特与录用。"（《金陀续编十三》）金毓黻先生看了这个诏书后，在《静晤室日记》中说："其云'太上皇帝念念不忘'一语，最为曲折。高宗本无杀飞之心，以奸桧迫以必杀飞而后可和，不得已而曲从，然未尝不内疚于神明也。当其晚岁，必向孝宗尝称岳飞之功，且以其死为可悯，故孝宗诏中乃有是言，且孝宗之于高宗，有先意承志之美，设使追复飞官为高宗所不愿，则孝宗亦必置而不为，所谓观人于微，殆指此类之事乎。"金先生的分析有一定的道理，算是一种细说。皇上杀岳飞可能还有一个原因作祟，那就是从北宋建立之日起，就汲取唐藩镇割据的教训过了头，总是对武将不放心，且不信任的程度都严重到宁信敌人的话，也忌惮武将的忠。

该说说那个可怜兮兮的人——宋钦宗了，宋金议和后，1142年宋派王伦为迎奉梓宫、奉还两宫、交割地界使前往大金。金给送回的是宋徽宗和郑太后、邢皇后的梓宫及高宗的亲生母亲韦贤妃。唯独把宋钦宗丢在大金而不顾。韦贤妃临要回朝的时候，宋钦宗卧在车前泪流满面，哀求宋高宗的母亲说："归语九哥（其九弟高宗）与丞相（指秦桧），我得为太乙宫使（宋宫观使，官名，无实职）足矣，他不敢望也！"此时，宋钦宗已明白高宗担忧自己归来对王位威胁的心思，抓住这最后的一个机会，让韦贤妃带话给高宗，表示自己没有再复位之想法，只是想回家，并把自己当闲官的名分都想好了，以求高宗放心。当时韦贤妃也同情应允，待回到朝廷后，才知道高宗根本不打算让钦宗回来，也就按下不表了。钦宗在苦盼苦等多年后于1161年51岁时绝望含恨而死。

往事越千年，一道历史的伤疤并没有愈合，但了解这些就会明白为什么靖康耻雪不了啦！

■ 祝 勇

作者简介

1968年出生于辽宁省沈阳市，原籍山东东明。作家，学者。艺术学博士。现任职故宫博物院影视所所长。出版作品400余万字，有12卷《祝勇作品系列》行世。代表作有《旧宫殿》《血朝廷》等。中央电视台大型纪录片《新疆》总导演。

作　家　印　象

　　常年生活和工作在故宫博物院的祝勇，仿佛一个穿越几千年抵达今天的古人。

　　读他的散文，似乎与他一道行走在几千年的时间里，轻轻地挥一挥衣袖，岁月的尘埃便从廊边扑面而来。他写元代画家倪瓒作山水画时，我们似乎与他一同倾听窗外的潇潇雨声；在梦里，他把风吹纸页的声音都当作了鹭鸶扇动翅膀的声音。他写张择端，画家好像刚刚从画卷上起身，充盈着墨香的《清明上河图》蜿蜒在眼前。他写宋徽宗赵佶，将他的爱和恨都凝聚在他独一无二的瘦金体、高雅细腻的画作上。

　　历史的风云变幻、诡谲莫测，恰恰在这隔着时间的回望里。

　　　　　　　　　　　　　　　　　　　　——李　舫

再见，马关

■ 祝 勇

一

丁汝昌自杀那一天，公元1895年2月13日，李鸿章接到朝廷的任命，成为大清王朝的议和大臣，赏还翎服、黄马褂。但李鸿章的脸上不见丝毫的喜色，他知道，所谓的议和，不过是城下之盟的好听说法而已。日本要的不仅仅是钱，这一点，没人比李鸿章更清楚。然而倘若割地，不要说朝廷不答应，连他自己都不会答应；至于赔款，户部又拿不出银子。让他去议和，还不如直接让他下地狱呢。

思量再三，李鸿章怯怯地向朝廷提了一项要求——让翁同龢与他同去。整天嚷嚷着打仗的不是你翁同龢吗，如今战败，你怎么变成缩头乌龟了？但翁同龢是绝对不会承担这个责任的，推脱道：若我此前办过洋务，此行必不辞。今以生手办重事，怎么行呢？

此时李鸿章心里定然只有苦笑——如今你终于知道自己是生手了,既然如此,当初又凭啥在北洋的事务上插自己的手,掣别人的肘?

我在《盛世的疼痛》中说,李鸿章不敢打这场战争,一说是他想保存实力,因为在大清官场,实力就是本钱,此说固然有理,但当年李鸿章率淮军攻打太平天国,一路冲锋陷阵,为何不保存实力?因此,最重要的原因,是他看到了大清海军的实力已经不是日本的对手。双方装备的对比,不过是一些枯燥的数字,到在战场上,就意味着生灵涂炭。对这些数字,太后不感兴趣,皇上不感兴趣,翁同龢不感兴趣,只有李鸿章心知肚明。

但是以翁同龢为代表的主战派却咄咄逼人。打胜了,证明他们正确;打败了,自然有别人背黑锅。更重要的原因是,翁同龢的真志向并不在斗日本,而在于斗倒李鸿章。他曾说:"正好借此机会让他(李鸿章)到战场上试试,看他到底怎么样,将来就会有整顿他的余地了。"

李鸿章沉默良久,才说:割地是不可行的,谈不成我就回来。

话音落处,一片静寂。

没有人回答。

二

下关是一座美丽的城市,我们在本州和九州两岛之间往返,马关是必经之地。它位于本州岛最南端的山口县,与九州岛隔着一湾窄窄的海峡,即关门海峡。有一条山阳道,就紧贴着关门海峡伸展,干净的街道,仿佛每天都被海峡的风沐洗过,时而有年轻的恋人,趴在步行道边的栏杆上,眺望对面的九州岛。抬头看天,关门大桥凌空而起,早已把天堑变成通途。但在丸尾公园和火山公园之间的御裳川,道边却排列着五门火炮,扼守着海峡,显示着这座城市因其地理位置而在历史中占据的独特地位。

水产和水果都是这座城市的特产,所以在这座城市里生活的人,不仅独占着水天一色的美景,他们的口福也令人望尘莫及。我们拍摄了唐户市场。与我们国内的幽暗腥腻的水产品批发市场不同,这家下关市最大的水产品批发市场,就像是一座巨大的水族馆,各种鱼类在透明的容器内摇头摆尾,即使是冷冻的水产品,也都摆放在精致的器皿里,像花道一样一丝不苟。我想起自己曾经在巴塞罗那的菜市场内游荡,周围蔬果丰美、鲜花绽放,仿佛身在一个丰饶的花园里,巴塞罗那的菜市场,颠覆了我对菜市场的传统印象。唐户市场也是一样,在这里转悠,不仅容易激起无限的食欲,更会激发起对生活的渴望。

夜幕降临的时候,我们坐在海边的料理店里,喝清酒,吃河豚。河豚是下关的特产,每年产量约12万吨,占日本全国的90%,因此被称为"河豚之乡"。在海边,店铺一家挨着一家,许多都经营河豚。现实生活的场景,似乎遮蔽了与历史的联系。但历史不可能被割断,它就藏在河豚里,近在眼前。

李鸿章来时,谈判地点春帆楼就是当地著名的料理店。它的早期主人藤野玄洋曾在这里开设医院,他死后,他的夫人又在这里开设了一家料理旅馆,以毒河豚鱼这道名菜而闻名日本。伊藤博文曾多次来这里品尝,流连于这里的春光帆影,提笔写了"春帆楼"这个店名,它的牌匾,至今保存在"日清讲和纪念馆"内。楼主病逝后,下关人林平四郎于大正九年(公元1920年)买下这座楼,在门口立了一块"讲和碑",请在《马关条约》谈判时担任内阁书记官长的伊东已代治写了碑文。这块碑如今还竖立在春帆楼的庭院里。

春帆楼内,觥筹交错,李鸿章想必也吃过河豚,只不过以他当时的心情,端不动伊藤博文为他接风的酒杯。那一年李鸿章已是73岁,像他效忠的帝国一样衰老,而伊藤博文才54岁,年富力强,眉宇间有一种逼人的气势。李鸿章这匹瘦马,几乎拉不动大清帝国这驾破车了,马将死,车将翻。

此时,我心情放松地坐在海边的料理店里,心里想着119年前的李鸿章,突然感到有一种罪孽感,觉得自己是那么没心没肺,有点对不住他老人家。此时他老人家若推门进来,不知会对我怒目而视,还是为我们生活在这样的一个时代里而深感庆幸。

三

公元1895年3月15日,李鸿章带着皇帝"承认朝鲜独立、割让领土、赔偿军费"的授权,从天津出发,19日抵达日本下关。20日展开谈判,是双方预定的,所以李鸿章在给朝廷的电报中说:"起程须扣算到日,不先不后,乃得体。"虽为战败国使臣,身系国家命运的李鸿章,依然不忘保持体面。

李鸿章和伊藤博文不是第一次相见。三十多年前,19世纪60年代初,伊藤博文还是个二十多岁的小青年,受"黑船"事件的刺激,取道上海,前往西方学习。那时的上海,正是李鸿章的天下。公元 1862 年,李鸿章带着刚刚成立的淮军,在安庆北门集合,沿长江而下,直抵太平军聚集的上海。谁也不会想到,正是这群被蔑称为"大裤脚蛮子兵"的安徽子弟兵,以七千打十万,一举占领了上海。李鸿章也迎来了他一生事业的高峰,办洋务,建海军,一发而不可收。

那时二人是否见面,我们已无从查考,但伊藤博文一定会知道李鸿章的威名。

又过了二十多年,到了 19 世纪 80 年代,大清帝国海上之梦被溃烂的官场一点点地腐蚀,已经趋于黯淡了。但这个沉落梦想却仿佛跷跷板,把日本的野心跷起来。公元 1874 年,日侵台湾。5 年后,占领琉球。又过了 10 年,到了公元 1884 年,为了解决大清帝国和日本在朝鲜问题上的纠纷,李鸿章和伊藤博文在天津进行了谈判,签订了《天津条约》,规定同时从朝鲜撤军,"今后朝鲜国若有重大变乱事件,清日两国如要派兵,须事先相互行文知照"。正是这一条款,为后来的甲午战争埋下了伏笔。

正是这次会面后,李鸿章提醒总理衙门:"大约十年之内,日本富强必有可观,从中土之远患而非目前之近忧,尚祈当轴诸公及早留意是幸。"

而伊藤博文对清国则有着完全相反的预言:"有人担心三年后中国必强,此事直可不虑,中国以时文取文,以弓矢取武,所取非所用;稍为更变,则言官肆口参之。虽此时外面于水陆军俱似整顿,以我看来,皆是空言。"

意思是说,中国人还在用八股文来选拔文官,用弓箭来选拔武官,他们所学的,在当今世界上已没有用武之地;纵然有人想稍作改革，也会被言官们骂得一文不值。虽然从表面上看他们在整顿陆军海军，但在我看来，都是些空话。

无论李鸿章，还是伊藤博文，对对方的判断都准确无误。不同只在于，伊藤博文的判断成了日本的共识，而李鸿章的判断则被视为危言耸听，为自己建北洋捞资本。10年后，双方的预言都得到了验证，一张谈判桌，分开了截然不同的命运，一为刀俎，一为鱼肉，李鸿章深刻的痛感，无人能够体会。

李鸿章看见案板上的河豚，就等于看见了自己。

孙郁说他："他知道大清帝国衰微的结局，但一面又在修补着那个世界，竭力挣扎在东西方文化之间。他在受辱和自尊间的平衡点里，重复了古中国庙台文化与市井文化的精巧的东西。""内心的体味复杂是无疑的了。"

说白了，就是死马当活马医罢了。

四

许多历史书中引用的春帆楼的照片都是错误的，我也被误导了很多年，直到抵达实地，才弄明白这一点。那座有着歇山式屋檐的土黄色建筑，频频出现在各种历史读物中，但它并不是春帆楼，而是"日清讲和纪念馆"，是1937年建立的。在它的旁边，正对海峡的山坡上，才是春帆楼的原址。门口立着一块史迹碑，方形的碑柱上，用楷书刻写着：

史迹春帆楼日清媾和谈判场

木构的春帆楼，当地一家著名的料理店，已经在1945年的一场大火中消失，如今在原址上建起的，是一座现代化的酒店，红男绿女出入其中，历史在他们的脸上不落一丝痕迹。120年前与清国的那场战争，许多日本人不感兴趣，所以旁边的那座"日清讲和纪念馆"，尽管是公益博物馆，却连专门的服务人员都没有，访者更是寥寥无几。出于拍摄的需要，我们提前与管理部门——下关市教育委员会联系，提交了拍摄申请，他们才派了一名女秘书，带着一串钥匙前来给我们开门。这让我觉得有点像中国某些县城的博物馆或纪念馆，只有漂亮的房子，却是门可罗雀，无人问津。

我们早早就等在门口，准备好拍摄器材，没有等来女秘书，却先等来一场微雨。那时虽然已是暮春，而且身处日本的南方，但微风中依旧带着一丝寒气，从海峡上吹过来，冷冷地掠过面颊。春帆楼在阿弥陀寺町的半山上，被一片葱绿簇拥着。站在春帆楼的门口，可以看见海峡的一个片段，像大片中的某个特写。有巨型的货轮，还有日本自卫队灰蓝色的军舰，从海峡中缓缓通过。

当年之所以选择春帆楼作为谈判地点，正是因为这里是炫耀日本军力的最佳地点。透过春帆楼的窗子，就可以看见海峡里游弋的日本军舰。那些军舰从北洋舰队的炮口下死里逃生，此时却给清方谈判代表造成了巨大的心理压力。

自卫队的军舰，和伊东巳代治碑文中的文字形成某种呼应关系。他用中文写下这样的话："呜呼！今日国威之隆盛，实滥觞于甲午之役！"在日本，很少看到中文标志和说明书，"日清讲和纪念馆"特别使用中文，可以理解为对中国参观者的关照，也可以理解为某种刺激。因为这个纪念馆，对于中国人有着不同的意义。正是在春帆楼，我们的国家一度失掉了辽东半岛、台湾、澎湖列岛，失去了对朝鲜的宗主权，还赔偿日本军费两亿两白银，养肥了日本军国主义，把杀人刀磨得更快，再来大肆屠杀中国人。公元1899年，戊戌政变失败，亡命日本的康有为乘船从关门海峡经过，远远地望见春帆楼，满怀伤痛地吟出四句诗：

碧海沉沉岛屿环，
万家灯火夹青山；
有人遥指旌旗处，
千古伤心过马关。

女秘书准时出现了，打开那扇关闭已久的木门，出现在我们面前的，是一间面积不算大的展室。但所幸有了这座纪念馆，当年谈判现场的所有文物才没有在春帆楼大火中烧毁，它们被提前转移到这里，完全按照原样陈列。展厅的灯光并不明亮，但展厅中央那张长条形的谈判桌依旧赫然入目。谈判桌上，当年的笔砚依旧摆放在原处，李鸿章座位下的痰盂也在。这样一个封闭的场景很容易造成某种错觉，仿佛此时只是暂时休会，一分钟以后，谈判者就会走进来，各就各位。一百多年的时光仿佛被抽空了，幽冥中，我仿佛听到了李鸿章的咳嗽声。

李鸿章一行在公元1895年3月20日下午3时抵达春帆楼。《时事新闻》记者写道："李鸿章略感风寒，仍决定下午3时与我全权会见。2时半许，在县警察官护卫下，李鸿章一行乘小野田丸蒸汽船到达阿弥陀寺町镇守神社前。从船到栈桥之间需经过一段石阶,两名侍从谨慎搀扶李全权越之,实乃清国大员之风采。据闻李鸿章小病后面色健润,佩戴一副金缘白玉眼镜,上身着黑色官衣,下身茶缎裤子,足蹬薄靴,身高五尺六寸,高大过人。一行官员9名、护卫6名登上东栈桥。李经芳先上陆和前来迎接的日本官吏寒暄,山侧聚集甚多遥望清国大人物的本地百姓。李鸿章乘坐专门预备的坐轿,李经芳以下官员乘人力车,通过夹道整列的宪兵警卫,直接前去谈判所春帆楼。"

李鸿章先是在楼下小憩了片刻,然后超过预定时间5分钟后进入谈判会场。我想,这一微小举动绝对是有意而为的,它的潜台词,也许是要凸显自己的重要性——即使是一场任人宰割的谈判,也要摆出一副傲然的气度。

"日清讲和纪念馆"的展品中有一件锦绘《媾和谈判之图》,在这幅图画中,伊藤博文、陆奥宗光以及他们身后的三位日方通译官一律傲然站立,李鸿章、伍廷芳及清方通译官则弯腰鞠躬,媚态十足。这幅画透露出日本人当时某种狂傲的心态,只是这种自鸣得意在今天看来未免好笑。连展览的说明牌都不能不解释,这幅画只是从日本当时的视角描绘的。

那一天,伊藤博文见李鸿章进来,走过来握手致礼,然后按照事先摆放好的名签各自落座。

《东京日日新闻》的记者对现场环境有这样的描写:"春帆楼的主人藤野已经离开,室内陈设金色屏风,摆置各种盆景显得幽静高雅,春帆楼周围配备警官宪兵严密警卫。"

李鸿章坐在谈判长桌一侧最大的红色靠背椅上,地上摆放他的名签:大清帝国钦差头等全权大臣、太子太傅、文华殿大学士、北洋大臣李鸿章。

他身边依次是大清帝国钦差全权大臣、二品顶戴前出使大臣李经芳,头等参赞官马建忠。

清方的对面,坐着日方谈判代表和书记官,分别为大日本帝国全权弁理大臣、内阁总理大臣、从二位勋一等伯爵伊藤博文,大日本帝国全权弁理大臣、外务大臣、从二位勋一等子爵陆奥宗光,内阁书记官长伊东已代治。

长桌顶端座位的名签上坐着头等参赞官伍廷芳、外务书记官井上胜之助。

对面的一端坐着(大日本帝国)外务大臣秘书官中田敬义、外务省翻译官陆奥广吉。

双方翻译罗庚龄和楢原陈政分别坐在各自谈判代表身后靠墙的位置。

一阵寒暄过后,李鸿章直入正题:

"亚细亚洲,我中日两国最为邻近,且系同文,为什么要寻仇相争呢?今虽暂时相争,总要以永久友好为目的。假如彼此寻仇不已,冤冤相报,则对中华有害,对日本也未必有益啊。试看欧洲各国,纵然军事强盛,也不轻易言战。我中、日两国,既然同在亚洲,就应当学习欧洲。假如我们两国使臣能够认识到友好的重大意义,就应努力维护亚洲大局,永结和平;如此,我亚洲黄种之民,就不会被欧洲白种之民所侵蚀了。"

伊藤博文答道:"中堂之论甚合我心。十年前,我前往天津,与中堂谈到过这个议题,中堂至今竟然丝毫没有改变(但两国还是交战了),本大臣深为抱歉!"

李鸿章说:"那时聆听贵大臣谈到这点,不胜钦佩;更值得钦佩的,是贵大臣致力于变革旧俗,日本才发展到今天。至于我国,被旧俗所限制,改革未能如愿以偿。当时,贵大臣曾经劝我说,中国地广人众,变革之事应当循序渐进。转眼之间,十年过去了,中国却依然如故,对此,本大臣更应该抱歉!深感心有余,而力不足。贵国的军事完全按照西方模式训练军队,各项政治,也日新日盛;此次本大臣进京时,与士大夫辩论,深知我国只有彻底改革,才能真正地自立。"

李鸿章是明白人,一眼就看穿了这场战争输在哪里。军事的失败只是表象,政治的失败才是本质。只是李鸿章这根老蜡烛,油尽灯枯,他的风度,丝毫改变不了谈判桌上的弱势地位。结果早就摆在那里了,像一场无法摆脱的宿命。李鸿章早就看到了这一点,所以他采取了拖延战术,不能让日本人的便宜来得太轻易了。他手里没有任何谈判的本钱,但他有的是耐心。而日本激进青年、右翼团体"神刀馆"成员小山丰太郎射向他面部的那一枪,刚好给了他拖延的理由。这场拉锯战一直进行到4月10日,在病榻上辗转的李鸿章对割让辽东半岛、台湾以及二亿五千万两白银赔款的要求表示强烈反对。

遗憾的是,清国的密电码已被日本人掌握,李鸿章此间发给朝廷的电报全部被日本破译,日本人对李鸿章的底牌了如指掌,终于以武力相逼,向李鸿章发出最后通牒。

4月15日,双方第六轮和谈,这次会议持续了5个小时,李鸿章以近乎哀求的语气,请伊藤博文这个老朋友给个面子,伊藤博文却像《沙家浜》里的刁德一,"一点面子也不讲"。李鸿章请示朝廷,得到光绪皇帝"即遵前旨与之定约"的旨意后,决定屈负天下骂名,答应第二天签约。

主要条款:一、中国承认朝鲜独立,废除中国对朝鲜的宗主权；二、割让辽东半岛、台湾及澎湖列岛；三、中国赔款库平银2亿两；四、增开沙市、重庆、苏州、杭州为通商口岸；五、日本人得以在中国通商口岸从事工艺制造；六、在订约后一年内中国分两次交清1亿两赔款，并重新签订通商行船章程前，日本派兵占领威海卫。

一切都尘埃落定了，李鸿章拄着拐杖，徐徐站起身，对伊藤博文说了句："没有想到阁下是这样严酷执拗之人。"说罢，转身离去。

五

李鸿章下榻的地方，叫引接寺，距离春帆楼只有300米。是一座公元1560年建、本尊"阿弥陀如来"的古刹。从引接寺到春帆楼，有一条蜿蜒的山路，是当年日方为李鸿章的安全和方便而专门修建的。这条路现在是一条柏油路，弯弯曲曲，一面是山体和春帆楼的水泥围墙，另一面是悬崖边的水泥栏杆。山路边竖着这条路的路牌，白底蓝字，上写"李鸿章道"。

回环曲折的道路，暗合着李鸿章千愁百转的心情。李鸿章此去，知道等待他的是什么样的前景，一切都已经注定了，不可能再有奇迹。

他归来的时候，江山将不再完整。

他曾经的梦想，也被肢解得支离破碎。

签约的消息传到台湾，"绅民奔走相告，聚哭于市"。台湾巡抚唐景向朝廷苦谏："请俟臣等死后，再言割地。"但日本的军舰还是来了，没有人挡得住。丘逢甲撤离前，痛苦万状地写下：

"宰相有权来割地,孤臣无力可为天。"

台湾从此成为"亚细亚的孤儿",近百年后,仍有人唱:

多少人在追寻那解不开的问题
多少人在深夜里无奈地叹息
多少人的眼泪在无言中抹去
亲爱的母亲这是什么道理

但这样的心如刀绞,这样的长夜痛哭,都是一百多年以前的事了。时间拉开了我们与往事的距离,对于在复兴路上奔走的中国人来说,我们民族的历史早已翻开了新的一页,昔日的伤痛也早已愈合。但是,在李鸿章道上徘徊,踩着他从前的脚印,我却在想,对当年的亲历者来说,失败则构成了他们的全部命运。他们被这样的命运吞噬了,再也没有反手的机会。

他们的目光很难穿透眼前的黑暗,去奢望未来。

六

公元 1895 年 4 月 17 日上午 10 时,清日两国正式签订《马关条约》。条约签订后,李鸿章一日也不想多留,于当天下午 3 时 30 分乘船离开下关。

第二天,伊藤博文在春帆楼举行答谢会,热烈祝贺《马关条约》的成功签署。伊藤博文在演说中说:"今天具有历史意义的《下关条约》,在诸多外国势力的关注下,我陆海军仰赖天皇陛下的威严,取得了古今未曾有过的殊荣。它在世界上壮大了日本的名誉和国威，此乃国家之喜、民众之幸，请诸君永远记住今日在下关诞生的历史荣誉。"

此后的每年4月17日，春帆楼二楼的谈判现场都会公开展览。

为了庆祝这个"古今未曾有过的殊荣"，8月5日上午，在东京的皇宫，明治天皇亲自为甲午战争中的"功勋"授予勋爵。被授爵的"功臣"包括：

侯爵：伊藤博文、山县有朋、西乡从道、大山严；

伯爵：野津道贯、桦山资纪；

子爵：川上操六、伊东祐亨；

特赐菊花章颈饰、特叙功二级、赐金　勋章：彰仁亲王；

叙大勋位、赐菊花大授章：伊藤博文；

特叙功二级、赐金鵄勋章、赐旭日桐花大授章：山县有朋、大山严、西乡从道；

特叙功二级、赐金鵄勋章、赐旭日大授章：野津道贯、桦山资纪；

特叙功二级、赐金鵄勋章、叙勋一等、赐旭日大授章：川上操六、伊东祐亨；

明治二十七八年战役建功者授赐年金千元：彰仁亲王、山县有朋、大山严、西乡从道、野津道贯、桦山资纪、川上操六、伊东祐亨。

外交大臣陆奥宗光被授予正二位勋一等伯爵，只是当年陆奥宗光重病卧榻，不能参加荣誉授受仪式。19天后，陆奥宗光病逝，享年53岁。

以战争的方式赚取外汇，这让紧追西方大国的日本找到了新的经济增长点。伊藤博文和陆奥宗光从此被视为民族英雄，在春帆楼和"日清讲和纪念馆"之间的空地上，我看到了这两个人的青铜雕像，表情坚毅，目光如炬，胸怀祖国，放眼世界，仿佛在为日本开拓着万里波涛。

在马关，日本取得了令人满意的收成。这时，伊藤博文一定会想起老师吉田松阴的音容笑貌、谆谆教诲。这时他再回想老师对日本的预言，一定会感到无比神奇。

那时，有一股神奇的力量在伊藤博文、陆奥宗光身体里回旋，让他们越来越躁动不安。"日清讲和纪念馆"成立时，和谈时担任外务大臣秘书官的中田敬义挥笔写下四句诗：

和成耀世国辉扬，
恢廓宏图自是张。
号祖当年折冲处，
乃存旧迹永斯彰。

与他得意的表情相对的，是中国人痛楚、茫然的目光。

就在日本封官晋爵之时，在大海的对岸，大清帝国陷入一片愁云惨雾。在《马关条约》签订的第12天，大清皇帝颁布谕旨，将一系列官员革职，听候查办。他们是林国祥、叶祖珪、邱宝仁、李和、林颖启、林文彬、黄鸣球、陈镇培、潘兆培、蓝建枢、吕文经、何品璋、李鼎新、马复恒、牛昶昞、严道洪等。

令人费解的是，官僚们对于这场惨败的总结，居然是不该建海军。三个月后，署理直隶总督王文韶奏："北洋海军武职实缺，自提督、总后至千、把、外委，总计三百一十五员名。现在舰艇全失，各缺自应全裁，以昭核实；并将关防印信铃记一律缴销。仅存之'康济'一船,不能成军,拟请改缺为差。"

至此,北洋舰队作为一个建制,在历史中被一笔勾销了。

其实早在3月12日,皇帝就发布上谕,裁撤了海军衙门,连海军内外学堂也不放过,那份迫不及待,与他宣战时的急迫如出一辙:

> 总理海军事务衙门奏,岛舰失陷,时局艰危,遵议更定海军章程,非广购战舰巨炮不足以备战守,非合南洋统筹不足以资控驭,非特派总管海军大臣不足以专责成。目前各事未齐,衙门暂无待办要件,拟请将当差人员及应用款项暂行停撤,以节经费。其每年应解海军正款,亦请统解户部收存,专为购办船械之用。又奏,海军内外学堂亦请暂行裁撤。均依议行。

当日本通过"近代第一次对外战争的全面胜利……进入军国崛起的时代",大清帝国却以因噎废食的方式,为自己的军事近代化历程草草画上句号。

此消彼长之间,两国的命运已彻底逆转。

担任大清海关总税务司职务的英国人赫德说:"恐怕中国今日离真正的改革还很远。这个硕大无朋的巨人,有时忽然跳起,呵欠伸腰,我们以为他醒了,准备看他做一番伟大事业。但是过了一阵,却看见他又坐了下来,喝一口茶,燃起烟袋,打个呵欠,又蒙眬地睡着了。"

七

一切都不出所料,李鸿章回国之日,众怒已经排山倒海。打仗时他们不愿出头,谈判时他们不愿同往,愤怒声讨李鸿章,他们个个争先恐后。

其实这样的声讨,在中日交锋伊始就不绝于耳了。光绪二十年七月二十六日(1894年8月26日),丰岛海战和平壤战役失利后,给事中余联沅在奏折中一口气给李鸿章罗列了好几条罪状,他言辞激烈地说:

从前法人滋事,该督彷徨无策,幸而不北来。当其时该督谓无海军,以致不能出海,于是创办海军,糜帑千数百万,而至今不能一战。是李鸿章之贻误大局者……

只是随着《马关条约》的签订,这些声讨变本加厉,李鸿章一夜之间成了"千夫所指"。光绪二十一年(公元1895年)四月初八,福建提督程文炳在《请重订和议折》中慷慨陈词:

……奴才窃闻三月二十三日,李鸿章与日本所议条款,赔给兵费二万万两之多,已为历来和约所未有;割地则由鸭绿江西至营口,东至黄海二千余里之远,尤为万国公法所不容。其尤甚者,索台湾以据全海之关键,通长江以擅东南之利益,各口创设机器制厂以夺我中国之利权,使我无以筹饷,无以练兵,不出十年,财殚力歇,拱手而成坐亡之势。揆其用心狠毒,是即金源谋宋之故智。彼亦明知中国之大,人民之众,非其旦夕所能图,唯假和之一术以懈我天下之兵,竭我天下之财,一旦以片言渝盟,即再如今日之征兵调将,联数十万之众与之角战而不能矣。昔汉臣诸葛亮有言"不伐贼,王业亦亡。坐而待亡,孰与伐之?"今日之势,战则犹有可转之机,和则恐成浸弱之势。与其掷二万万金以资敌,不如以此饷兵,何兵不可练?以此结邻,何邻不可交?且彼国行用纸币,巨债累累,势绝不能持久。中国即再用兵一二年，东南财赋所入犹可撐拄，何至贵之巨费，奉之奥区，尽畀以天下之利权，全予以江海之门户？此约一成，不但京师无以立足，辽沈不能庇根，窃恐各国从此轻量朝廷，纷纷效尤，各索其所近之疆土，五裂四分，天下可将不可问矣。……

户部给事中洪良品在《请罢和备战片》中写道：

李鸿章重受国恩，其养淮军、造机器、设海军，每岁糜费无数，一旦尽经乌有。皇上未以加重罪，宜如何奋发天良，以仰纾宵旰之忧？乃始则昏愦骄蹇，坐误不问；继因不主和议，深怀怨望。今奉命出使，独秉全权，竟不顾体统之损失，大局之败坏，唯该逆之言是从，举中国之土地、财赋皆轻以许之，如此狂悖至极之约款，擅自尽押，上达天听，以要胁恫喝，是固皇上简命时所不及料也。若谓草约已定，中能中止，则该逆要盟，使臣专命，未奉纶音，未铃御宝，岂足为据？无庸以违约失信为疑。……

在他们眼里，李鸿章无疑已经成为"举中国之土地、财赋皆轻以许之"的卖国贼，李鸿章百口莫辩，轮船抵达天津后，就称病不起。

李鸿章无奈地写道：

十年以来，文娱武嬉，酿成此变。平日讲求武备，辄以铺张糜费为疑，至以购械购船悬为厉害。一旦有事，明知兵力不敌而淆于群哄，轻于一掷，遂至一发不可复收。……知我罪我，付之千载。

公元1901年,八国联军入侵北京之后,李鸿章再次被清政府推向谈判桌,签订了这个帝国最大一单卖国条约后,终于油尽灯枯,在北京贤良寺吐血而死。

八

1909年,辞去朝鲜总监职位的伊藤博文有着很好的心情。8月里,他陪同朝鲜皇太子到日本北部旅行。他们从水户出发,经仙台、盛冈、出青森、渡海去北海道,行至新冠,又从秋田,经山田、福岛回到东京。此时,他又决定前去"满洲"旅行,他丝毫不会想到,一颗复仇的子弹,正在哈尔滨车站对他拭目以待。

伊藤博文一行于10月18日到达大连,凭吊了当年的旅顺战场。25日到长春,在清国道台府中晚宴后,当夜11时登上东清铁道为他特别准备的花车,前往哈尔滨。清晨醒来时,火车已行至哈尔滨郊外。伊藤博文匆匆用罢早餐,点上一根雪茄,一缕幽香围绕着他,让他神清气爽。此时的他丝毫不知,他距离死神,只有一步之遥。

9时15分,花车进站,俄国财政部长上车迎接,二人在车厢里谈了20分钟,然后下车,应俄国财政部长的请求,检阅俄军仪仗队。伊藤博文踏上冰凉的站台,检阅之后,与前来欢迎的政界显要们挥手致意,握手寒暄,一切都与预想的没有区别。只有那名刺客,是他从来未曾想到过的。那是一个剪了头发、身穿西装的年轻人,就在伊藤博文离门口只有十几步的时候,他突然从人群中冲出来,对准伊藤博文,连射几枪。

宪兵们一拥而上,将刺客摁倒在地,当场拿获。

刺杀者,朝鲜义士安重根。

伊藤博文中枪后,脸上毫无表情,若无其事地又向前走了十四五步,走到车站门口,突然跪倒。

有人把他抱起来,迅速地转移到车厢里。小山医师急忙取出绷带,将伤处紧急包扎,但鲜血很快浸湿了绷带。伊藤博文说道:"大概枪弹射进身体里边去了,是什么浑蛋干的?"

有人答:"听说是朝鲜人。"

"这个浑蛋!"他脸色骤变,冷汗顺着面颊流下来。

小山医师俯在他的耳边,问:"请喝一点儿白兰地,好吗?"

"唔……"

不到半个小时,他的呻吟就停止了。

他不再呼吸。

我们在东京宪政纪念馆找到了当时日本新闻杂志《太阳》"伊藤博文遇难特辑"。"特辑"中对刺杀经过有详细的报道。报道说,伊藤博文抵达那天,为了营造宽松自由的气氛,他的身边没有带太多的宪兵。这一天,日本人可以在哈尔滨车站内外自由出入,对于安重根来说,这是千载难逢的好机会。由于朝鲜人的相貌与日本人难以区分,他因此混进站台,挤进了欢迎的人群,向伊藤博文开枪。

《太阳》杂志报道说,第一发子弹穿透了肺部右上方,第二发子弹从第七肋骨间水平穿过,第三发子弹从右肘关节外侧射入,在经过第九肋骨、肺部和膈膜的层层阻隔之后,在左肋之下停止了它的旅行。

其余三发子弹留给了随行的诗人杏槐南、川上总领事和"满铁"理事田中。

此外,还在另外两人的衣服里,各发现一发子弹。

这样算来,安重根在极短的时间内,至少开了八枪。

在宪政纪念馆,保存着其中的一粒子弹。这粒子弹,应当是伊藤博文去世后,从他的体内取下来的。面对着这粒小巧的子弹,我心生疑惑——它为什么不是尖头,而是圆头?后来看了资料才知道,子弹的尖端是事先被行刺者锉掉的,还做了十字形的凸凹,这样一来,其杀伤力比达姆弹还要厉害。从行刺者精心准备的子弹中,可见他们对伊藤博文的深刻仇恨。

这是朝鲜人为伊藤博文准备的最隆重的礼遇,他们以这样的方式来回敬日本对朝鲜的"帮助"。

欢迎仪式马上变成了欢送仪式。那辆花车把伊藤博文的遗体载回大连——8天前,他刚刚在那里登陆。遗体装入一个三重的木棺内,被抬上日本战舰"秋津洲"号,于11月1日驶抵横须贺。当天送到灵南坂的官舍中。又从横须贺搭乘火车,运抵东京新桥驿,全程皆有仪仗兵目送,日本皇室成员全部赶到新桥驿迎接。

11月4日,在东京日比谷公园,为伊藤博文举行了国葬。包括大清帝国在内的各国代表参加了国葬。

甲午战争的两个主角——李鸿章和伊藤博文,以各自的方式,相继谢幕。

在他们的死讯里,新的世纪拉开了序幕。